WILLKOMMEN IN
St. Peter-(M)ORDING

Ein Küstenkrimi

Ullstein

Besuchen Sie uns im Internet:
www.ullstein.de

Wir verpflichten uns zu Nachhaltigkeit
- Klimaneutrales Produkt
- Papiere aus nachhaltiger Waldwirtschaft und anderen kontrollierten Quellen
- ullstein.de/nachhaltigkeit

MIX
Papier
FSC FSC® C083411

Originalausgabe im Ullstein Taschenbuch
1. Auflage April 2022
© Ullstein Buchverlage GmbH, Berlin 2022
Umschlaggestaltung: zero-media.net, München
Titelabbildung: © FinePic®, München
Karte: © Peter Palm, Berlin
Gesetzt aus der Quadraat Pro powered by Pepyrus
Druck und Bindearbeiten: CPI books GmbH, Leck
ISBN 978-3-548-06450-5

Für alle, die mich gefragt haben,
wann ich denn endlich einen
St. Peter-Ording-Krimi schreibe.
Hier ist er!

Prolog

Er hatte sich nie Sorgen um seine Zukunft gemacht. Dafür war sein Leben nach anfänglichen Startschwierigkeiten bisher zu perfekt gelaufen: Er schien einen festen Platz auf der Sonnenseite gepachtet zu haben. Bisher. Sein Herz schlug ihm bis zum Hals, und er spürte Druck auf seinem Brustkorb, so als läge eine schwere Last darauf. Er kauerte schlotternd vor Kälte zusammengepfercht in einer Art Kasten. Eingeschlossen! Keine Chance, sich aufzurichten, das ließ die Enge nicht zu. Mit zitternden Händen fuhr er über seine nackten Arme. In seinen Fingerspitzen hatte er kein Gefühl mehr. Mit den Handflächen tastete er seine Umgebung ab. Unter ihm spürte er eine glatte, kalte Oberfläche – Plastik. Er griff sich an den Kopf. Er dröhnte, als hätte er einen Schlag mit einem Hammer abbekommen. Seine Sinne waren vernebelt, und es kostete ihn erhebliche Konzentration, einen klaren Gedanken zu fassen. Zunehmend verzweifelt versuchte er, in der Dunkelheit etwas auszumachen. Vergeblich suchte er nach einem Lichtschein. Die Finsternis, die ihn umgab, war schwarz wie die Nacht. Seine Handflächen berührten die kalte Decke über ihm. Mit aller Kraft versuchte er, diese aufzustemmen. Ohne Erfolg. Sie bewegte sich keinen Millimeter, obwohl er bestimmt kein Schwächling war. Angestrengt lauschte er in der Hoffnung, Schritte oder gar Stimmen zu hören, um auf sich aufmerksam zu machen. Doch außer einem mechanischen Brummen war nichts zu hören. Mit klappernden Zähnen schlang er seine Arme um den Oberkörper. Er hatte keine Ahnung, wie er hierhergeraten war. Dumpfe Erinnerungsfetzen flackerten für Bruchteile einer Sekunde auf, doch sobald er versuchte, sie festzuhalten, entglitten sie ihm sogleich. Komm, reiß dich zusammen! Denk nach! Angespannt begann er, bis hundert zu zählen, ohne dabei durcheinanderzugeraten, alles mit dem Ziel, seine Panik einzudämmen. Nach einiger Zeit rappelte er sich erneut hoch. Noch einmal warf er sich mit aller Macht gegen die Decke über ihm, aber er musste bald einsehen, dass es zwecklos war. Hoffnungslos. Er saß in der Falle. Seine Lunge schmerzte bei jedem Atemzug, und sein Puls raste. Er mobilisierte die ihm noch verbliebenen Kräfte, um um Hilfe zu rufen. Aber aus seiner Kehle drang nur ein leises Krächzen. Schlagartig wurde ihm bewusst, wie aussichtslos seine Lage war. Wenn er nicht rechtzeitig befreit werden würde, würde er erfrieren. Eine schier unkontrollierbare Panik stieg in ihm auf, die ihm die Luft zum Atmen abschnürte, als ihn die Erkenntnis traf: Er lag lebendig in einem eisigen Grab.

1. Kapitel

An einem Montagmorgen Anfang Mai in der Polizeistation
im Deichgrafenweg in St. Peter-Ording

Kommissar Fred Glabotki drehte ungeduldig an der Kurbel
des Spitzers und runzelte die Stirn. Vor ihm lagen bereits
drei perfekt angespitzte Schreiber. Skeptisch musterte er die
alte Dame, die ihm gegenüber auf dem Besucherstuhl Platz
genommen hatte. Sie spielte aufgeregt mit den Fingern an
dem Bügelverschluss ihrer Handtasche herum.

»Haben Sie denn auch in sämtlichen Schubladen nachgesehen, Frau Wolters?«, fragte Fred nachdrücklich und
warf seinem Kollegen, Hauptkommissar Ernie Feddersen,
der neben dem Tisch stand, einen vielsagenden Blick zu.

»Selbstverständlich habe ich das. Wenn ich es Ihnen
doch sage, Herr Kommissar, der Ring ist spurlos verschwunden. Futsch!« Die Dame unterstrich ihre Aussage mit einer
Handbewegung und sah die Polizisten verzweifelt an.

»So futsch wie damals Ihr Haustürschlüssel, den Sie,
nachdem der Schlüsseldienst ein neues Schloss eingebaut
hatte, in Ihrer Handtasche gefunden haben?«, rief Fred ihr
die letzte Diebstahlsanzeige in Erinnerung und legte den
Bleistift akkurat neben die anderen auf die Tischplatte.

Frau Wolters nahm eine aufrechte Haltung auf dem Stuhl ein. »Das kann man doch gar nicht vergleichen!«

»Nein?«

»Einen Haustürschlüssel benutzt man jeden Tag und legt ihn überall ab. Aber den Ehering meines Mannes habe ich seit Jeppes Tod immer in einer kleinen Schmuckschatulle liegen. Unangerührt. Und da ist er nicht mehr.«

Fred zog spöttisch die Augenbrauen hoch. »Also, ich weiß nicht …«

Die alte Dame verzog den Mund. »Mein Mann wird ihn wohl kaum an eine andere Stelle gelegt haben.«

Der Kommissar blickte wenig beeindruckt auf die vermeintlich Bestohlene. »Es könnte doch sein, dass Sie ihn in der Zwischenzeit doch mal woanders hingelegt und das bloß vergessen haben.«

»Wollen Sie mir etwa unterstellen, ich wäre tüdelig?«, echauffierte sich Gitte Wolters. »Unverschämtheit!«

Fred lehnte sich auf seinem Stuhl zurück und verschränkte die Arme. »Ach, wissen Sie, tüdelig …«

»Nein«, schaltete sich Ernie ein, der bisher bloß zugehört hatte. Er hob beschwichtigend die Hände, bevor Fred mit seinem Ruhrpottcharme das Fass zum Überlaufen brachte. »Natürlich sind Sie nicht tüdelig, Frau Wolters. Das will Ihnen hier keiner unterstellen. Wir gehen selbstverständlich jedem Diebstahl nach. Ich nehme Ihre Anzeige jetzt auf, und der Kollege Glabotki holt uns bestimmt ein Tässchen Kaffee.« Er warf Fred einen halb auffordernden, halb mahnenden Blick zu.

Fred schüttelte unmerklich den Kopf, erhob sich dann

jedoch von seinem Stuhl. »Mit Zucker oder Milch?«, fragte er und verließ den Raum, ohne eine Antwort abzuwarten. Er war in der Tat der Inbegriff von Charme.

Ernie setzte sich auf den frei gewordenen Stuhl gegenüber von Gitte Wolters und bedachte sie mit einem Lächeln. »So, Frau Wolters, dann erzählen Sie mal ganz von vorne. Wann und wo haben Sie denn den Ring das letzte Mal gesehen?«

Die alte Dame hob die Schultern. »Woher soll ich das denn wissen? Sie stellen vielleicht Fragen!«

Ernie lächelte sie weiterhin freundlich an. Ach ja, die alten Leutchen, die vergessen schon mal was, dachte er. Das war doch völlig normal.

Das Diensttelefon klingelte.

»Verzeihung«, er machte eine entschuldigende Geste in Richtung von Frau Wolters und nahm den Hörer ab. »Polizeidienststelle St. Peter-Ording, Feddersen am Apparat.«

Fred kam mit drei Kaffeetassen zurück ins Dienstzimmer und stellte zwei auf dem Schreibtisch ab. Aus seiner Hosentasche zog er ein Tütchen Zucker und eine Portion Kaffeesahne, die er neben Frau Wolters' Tasse legte. Den dritten Kaffeepott mit dem Vereinslogo des FC Schalke 04 behielt er selbst in der Hand.

Ernie zog die Augenbrauen zusammen. »Keine Panik! Wir kommen sofort.« Er beendete das Gespräch und griff zeitgleich nach seiner Dienstjacke, die am Garderobenständer neben dem Fenster hing.

Fred schaute ihn erwartungsvoll an. »Was ist los?«

»Feuer am Ordinger Deich, auf der Höhe vom *Beach Motel*. Wieder mal ein Mülleimer!«

Fred stellte seine Kaffeetasse schwungvoll auf dem Tisch ab, sodass ein Teil des Getränks auf die Platte schwappte. »Dann los!« Er war schon auf dem Weg zur Tür raus und nahm im Vorbeigehen den Feuerlöscher aus der Halterung an der Wand. Die beiden hatten schon so manches gesehen. Ein Feuerlöscher konnte nicht schaden.

»Und was ist jetzt mit meiner Anzeige?«, fragte Frau Wolters und schürzte die Lippen.

»Da kümmert sich der Kollege vom Bäderersatzdienst drum. Warten Sie in Ruhe hier, Herr Pannenbäcker ist gleich bei Ihnen«, beruhigte Ernie sie und rief Fred nach: »Sag Pannenbäcker, er muss hier übernehmen.«

Der junge Kollege wohnte praktischerweise in der Wohnung in der Polizeidienststelle und verstärkte das Team bis September – eine Maßnahme, die sie der Tatsache zu verdanken hatten, dass im Sommer durch die vielen zusätzlichen Touristen mehr zu tun war.

Ohne auf den Kollegen zu warten, stürzten Ernie und Fred aus der Inspektion und machten sich auf den Weg nach Ording. Fred fuhr. Wie immer. Und er schaltete natürlich das Blaulicht und das Martinshorn ein. Das ließ er sich nicht nehmen. Schließlich war ein offenes Feuer kein Kavaliersdelikt und musste unverzüglich gelöscht werden. Grund genug, damit alle übrigen Verkehrsteilnehmer sofort freie Bahn für sie machten. Ernie hielt sich wie immer mit einer Hand am Haltegriff über dem Fenster auf der Beifahrerseite fest. »Den Kaffee hätte ich ja gerne noch getrunken«, brummte er.

»Pannenbäcker macht nachher neuen, wenn wir wieder da sind«, beruhigte ihn Fred. Er warf seinem Kollegen einen schnellen Seitenblick zu. »Was sagt eigentlich deine Frau dazu, dass Ilva wieder nach St. Peter kommt?«, fragte Fred, während er in einem Affenzahn bei Rotlicht über eine Ampelkreuzung bretterte.

Ernie zuckte kurz mit den Schultern. »Was soll sie groß sagen? Ilva ist meine Schwester.«

»Na eben.« Fred bog links ab und fuhr fort: »Also, Marina wäre nicht happy, wenn Melanie auf einmal nach St. Peter ziehen würde. Da wäre Ärger vorprogrammiert.«

»Och, weißt du ... Heike und meine Schwester verstehen sich gut. Außerdem ist es praktisch, wenn sie da ist und ein Auge auf unsere Eltern hat. Besonders auf Muddi. Seit der OP ist sie etwas unsicher unterwegs. Gut, dass die Einliegerwohnung bei unseren Eltern frei ist und Ilva dort einzieht.«

»Wann kommt sie eigentlich an?«

Ernie guckte auf seine Armbanduhr. »So gegen Mittag müsste sie da sein. Von Hamburg ist es ja keine Weltreise. Heute Abend ist entspanntes Familienessen bei meinen Eltern angesagt.« Ernie war immer noch damit beschäftigt, sich am Türgriff festzuklammern, und beantwortete die Fragen seines Kollegen etwas zerstreut.

»Die Essen mit meinen Eltern sind eher Vernehmungen. Und wenn Melanie noch dabei ist ...« Fred winkte ab. »Dann grenzt das Ganze schon an ein Verhör.«

»Du kommst eben aus einer Polizisten-Familie. Scheint bei euch ja irgendwie genetisch bedingt zu sein.«

»Ich kann von Glück sagen, dass mein Vater und Melanie in Gelsenkirchen unterwegs sind. Das ist schön weit weg von St. Peter. Sonst würden die zwei uns hier unseren Job streitig machen«, erwiderte Fred.

»Echt jetzt? Dein Vater ist noch unterwegs? Ich dachte, er wäre längst pensioniert.«

»Ist er ja auch. Aber trotzdem noch unterwegs. Mit seinem Rauhaardackel als Verstärkung. Du kennst das doch, als Bulle hörste nie richtig auf. In Schalke wird er von allen Kommissar genannt.« Freds Fahrstil war wirklich rasant, und so schafften sie die Strecke bis zum Hotel Am Deich in weniger als fünf Minuten. Fred parkte den Wagen gegenüber vom Seedamm auf der Höhe vom Beach Motel.

»Nun, denn. Schön, dass Ilva kommt. So kenne ich wenigstens schon eine Lehrerin, wenn Elias in zwei Jahren zum Gymnasium wechselt«, sagte Fred, während er den Sicherheitsgurt öffnete.

»Ach, steht das schon fest?«, fragte Ernie überrascht.

»Für mich schon.« Fred setzte sich seine Sonnenbrille auf. Sie stiegen aus dem Polizeiauto.

»Da hinten kokelt es.« Ernie zeigte auf eine Stelle auf dem Deich, an der dunkler Rauch emporstieg.

»Dann wollen wir mal.« Fred holte den Feuerlöscher aus dem Kofferraum.

Neben dem brennenden Mülleimer standen vier Leute. Zwei Frauen und zwei Männer. Eine der Frauen trug trotz der schon angenehm warmen Maisonne eine dicke Steppjacke und einen Schal.

»Moin! Haben Sie bei der Polizei angerufen?«, fragte Ernie die vier Leute.

»Ich habe angerufen«, sagte einer der Männer und hob dabei den Finger wie in der Schule. »Meine Frau und ich haben das Feuer vom Balkon unserer Ferienwohnung aus entdeckt. Und da dachten wir uns, wir sagen mal besser Bescheid.«

Ernie nickte. »Das war genau richtig. Einen Brandherd muss man melden.«

»Wer so etwas bloß macht?«, meldete sich die Frau mit der Steppjacke zu Wort. »Ich meine, Mülleimer sind doch wichtig in einem Kurbad. Wie würde es ohne sonst hier aussehen?«

»Treten Sie jetzt bitte ein Stück zurück.« Fred stellte sich mit dem Feuerlöscher in Windrichtung auf und entfernte die Sicherung. Als er sich vergewissert hatte, dass die Touristen und Ernie in sicherem Abstand zu ihm standen, richtete er den Löschstrahl auf den brennenden Mülleimer.

Das Feuer war ein paar Minuten später unter Kontrolle. Ernie und Fred verabschiedeten sich von den Touristen, die ihnen versprachen, weiterhin Augen und Ohren offen zu halten und bei einem weiteren Feuer sofort die Polizeidienststelle zu verständigen.

In Gedanken gingen sie nebeneinander zu ihrem Einsatzwagen zurück. Fred verstaute den Feuerlöscher gerade im Kofferraum, als ein Funkspruch ihres Kollegen Pannenbäcker einging. Auf dem Gelände des ehemaligen Kurheims am Strandweg gab es Probleme.

»Wir sind hier um die Ecke und gleich da«, sagte Ernie und nahm wieder neben Fred auf dem Beifahrersitz Platz. »Was heute hier los ist ...«

Fred zuckte mit den Achseln und startete den Wagen. »War doch klar, dass das Ärger von den Umweltaktivisten gibt. Denk mal an Stuttgart 21.«

»Wir sind hier aber nicht in Stuttgart, sondern in St. Peter-Ording. Normalerweise verhalten sich hier alle friedlich.«

»Ein bisschen Action kann St. Peter nicht schaden. Wenn ich da an meine Zeit in der alten Gelsenkirchener Wache zurückdenke ... da war immer was los«, meinte Fred unbeeindruckt und bog rechts in den Strandweg ein. »Und nicht nur am Wochenende, wenn Bundesliga war.«

Ernie blickte ihn an. »Für mich kann alles so bleiben, wie es ist. Ich möchte morgens in Ruhe meinen Kaffee trinken können.«

Fred parkte den Einsatzwagen am Ende der Sackgasse und nahm seine Sonnenbrille ab. »Den Kaffee kannste dir abschminken. Vor Mittag wird das nix.«

Vor dem Gelände des ehemaligen Kurheims *Köhlbrand* standen sich sechs Personen mit Transparenten und zwei Männer in Anzügen gegenüber. Das ehemalige Mutter-Kind-Kurheim lag direkt an den Dünen des Ordinger Strands und war seit einigen Jahren geschlossen.

»Kerle Kiste, hätten die ihre Demo nicht wenigstens anmelden können?«, brummte Ernie kopfschüttelnd und folgte Fred, der schon mit langen Schritten auf dem Weg ins »Krisengebiet« war. Kurz vor dem Gelände des Kurheims holte er Fred ein. Einen der zwei Anzugträger kannte Ernie seit vielen Jahren. Es war Tetje Brodersen, der Bürgermeister von St. Peter-Ording.

»Moin!«, grüßte Ernie freundlich. »Was ist denn hier los?«

»Moin!«, erwiderte der Bürgermeister den Gruß. Nicht ganz so freundlich. »Wir werden von diesen jungen Leuten an einer Begehung des Grundstücks gehindert.«

»An einer rechtmäßigen Begehung«, schaltete sich nun der zweite Mann im Anzug ein. Er blickte schmallippig auf die Demonstranten und strich sich eine Haarsträhne, die der Nordseewind aus ihrer rechtmäßigen Position gepustet hatte, über die Halbglatze.

»Und Sie sind?«, fragte Fred ihn.

Routiniert zog der Mann eine Visitenkarte aus einer Mappe, die er in einer Hand hielt, und reichte sie Fred. »Hagen Westermann, Geschäftsführer des Architektenbüros *Gräfe und Partner*. Ich bin verantwortlich für die Planung des neuen Hotels auf dem Gelände.«

»Hier wird nichts gebaut!«, empörte sich eine junge Frau mit rostbraunen Dreadlocks und hielt ihr Plakat noch ein Stück höher. Von den anderen Demonstranten folgten zustimmendes Gemurmel und der ein oder andere Fluch, der an die Anzugträger gerichtet war.

»Jetzt bleibt mal ganz locker«, versuchte Ernie die aufgebrachten Aktivisten zu beschwichtigen. Natürlich waren ihm auch die Protestler bestens bekannt. Es handelte sich dabei um das Freiwilligenteam vom Nationalpark-Haus St. Peter-Ording, die für Regulierungen und Aktionen rund um den Naturschutz zuständig waren. Der Dünenschutz gehörte auch dazu. »Euer Engagement für die Umwelt in Ehren, aber ihr verstoßt hier gerade gegen geltendes Recht. Also, lasst die Herren auf das Grundstück, und macht keinen Ärger.«

»Niemals!«, rief ein Typ mit schulterlangen blonden Haaren.

Fred stemmte seine Hände in die Hüften. »Lust auf eine Anzeige wegen Hausfriedensbruch?«

»Wer Umweltprobleme nicht ernst nimmt, ist selbst eins«, rief das Mädchen mit den Dreadlocks kämpferisch.

»Wir nehmen Umweltprobleme ernst, aber auch geltendes Recht. Meldet nächstes Mal eure Demo an, dann dürft ihr auch Rabatz machen. Für jetzt ist hier Ende Gelände«, griff Ernie durch. Es war offensichtlich, dass Ernies resolute Art die Aktivistinnen und Aktivisten aus dem Konzept gebracht hatte. Unwillig berieten sie halblaut, wie sie vorgehen sollten (»Eine Anzeige kann ich mir nicht leisten.« – »Aber wir können doch nicht einfach abziehen?« – »Wir kommen wieder!«), während Ernie und Fred die beiden Anzugträger musterten und sich vorsichtshalber zwischen ihnen und der Gruppe positionierten.

»Für die Umweltschweine räumen wir hier nicht ...«, erhob der junge Mann erneut die Stimme.

»Noch ein Wort, und ich rufe deine Mutter an«, pflaumte Fred ihn an.

Wie lange das wohl noch funktioniert?, fragte sich Ernie,

während er kopfschüttelnd dabei zusah, wie die Leute vom Freiwilligenteam nun tatsächlich – wenn auch unter Protest -das Kurheim-Gelände räumten.

»Sprecht demnächst vorher mit eurem Leiter über eure Aktionen, ihr wisst doch, wie das läuft«, empfahl Fred.

»Wir geben uns noch lange nicht geschlagen«, sagte ein Junge, der sein Haar zu einem Zopf zusammengebunden trug, als er sich an ihnen vorbeischob.

»Wir auch nicht«, entgegnete Fred trocken. »Schönen Tag noch.« Dabei überhörte er geflissentlich die Beschimpfungen aus der Richtung der Aktivisten.

»So was ist mir auch noch nicht passiert. Danke, dass Sie so schnell gekommen sind.« Der Bürgermeister schüttelte Ernie und Fred die Hände.

»Das war, wenn ich mich richtig erinnere, meine erste Demo in St. Peter«, meinte Ernie.

»War ja nix Wildes«, fügte Fred hinzu und machte eine wegwerfende Handbewegung.

»Dann noch eine gute Besichtigung. Wir müssen wieder los«, verabschiedete sich Ernie.

»Auf zum Kaffee«, sagte Fred, als sie wieder im Auto saßen.

Ernie schnallte sich an. »Nee.«

»Wie, nee?«

»Es ist gleich schon zwölf Uhr.«

»Ja, und?«

»Mindestens zwei Kaffee«, sagte Ernie mit Nachdruck. »Und ein Fischbrötchen mit Zwiebeln.« Ernie lächelte versonnen und strich dabei über seinen Bauch, der sich leicht über den Hosenbund wölbte.

»Pfft. Fischbrötchen mit Zwiebeln ...« Fred startete den Motor. »Im Ruhrpott heißt das Mettbrötchen mit Zwiebeln. Und das geht bei uns schon morgens zum Frühstück.«

2. Kapitel

Montagmittag im Reetdachhaus der Familie Feddersen,
in einer ruhigen Seitenstraße in St. Peter-Ording Dorf

Ächzend hievte Ilva einen schweren Karton die Treppen zu
ihrer Einliegerwohnung hinauf. Auf ihrer Stirn standen
Schweißperlen, und vermutlich hatte ihr Gesicht die Farbe
eines Hummers angenommen. Nach der Hälfte der Stufen
musste sie eine Pause einlegen, um zu verschnaufen. Atemlos stellte sie den Karton ab und griff sich ans Kreuz. Nein,
sie war keine 20 mehr. Eindeutig. Mit 38 war der Lack zwar
noch nicht ganz ab, aber hier und da musste schon nach-
poliert werden. Sie blickte auf die Kiste, die mindestens so
schwer wie ein Hinkelstein war. Jedenfalls kam ihr es so vor.
Warum konnte sie sich auch von keinem ihrer Bücher trennen?

Na, immerhin habe ich es versucht, rechtfertigte sie sich
vor sich selbst und erinnerte sich daran, wie sie jedes ein-
zelne Buch begutachtet hatte, bevor sie es für wichtig befun-
den und in die Umzugskiste gepackt hatte. In ihrer Samm-
lung fanden sich allein schon über 50 Krimis von Agatha
Christie. Das waren Klassiker, die entsorgte man nicht ein-

fach so. Sie ging in die Hocke und hob den Karton erneut an.

Als sie das Wohnzimmer der Einliegerwohnung betrat, fummelte ihr Vater an einer Deckenlampe herum. Die Leiter, auf der er stand, wackelte verdächtig.

»Mensch, Papa!«, rief Ilva. »Das sollst du doch nicht machen!« Sie stellte den Karton auf dem Boden ab und eilte zu der Leiter, um sie festzuhalten, bevor ihr Vater das Gleichgewicht verlieren konnte.

»Meine Güte, Ilva!« Werner Feddersen fasste sich ans Herz. »Musst du mich so erschrecken? Deinetwegen wäre ich jetzt fast von der Leiter gefallen.«

»Du sollst auch nicht auf Leitern rumturnen, Mensch«, entgegnete sie kopfschüttelnd.

Werner Feddersen reagierte mit einer unwirschen Handbewegung und fummelte weiter. »Und dann? Willst du hier etwa im Dunkeln hausen?«

»Papa.« Ilva schaute ihn eindringlich an. »In Hamburg habe ich jede Glühbirne in meiner Wohnung höchst persönlich ausgewechselt. Das hat mir dort niemand abgenommen.«

»Ach ... in Hamburg.« Er schraubte unbeeindruckt weiter. »Hier ist das was anderes.«

»Hm. Das ist so lange anders, bis du dir auch was brichst. Wie Mama«, gab sie zu bedenken. Ihre Mutter war vor ein paar Wochen auf der Treppe ausgerutscht und dabei so unglücklich gestürzt, dass sie sich dabei den Oberschenkelhals gebrochen hatte. Seit dem Unfall war ihre Mutter nicht mehr so beweglich wie zuvor, und eine stationäre Rehamaßnahme hatte sie mit den Worten »Das ist was für alte Leute« kategorisch abgelehnt. Mit Mitte siebzig zählte sie sich noch lange nicht zum alten Eisen. Ein Pflegedienst kam zwar einmal täglich vorbei (das war auch schon das höchste der Gefühle!), um nach dem Rechten zu sehen, doch war das bei Weitem nicht ausreichend. Ihr Vater war selbst nicht mehr der Jüngste, und Ernie hatte zwar das Herz am rechten Fleck, aber wirkliche Hilfe war von ihrem Bruder auch nicht zu erwarten. So sah es Ilva. Wie es der Zufall wollte, hatte ihre alte Schule dringend eine Lehrerin für Englisch und Deutsch gesucht. Nach Ilvas Bewerbung war es glücklicherweise eine reine Formsache gewesen: Ihre Versetzung von einer Hamburger Brennpunktschule zur Nordseeschule war, obwohl es mitten im Schuljahr war, reibungslos abgelaufen.

»Unsinn! Ich falle nirgendwo runter! Hab das früher jeden Tag gemacht und nie einen Unfall gehabt«, brummte ihr Vater, indem er auf seinen früheren Job als Hausmeister anspielte.

»Das war Lichtjahre vor deiner Rente.«

»Schalte mal an jetzt«, überging er ihren Einwand.

Ilva seufzte und betätigte den Lichtschalter neben der Tür.

»Funktioniert einwandfrei«, verkündete Werner Feddersen zufrieden.

»Gut, dann kannst du ja jetzt wieder von der Leiter runterkommen. Mama wollte frischen Kaffee kochen.«

Ihr Vater stieg langsam die Leitersprossen hinab. »Du trinkst aber ein Tässchen mit? Oder musst du heute noch viel machen?«

Ilva schüttelte den Kopf. »So wild ist es nicht mehr: Den Transporter mit meinen Sachen räume ich nach und nach leer. In zwei Stunden habe ich einen Termin in der Schule. Kurze Begrüßung beim Rektor, und dann bekomme ich eine Einweisung von Ute. Für eine Tasse Kaffee reicht die Zeit.«

»Dann geh schon mal vor. Ich räum nur noch die Leiter und den Werkzeugkoffer weg.«

Als Ilva die Treppe ins Erdgeschoss herunterkam, klingelte es an der Haustür. Durch den Glaseinsatz der Tür sah sie eine blonde Frau stehen.

»Ja?« Ilva hatte die Tür geöffnet und schaute die Frau, die vor ihr stand, ein wenig ungläubig an. Ihr Gegenüber war mit so überdurchschnittlich gutem Aussehen gesegnet, dass es Ilva einen Moment lang sprachlos machte: schwedenblonde Locken, ein Teint wie Porzellan und Augen, die dem Himmel über St. Peter-Ording im Hochsommer Konkurrenz machten. Ilva griff automatisch nach ihrem schulterlangen flachsblonden Haar, das so glatt wie der Norden platt war. »Spaghettihaare« hatte mal die kleine Tochter einer Freundin dazu gesagt. Und Kindermund tut bekanntlich Wahrheit kund. Sie hatte immer etwas neidisch auf volle Locken und kräftiges Haar geschielt, aber daran ließ sich nun einmal nichts ändern. Wenigstens hatte sie eine ganz passable Figur. Das war auch schon was.

»Guten Tag, ich bin die Schwester Grit vom Pflegedienst«, riss der Engel sie aus ihren Gedanken.

»Ach ja … richtig. Kommen Sie doch rein.« Ilva öffnete

die Tür ganz und ließ die Krankenschwester eintreten.
»Mutti? Schwester Grit ist da!«

»Soll ins Wohnzimmer kommen!«, rief Ilvas Mutter aus
dem Nebenraum.

Ilva wollte vorgehen, doch Schwester Grit winkte ab.
»Danke, nicht nötig. Ich kenne den Weg.«

»Gut. Ich bin in der Küche, falls Sie mich brauchen sollten.«

Die Krankenschwester schenkte Ilva ein freundliches Lächeln, was keinen Zweifel daran ließ, dass sie ihre Hilfe
nicht brauchen würde, und verschwand im Wohnzimmer.
Ilva schaute ihr nach. Vielleicht sollte sie doch mal beim Fri-
seur einen Termin machen und ihren Spaghettihaaren den
Kampf ansagen. Das war ein guter Plan, fand sie und ging
dann in die Küche, um sich der Kaffeemaschine zu widmen.

Ilva steckte den Schlüssel ins Schloss, drehte ihn herum und
schob dann das alte Garagentor unter lautem Quietschen
hoch. Da stand er. Der alte Fridolin. Orange wie eh und je,
und er schien keinen Tag gealtert zu sein, seitdem sie ihn vor
über zehn Jahren in der Garage untergestellt hatte.

»Der Motor schnurrt wie ein Kätzchen. Der Wagen ist
fast wie neu«, verkündete ihr Vater, der neben ihr stand und
stolz auf den Pkw schaute.

»Neu ist gut«, lachte Ilva. In Hamburg hatte sie kein
Auto gehabt. Die Verbindungen mit der U-Bahn waren in
der Großstadt so gut, dass sie keinen Pkw benötigt hatte.
»Der Käfer hatte doch damals schon 28 Jahre auf dem Bu-

ckel, als ihr ihn mir zur bestandenen Führerscheinprüfung geschenkt habt.«

»Und? Er ist immer noch top in Schuss und absolut zuverlässig. Hat noch nie eine Werkstatt von innen gesehen. Habe ihn regelmäßig gewartet, und TÜV hat er auch noch bis September«, sagte ihr Vater mit erhobenem Zeigefinger. »Mach mal eine Spritztour zur Schule, dann wirst du es sehen. Das ist noch echte Wertarbeit.« Er strich mit einer Hand über die Karosserie.

»Vielleicht ein anderes Mal. Bei dem schönen Wetter fahre ich lieber mit dem Rad.« Ilva ging zu dem pastellfarbenen Klapprad, das neben dem Auto stand, und schob es aus der Garage. »Jetzt guck nicht so. Gleich morgen gehen der alte Fridolin und ich auf Tour. Zum Einkaufen nach Böhl.«

»Apropos einkaufen! Kannst du auf dem Weg beim Bäcker das Brot abholen? Deine Mutter hat eine große Wattkruste für heute Abend bestellt.«

»Mach ich. Bis später.« Sie gab ihrem Vater einen Kuss auf die Wange und schwang sich auf den Sattel ihres alten Rads, mit dem sie schon als Schülerin zum Gymnasium gefahren war.

Ein bisschen nostalgisch war ihr zumute, als sie wie früher durch die vertrauten Straßen und an den bekannten Häusern vorbeifuhr. Ihren alten Schulweg kannte sie auch nach all den Jahren noch in- und auswendig. Im Grunde hatte sich kaum etwas verändert. Sogar der kleine Kiosk existierte noch, an dem sie damals vor der Schule entweder eine gemischte Tüte oder die neueste Ausgabe der BRAVO gekauft hatte. Nach dem Abitur war sie zusammen mit ihrer alten Schulfreundin Ute zum Studieren nach Hamburg gegangen. Beide hatten an der Uni auf Lehramt studiert. Ilva hatte im Anschluss ihr Referendariat an einem Hamburger Gymnasium absolviert, während Ute das Heimweh gepackt hatte und sie bereits für ihr Referendariat an die Nordseeschule zurückgekehrt war. Heute unterrichtete sie dort Biologie und Kunst. In den vergangenen Jahren hatten Ilva und Ute sich nicht regelmäßig gesehen. Umso mehr freute Ilva sich, dass ihre Freundschaft nun eine neue Chance bekam. Fast hätte sie das Brot vergessen, doch als ihr auf der Höhe der Bäckerei der Duft von Frischgebackenem in die Nase stieg, bremste sie scharf ab und betrat die kleine Stube.

Von dort aus waren es nur noch ein paar Minuten bis zu ihrer alten Schule, die sie summend zurücklegte.

Sie stellte ihr Fahrrad in einem Ständer vor dem Gebäude ab. Bevor sie die Eingangstür öffnete, zögerte sie kurz. Ihr Blick blieb an ihrem Spiegelbild in der Verglasung hängen. In dem Moment wurde ihr bewusst, dass sie gleich zum ersten Mal als Lehrerin ihre alte Schule betreten würde. Das letzte Mal war sie hier bei ihrer Abifeier gewesen und hatte ihr Abschlusszeugnis in der Hand gehalten. Das war fast auf den Tag genau 20 Jahre her. Und nun war sie zu ihren Wurzeln zurückgekehrt. Zurück in ihr altes Zuhause, ihre Heimat, zurück an ihre alte Schule, zu ihren Freunden, zu Ute, die sie seit dem Kindergarten kannte.

Eigentlich hatte sich bei ihr seit dem Abitur nicht viel verändert: Sie war weder verheiratet, noch hatte sie Kinder. Auf ihrem Bankkonto hatte sie bis heute kein finanzielles Polster zusammengespart, und sie hatte sogar noch den gleichen Kleidungsstil wie damals, wenn sie ehrlich war. Es gab nichts Besseres als bequeme Jeans, Chucks und ein lockeres T-Shirt. Hätte ihr jemand vor einem halben Jahr gesagt, dass sie heute hier stehen würde, sie hätte es nicht geglaubt. In den vergangenen Jahren hatte sie geglaubt, in Hamburg zu einer Großstadtpflanze geworden zu sein, doch das war wohl ein Trugschluss: Als der Anruf von Ernie kam, dass ihre Mutter allein nicht mehr zurechtkam, hatte sie keine zehn Minuten darüber nachdenken müssen, was zu tun war. Die Bewerbung auf die Stelle an der Nordseeschule hatte sie schneller geschrieben als andere Leute »Bewerbung« denken konnten. Vielleicht war das auch der Grund gewesen, warum es mit den Männern bisher nicht geklappt hatte, die ihr in Hamburg über den Weg gelaufen waren. Sie gehörte einfach nach St. Peter wie die Pfahlbauten und der Strand. Ilva atmete kurz durch und betrat dann das Schulgebäude.

Kaum eine halbe Stunde später erhob sich Klaus Korte, der Rektor der Schule, von seinem Bürostuhl und streckte ihr die Hand über den Schreibtisch entgegen. »Ich freue mich wirklich sehr, dass Sie als Ehemalige den Weg an die Nordseeschule zurückgefunden haben, und heiße Sie herzlich willkommen«, sagte er mit Begeisterung, die echt wirkte.

Ilva lächelte ihn an. Der Direktor hatte einen festen Händedruck. Außerdem strahlte er eine angenehme Ruhe und Verbindlichkeit aus. Mit ihm würde sie sicherlich gut zusammenarbeiten können. »Danke. Ich freue mich auch!«

»Frau Wolters müsste noch in den Gärten sein. Wenn Sie

wollen, dann ...« Herr Korte machte Anstalten, sie zu beglei-ten.

»Oh, danke. Das ist nicht nötig. Ich weiß noch, wo die Gärten sind – ich finde Ute auch allein.«

»Gut, dann sehen wir uns morgen früh im Lehrerzimmer.« Herr Korte wirkte darüber erleichtert; der nervöse Blick zu den sich auf seinem Schreibtisch stapelnden Akten war Ilva nicht entgangen.

»Bis morgen«, verabschiedete sie sich, bevor sie das Büro verließ.

Sie ging am Sportplatz und am Hockeyfeld vorbei, auf denen Schülergruppen Sprints absolvierten. Rufe und das Schrillen einer Trillerpfeife drangen an ihr Ohr.

Die Gärten lagen eingerahmt von einem Fußball- und einem Volleyballfeld sowie einer kleinen Minigolf-Anlage. Sie musste nicht lange nach Ute suchen. Der rote Haarschopf ihrer Freundin leuchtete schon von Weitem wie Klatschmohn aus einem der Beete. Ute hatte Ilvas Kommen nicht bemerkt. Sie kniete auf dem erdigen Boden und bearbeitete Unkraut mit einer Hacke.

»Das ist ja vielleicht eine Begrüßung.«

Ute drehte ruckartig ihren Kopf in Ilvas Richtung und blickte sie erschrocken an.

»Aber wenigstens regnet es heute nicht.« Ilva hatte ihre Hände in die Hüften gestemmt und grinste bis an beide Ohren.

»Ilva!« Ute war aufgesprungen und ließ die kleine Hacke in einen Eimer fallen, in dem sie das gezupfte Unkraut sammelte. Lachend zog sie ihre Handschuhe aus. »Entschuldige. Ich war ganz in meine Gartenarbeit vertieft.« Sie umarmte die Freundin. »Schön, dass du da bist.«

»Kannst du glauben, dass wir wieder zusammen an der Schule sind? So wie früher!« Ilva strahlte Ute an und ließ den Blick auf ihr ruhen: Sie gehörte zu den Leuten, die sich äußerlich mit den Jahren kaum veränderten. Ihre roten Locken trug sie wie eh und je zu einem asymmetrischen Bob geschnitten, und auch ihren eigenwilligen bunten Kleidungsstil hatte sie über all die Jahre beibehalten.

»Ich konnte es erst nicht glauben, als ich von deiner Bewerbung erfahren habe. Ich dachte, du kommst nie mehr aus Hamburg zurück.«

»Das dachte ich eigentlich auch«, gab Ilva zu. »Aber dann hatte Mutti den Unfall, und jetzt bin ich wieder hier.«

»Alle Wege führen nach St. Peter-Ording.« Ute schüttelte lachend den Kopf. »Wo wohnst du eigentlich?«

»Bei Mama und Papa. In der Einliegerwohnung.« Ilva verdrehte die Augen. »Wie immer.«

»Was ein Glück, dass deine Eltern sie nicht vermietet haben. In St. Peter eine Wohnung zu finden, das ist gar nicht mehr so einfach. Früher war das noch anders.«

»Meine Eltern und vermieten?« Ilva winkte ab. »Sie haben die Wohnung nie vermietet. Nachdem Ernie und ich dort ausgezogen waren, haben sie sie immer für uns frei gehalten, das weißt du doch: Für den Fall der Fälle.« Sie schnaubte. »Und jetzt, wo ich dort wieder eingezogen bin, fühlen sie sich natürlich bestätigt.«

»Ach, schön, dass du da bist.« Ute umarmte sie noch einmal. »Wir müssen so viel nachholen. Es gibt eine Menge zu erzählen.«

»Unbedingt! Gut, dass wir uns jetzt jeden Tag sehen.«

»Dann zeige ich dir eben alles, damit du morgen weißt, wo du was findest«, schlug Ute vor.

»Können wir davor kurz zum Leuchtturm gehen?«, fragte Ilva. »Ich habe es bis jetzt noch nicht geschafft, einen Blick über die Salzwiesen zur Nordsee zu werfen.«

»Na klar. Lass uns gehen!« Ute ließ ihre Gartenutensilien im Beet liegen, und die Freundinnen machten sich auf den Weg zum Deich.

Als sie auf der Höhe des Fußballplatzes waren, kamen ihnen einige Schüler und ein braun gebrannter athletischer Mann in Sportkleidung entgegen, der einen Fußball in der Hand hielt. »Hi Ute«, grüßte er und blieb stehen. Er nickte Ilva zu.

»Bernd, das ist Ilva. Ilva, das ist Bernd. Er unterrichtet Erdkunde, Chemie und Sport«, übernahm Ute die Vorstellung der beiden.

»Ah, die neue Kollegin. Freut mich. Habe schon viel von dir gehört.« Er schüttelte ihre Hand.

Ilva lachte. »Hoffentlich nur die guten Geschichten.«

Bernd wiegte den Kopf hin und her und zwinkerte Ilva zu.

»Wir wollten gerade zum Leuchtturm gehen«, sagte Ute.

»Dann lasst euch nicht aufhalten. Bleibt's bei nachher?« Er klemmte den Ball unter seine Achsel.

Ute nickte. »Um 17 Uhr mit den Rädern an der Bushaltestelle.«

»Alles klar, dann bis später.« Bernd joggte den Schülern hinterher.

Ilva und Ute folgten dem Weg am Karpfenteich vorbei.

»Was ist denn nachher?«, fragte Ilva.

»Eine öffentliche Versammlung im *Dünen-Hus* von der Bürgerinitiative, in der Bernd und ich Mitglieder sind. Irgend so ein Architekt will auf dem Gelände des ehemaligen Kurheims ein neues Hotel bauen. Mitten in die Dünen rein. Stell dir das mal vor!«

»Die Dünen liegen doch nach wie vor im Naturschutzgebiet, oder?« Ilva spürte Empörung in sich aufsteigen – jetzt war sie zurück, und irgendein Schnösel wollte die Dünen ihrer Heimat verschandeln?

»Normalerweise schon. Aber du weißt ja, wo Geld ist, gibt es Wege. Deswegen müssen wir Widerstand leisten, um den Irrsinn zu verhindern.«

»Kann ich mitkommen?«

»Klar. Wir sind über jeden Mitstreiter dankbar. Ein paar Schüler vom Bio-Leistungskurs kommen auch mit … und du wirst auf der Veranstaltung auch mindestens einen alten Bekannten treffen.«

»Wen denn?«

»Lass dich überraschen«, sagte Ute und lächelte geheimnisvoll.

»Du weißt ganz genau, dass ich Überraschungen hasse!«, protestierte Ilva.

Ute lachte laut auf. »Wenn du willst, können wir uns um halb sechs vor dem *Dünen-Hus* treffen.«

»Super! Dann lerne ich gleich ein paar Schüler kennen«,

sagte Ilva. »Wie sind sie denn so? Uns hätte ich nicht unterrichten wollen«, fügte sie schaudernd hinzu.«

»Die meisten sind ganz pflegeleicht und machen sogar regelmäßig ihre Hausaufgaben. Ein paar originelle Exemplare gibt es hier aber auch.«

»Immerhin.« Ilva lachte auf. »Daran, dass jemand regelmäßig Hausaufgaben macht, werde ich mich gewöhnen müssen. An der Hamburger Schule waren Schulaufgaben nicht so angesagt. Mit meinen Strichlisten hätte ich Wände tapezieren können.«

Sie kamen am Ende des Weges an und bogen rechts auf den Deich ab. Einige Meter vor ihnen erhob sich ein alter Ziegelturm, der mitten auf dem Seedamm erbaut worden war.

Als sie am alten Leuchtturm angelangt waren, berührte Ilva die von der Sonne warmen Mauersteine mit einer Hand. Ihr offenes Haar wurde durch eine Windböe durcheinandergewirbelt. Sie seufzte. »Mir wird gerade mit jeder Minute bewusster, wie sehr ich St. Peter-Ording doch vermisst habe.« Sie blickte über die Salzwiesen bis hin zu den Pfahlbauten und weiter zum Meer, das in der Ferne im Sonnenlicht glitzerte. »Wie konnte ich es nur so lange in Hamburg aushalten?«

»Die gute Nachricht ist: Du kannst jetzt täglich hierherkommen.« Ute machte eine ausholende Handbewegung. »Alles vor deiner Haustür.«

»So soll es auch bleiben.« Ilva nickte. »Bringen wir die Einweisung hinter uns, damit ich nachher pünktlich am Treffpunkt bin.«

Sie war gespannt darauf, welchen alten Bekannten Ute wohl meinte.

3. Kapitel

Am frühen Abend im *Dünen-Hus*
an der Erlebnis-Promenade, bei auffrischendem Wind
und ersten Wolken am Himmel

Bernd blieb in der Tür des *Dünen-Hus* stehen. »Hier steppt ja mächtig der Bär.«

»Ziemlich stickig.« Ute fächelte sich mit einer Hand etwas Luft zu. »Bei den vielen Leuten hätten sie mal besser die Außenbühne geöffnet«, rief sie über das Stimmengewirr der Anwesenden hinweg.

»Wahrscheinlich hat keiner mit so einem Ansturm auf die Info-Veranstaltung gerechnet.« Ilva ließ ihren Blick durch den proppevollen Saal schweifen. Vor den blauen Vorhängen der Bühne war eine Leinwand aufgespannt, und auf einem Tisch stand ein Beamer. In den zehn bestuhlten Reihen konnte sie keine freien Plätze ausmachen. Das Publikum war bunt gemischt. Viele standen am Rand, sprachen in Grüppchen miteinander und gestikulierten wild. Unter ihnen entdeckte Ilva den Bürgermeister und mindestens fünf ihr bekannte Einheimische. Ob Ute einen von ihnen gemeint hatte?

Neben Leuten mit T-Shirts von der Bürgerinitiative, die

auch Ute, Bernd und die Schüler der Nordseeschule trugen, schienen sich auch einige Touristen unter die Zuhörer gemischt zu haben. »Keine Chance. Alle Sitzplätze sind belegt. Dort drüben können wir uns hinstellen.« Ilva zeigte auf eine freie Stelle seitlich an der Wand, in der Nähe der Bühne.

»Wir gehen rüber zu den Leuten von der Schutzstation«, sagte Torben, einer der Schüler, die mitgekommen waren.

»Ist gut.« Ute nickte. »Wir treffen uns dann nachher bei den Rädern.«

Die Schüler gesellten sich zu einer Gruppe anderer Jugendlicher, die sich auf der gegenüberliegenden Seite in der Nähe des Rednerpults aufgestellt hatten. Ilva, Ute und Bernd bahnten sich ihren Weg durch die Leute, bis sie die freie Stelle erreicht hatten. Dort trafen sie auf ein Pärchen im mittleren Alter, das ebenfalls T-Shirts der Bürgerinitiative trug. Die Frau und der Mann begrüßten Ute und Bernd und verwickelten sie sogleich in ein Gespräch, während Ilva erneut den Blick durch den Saal schweifen ließ. Sie entdeckte ihren Bruder in Dienstkleidung, der in unmittelbarer Nähe mit einem Kollegen stand. Natürlich! Ihn hatte Ute mit dem alten Bekannten gemeint. Vermutlich hatte sie gewusst, dass er dienstlich anwesend sein würde. Ilva wollte schon auf ihn zugehen, als sie bemerkte, dass er mit einem Mann im Anzug sprach. Sie entschied sich zu warten, bis er mit dem Gespräch fertig war. Der Anzugträger nestelte mit einer Hand nervös an seinem Krawattenknoten. Er schien sich nicht wohl in seiner Haut zu fühlen. Seine Stirn glänzte, und in einer Hand hielt er zusammengerollte Papiere. Schließlich ging er in Begleitung von Ernies Kollegen Richtung Bühne, wo er vom Bürgermeister in Empfang genommen wurde. Komisch, dachte Ilva. Der Krawatten-Heini wirkte so nervös, als würde er in Lebensgefahr schweben. Was natürlich in St. Peter-Ording völlig absurd war. Hier waren höchstens Fischbrötchen vor Möwen und ihrem Bruder in Gefahr.

»Ich gehe mal rüber zu Ernie«, sagte Ilva zu Ute.

»Ist gut. Wir bleiben hier stehen«, sagte ihre Freundin und vertiefte sich sofort wieder in das Gespräch mit der Frau von der Bürgerinitiative.

Ilva schob sich neben ihren Bruder und knuffte ihn in die Seite. »Moin!«

»Ilva?!«, rief Ernie erstaunt und umarmte sie dann überschwänglich. »Was machst du denn hier? Dachte, ich sehe dich erst nachher beim Abendessen.« Er hielt ihre Hände fest und strahlte sie an.

»Das dachte ich auch. Aber Ute hat mir von diesem unsäglichen Hotelprojekt erzählt, und da habe ich spontan beschlossen, Widerstand zu leisten.«

Ernie verzog den Mund. »Ich habe gerade mit Westermann, dem verantwortlichen Architekten, gesprochen.«

»Der Typ mit dem Anzug?«

»Hm«, machte Ernie.

Sie blickte zur Bühne. Der Architekt fummelte umständlich am Beamer herum. Der Kollege ihres Bruders (wie hieß er noch gleich? Fred?) hatte sich an seiner Seite aufgestellt. »Sieht aus, als würde er von deinem Kollegen bewacht werden«, sagte sie halb im Scherz.

»Er hat sich in St. Peter nicht sonderlich beliebt gemacht. Deswegen bleibt Fred vorsichtshalber in seiner Nähe, und ich habe den Rest im Auge.« Ernie reckte wichtig den Hals und griff mit beiden Händen an seinen Polizeigürtel.

»Klar.« Ilva musste sich ein Grinsen verkneifen. Ganz der große Bruder, der immer alles unter Kontrolle hatte – oder dies zumindest glaubte.

»Ich schau mal, ob da hinten alles in Ordnung ist«, sagte Ernie mit Blick auf eine erhitzte Diskussion auf der anderen Seite des Saals. »Wir sehen uns dann nachher, ja?«

»Machen wir! Ich muss auch dringend was trinken«, erwiderte sie. Ihre Kehle fühlte sich staubtrocken an. Die Luft im *Dünen-Hus* schien zu stehen. »Bis nachher.« Ilva schob sich durch die Menschen bis zur Theke und bestellte ein Wasser.

»Macht dann zwei fünfzig«, sagte die junge Frau und stellte eine Wasserflasche vor Ilva auf den Tresen. Sie bezahlte und trat dann mit der Flasche in ihrer Hand den Weg zurück zu Ute und Bernd an. Sie kam nur schlecht vorwärts. In der Zwischenzeit hatte sich der Veranstaltungsraum weiter mit Interessierten gefüllt. Ilva musste immer wieder stehen bleiben und warten, bis sich eine Lücke zwischen den Leuten auftat, durch die sie hindurchschlüpfen konnte. Gerade stand ein großer Mann vor ihr, der ihr den Rücken zugekehrt hatte und keine Anstalten machte, sich zur Seite zu bewegen.

Ilva tippte ihn an. »Entschuldigung, kann ich mal bitte vorbei?«, bat sie.

Langsam drehte er sich zu ihr um. »Aber sicher.«

Diese warme Stimme erkannte sie, noch bevor er sich ganz zu ihr umgedreht hatte. Ein Schauer lief über ihren Rücken, und ihr Herzschlag beschleunigte sich. Für einen Moment sprachlos, blickte sie Eike an. Ihre große Jugendliebe, der Mann, den sie als Teenager am liebsten geheiratet hätte und den sie vor Jahren aus den Augen verloren hatte. Mit ihm war Ilva zu Schulzeiten zusammen gewesen. Kein Blatt hatte zwischen sie gepasst. Nach dem Abitur hatten sich ihre Wege allerdings getrennt, als beide an verschiedene Universitäten gegangen waren. Ilva, um Lehrerin zu werden, und Eike für sein Biologiestudium.

Seine blauen Augen weiteten sich. »Ilva?«, fragte er ungläubig.

»Eike ... ja, ich bin's«, sagte sie wenig originell und zuckte mit den Schultern.

»Na, so was! Mit dir habe ich ja überhaupt nicht gerechnet.« Er stemmte eine Hand in die Hüfte.

»Ich mit dir auch nicht.«

»Besuchst du deine Eltern?«

»Nicht direkt. Ich wohne wieder in St. Peter«, antwortete sie. Und etwas leiser: »Bei meinen Eltern.«

»Ach was!«

»Hab eine Stelle an der Nordseeschule angenommen.«

Eike schaute sie an, ohne den Blick von ihr abzuwenden. Er lächelte, und dabei bildeten sich diese unverkennbaren Eike-Lachfältchen um seinen Mund, an denen sie sich schon damals nicht hatte sattsehen können.

»Und du? Ich dachte, du wärst auf Sylt?«, fragte sie, um

ein wenig die Kontrolle über die Situation wiederzuerlangen.

»Schon seit einem Dreivierteljahr nicht mehr«, winkte er ab und vergrub seine Hände in den Vordertaschen seiner Stoffhose.

Überhaupt sah er sehr schick aus, fiel Ilva auf. Er trug ein helles Hemd und eine Krawatte. Sein blondes Haar war etwas kürzer als früher, aber es stand widerspenstig wie immer zur Seite ab, als wäre er gerade aus dem Bett aufgestanden. »Wie kommt's? Ich dachte, Sylt wäre der *place to be*.«

Er zuckte leicht mit den Achseln. »Zu viele Promis, zu wenig Strand.«

»Aha.« Ilva musste grinsen. »Und was arbeitest du jetzt?«

»Ich bin Stationsbetreuer bei der Schutzstation Wattenmeer für St. Peter und Husum. Nebenbei manage ich noch als ehrenamtlicher Leiter die Bürgerinitiative gegen das *Dünotel*.«

»Ach? Davon hat mir Ute gar nichts erzählt«, sagte Ilva verwundert, doch noch im selben Moment wurde ihr klar, dass Eike der alte Bekannte war, den ihr ihre Freundin angekündigt hatte. Natürlich! »Mit ihr und einem Kollegen bin ich hier. Und mit ein paar Schülern«, fügte Ilva hinzu.

»Ach, mit Ute.« Eike nickte und ließ seinen Blick wieder auf ihr ruhen. »Ist wirklich schon alles sehr lange her, aber irgendwie auch, als wäre es erst gestern gewesen.«

Sein Blick ging ihr durch und durch. Eike hatte nichts von seiner Attraktivität eingebüßt und löste in ihr längst vergessene Gefühle aus. Ilva schüttelte leicht den Kopf, um sich aus der aufgeladenen Atmosphäre zu lösen, die sich zwischen ihnen eingestellt hatte.

»Test, Test. Eins, zwei, drei«, erklang die Stimme des Bürgermeisters durch Lautsprecherboxen, bevor sie etwas erwidern konnte.

Eike fuhr sich mit einer Hand durch die Haare und lächelte verschmitzt. »Sorry, ich würde mich total gern weiter mit dir unterhalten, aber ich bin heute Abend auch als Redner hier. Aber bald?«

»Gerne«, sagte sie schnell, bevor er verschwinden konnte. »Du weißt ja, wo meine Klingel ist.«

»Ich weiß sogar noch, wo die Leiter ist, falls sie da noch steht«, spielte er auf heimliche Fensterbesuche in ihrer Jugendzeit an.

Ilva blickte verlegen zur Seite. »Ich muss dann auch wieder zurück zu Ute.

»Bis bald.« Er lächelte sie noch einmal an und ging dann zur Bühne, wo Ernies Kollege Fred weiterhin neben Westermann die Stellung hielt.

Ilva schaute Eike nach und versuchte, ihre Gedanken zu sortieren. Die Begegnung mit ihm hatte sie gehörig aus dem Konzept gebracht. Die Leiter! Sie schüttelte den Kopf. Dass Eike sich daran noch erinnerte. Während sie noch dabei war, einen klaren Kopf zu bekommen, begann der Bürgermeister mit der Begrüßung der Anwesenden. Ilva gab sich einen Ruck und zwängte sich durch die Leute hindurch, die so dicht beieinanderstanden wie auf einem Rockkonzert. Kurz bevor sie bei Ute und Bernd ankam, rief der Bürgermeister Eike auf, der unter lautem Beifall die Bühne betrat.

»Das war also der alte Bekannte, den du gemeint hast«, rief sie gegen den Applaus in Utes Ohr.

Ihre Freundin grinste. »Eike ist der Leiter der Bürgerinitiative.«

»Das weiß ich mittlerweile auch.« Ilva trank einen Schluck aus der Wasserflasche. »Hat er mir eben erzählt.« Da begann Eike zu sprechen. Charmant begrüßte er das Publikum, doch es dauerte nicht lange, bis auch dem Letzten im Saal klar sein musste, wie leidenschaftlich er gegen das *Dünotel* kämpfte. Energisch sagte er: »Es ist nicht ersichtlich, warum man so ein Hotel direkt ans Naturschutzgebiet bauen will. Es gibt an anderen Stellen genügend Fläche.« Spontaner Beifall brandete auf. »Dieses Hotel stellt mit seiner Größe eine erhebliche Gefahr für die Vögel dar. In den Niederlanden gibt es einen vergleichbaren Hotelkomplex. Dort müssen die Angestellten jeden Morgen zuerst die toten Vögel aufsammeln, die gegen die Fensterscheiben geflogen sind. Solche Bauwerke sind eine Katastrophe für das Dünenökosystem und eine Schande für ganz St. Peter-Ording!«

Ilva schaute zu Westermann, der in der ersten Stuhlreihe Platz genommen hatte. Dabei stellte sie überrascht fest, dass Schwester Grit neben ihm saß. Die Krankenschwester, die ihre Mutter in der ambulanten Altenpflege zu Hause betreute. Der Architekt und sie machten einen vertrauten Eindruck auf Ilva. Offenbar kannten sie sich gut.

»Es ist wichtig, dass wir die Fehler der Niederländer nicht wiederholen. Dieses Projekt muss auf jeden Fall verhindert werden. Für die Natur, für die Tiere und auch für St. Peter-Ording«, schloss Eike seine emotionale Rede. Unter tosendem Beifall und Bravorufen verließ er die Bühne. Leute klopften ihm anerkennend auf die Schultern und schüttelten seine Hände, als hätte er gerade die Wahl zum Bundeskanzler gewonnen.

Es blieb Ilva keine Zeit, um weiter über Schwester Grit und den Architekten nachzudenken, denn es folgte Westermanns Gegenrede, die Tumult unter den Anwesenden auslöste. Auf der Leinwand erschien ein Entwurf des geplanten Großprojekts. Ein Hotel, das tatsächlich mitten in die Dünenlandschaft gebaut war und das gewisse Ähnlichkeiten mit einem UFO hatte.

»Für das Projekt werden umweltschonende Baustoffe verwendet«, referierte er, während unwilliges Gemurmel aus dem Publikum drang.

»Deine Baustoffe kannst du dir in den Hintern schieben«, rief ein älterer Herr und ballte wütend die Fäuste.

»Für St. Peter-Ording ist dieses Hotel ein Gewinn«, fuhr Westermann stoisch fort. »Der Ort braucht größere Hotelkapazitäten, um der Touristennachfrage gerecht zu werden.«

»Wir besetzen die Dünen!«, drohte einer der Naturschützer.

»Hier wird nichts gebaut!«, brüllte ein anderer.

Der Protest wurde immer lauter, und schließlich brach Westermann seinen Vortrag ab. Fred, der nach wie vor neben der Bühne positioniert war, nahm ihn in Empfang, während Ernie sich darum kümmerte, die aufgebrachten Gemüter zu beruhigen.

Ilva schüttelte den Kopf. »Was ein Theater. So ein Hotel

gehört so wenig zu St. Peter wie eine Wanderdüne nach Berlin.«

»So was habe ich in St. Peter bisher noch nicht erlebt.« Ute warf einen besorgten Blick auf die wütenden Zuhörer, die Westermann unmissverständlich zu verstehen gaben, dass sie ihn als Symbol für alles, was sie hier nicht wollten, verstanden.

»Lasst uns lieber gehen, bevor die Lage eskaliert«, meinte Ilva.

»Ist wahrscheinlich besser so. Schaue noch kurz, ob alle Schüler gut heimkommen«, sagte Bernd und wandte sich ab.

Mitglieder der Bürgerinitiative hatten sich an einem Tisch in der Nähe des Ausgangs vom *Dünen-Hus* postiert und sammelten Unterschriften gegen das Projekt. Ilva und Ute trugen sich in die Liste ein.

»Wenn Sie glauben, Sie haben mit Ihrem Krawall Erfolg, dann sind Sie aber schiefgewickelt«, erklang hinter ihnen Westermanns aufgebrachte Stimme.

Ute drehte sich um. »Oh nein! Das hat noch gefehlt.«

»Was denn?« Ilva schaute über ihre Schulter.

Der Architekt und Eike standen sich gegenüber und blickten einander feindselig an. Eike hatte die Arme vor der Brust verschränkt. In seiner Miene spiegelten sich Abscheu und Ablehnung.

»Eike ist extrem wütend«, raunte Ilva ihrer Freundin zu. »Hoffentlich macht er keinen Blödsinn!«

Ilva konnte erkennen, dass Eikes Kiefermuskeln arbeiteten.

»Ach ja?«, sagte Eike in dem Moment mit ruhiger Stimme zu Westermann. Lächelnd fügte er hinzu: »Werden wir ja sehen.«

Das war zu viel des Guten für Westermann. Er sprang auf Eike zu und verpasste ihm einen kräftigen Stoß gegen die Brust. »Von Öko-Fuzzis wie dir lass ich mir nicht meine Geschäfte kaputt machen«, schrie er wie von Sinnen.

»Fassen Sie mich nicht an!« Eike stieß ihn mit aller Kraft zurück. Westermann strauchelte und stürzte fast zu Boden.

»Das wird ein Nachspiel haben!« Westermanns Gesicht war krebsrot vor Zorn. Fahrig nestelte er an seiner Krawatte und rappelte sich hoch.

Bevor die Lage weiter eskalieren konnte, gingen Ernie und sein Kollege Fred zwischen die Streithähne.

»So, jetzt ist hier Schicht im Schacht«, sagte Fred bestimmt und bugsierte Eike energisch aus dem Dünen-Hus.

Doch die Stimmung war aufgeheizt. Einige Mitglieder der Bürgerinitiative äußerten nach wie vor laut ihren Unmut. Ernie und Fred forderten die Leute auf, das Dünen-Hus zu verlassen. »Geht nach Hause. Die Vorstellung ist vorbei«, brummte Ernie gutmütig, während Fred sich vor der Tür aufbaute.

Draußen atmete Ilva die klare Luft ein, die eine sanfte Brise vom Meer herüberwehte, und schüttelte den Kopf. »Was für ein krasser Abend!«

Ute lehnte sich gegen ihr Rad. »Ich bin froh, wenn Bernd unsere Schüler aus dem Dünen-Hus lotst, bevor sie in eine Keilerei verwickelt werden.«

»Ernie und sein Kollege werden das schon zu verhindern wissen.«

»Deine Worte in Gottes Ohren!« Ute legte ihren Kopf schräg. »Sag mal, gehen wir morgen zusammen zur Schule?«

»Du meinst, so wie früher?«

Ute nickte. »Mit den Rädern um halb acht vorm *Wanlik-Hüs?*«

»Abgemacht.« Sie schaute zum *Dünen-Hus.* In dem Moment verließ Westermann den Veranstaltungssaal und ging Richtung Promenadenplatz. Kurz darauf folgte Schwester Grit und schlug ebenfalls den Weg zur Promenade ein.

»Komisch«, sagte Ilva mehr zu sich selbst.

»Was denn?«

»Ach, nichts. Ich sehe wahrscheinlich schon den Schimmelreiter.« Ilva machte eine wegwerfende Handbewegung. »Guck mal, da vorne kommt Bernd mit den Schülern.«

»Na, Gott sei Dank!«, sagte Ute erleichtert.

Nachdem Ute und Bernd mit den Schülern in Richtung Ortskern aufgebrochen waren, da sie denselben Weg hatten, ging Ilva zurück zum *Dünen-Hus.* Vor dem Eingang unterhielten sich Eike und der Bürgermeister. Im Saal entdeckte sie ihren Bruder und Fred am Tisch der Unterschriftensammler.

Ernie machte seinen Kollegen und Ilva miteinander bekannt. »Ihr seht euch gar nicht ähnlich«, kommentierte Fred.

»Ich komme nach unserer Mutter und Ilva nach unserem Vater«, erklärte Ernie.

»Und keiner nach dem Postboten«, sagte Ilva und lächelte. Den Scherz machte ihr Vater seit vielen Jahren. »Was ist? Nimmst du mich mit nach Hause, oder muss ich mit dem Bus fahren?« Sie war zu Fuß gekommen, da sie Lust gehabt hatte, sich ein bisschen zu bewegen.

Ernie warf einen Blick auf die Uhr. »Oh ja, schon so spät! Die warten bestimmt schon auf uns.«

»Ich fahr euch rum«, sagte Fred.

»Tschüss!« Ilva winkte Eike zum Abschied zu, der sich noch immer mit dem Bürgermeister unterhielt.

»Tschüss!« Er winkte zurück und formte mit seinen Lippen das Wort Leiter, was Ilva ein Grinsen entlockte.

»Schönen Abend noch.« Der Bürgermeister nickte ihnen zu.

Das Essen stand schon auf dem Tisch, als Ilva und Ernie in dem gemütlichen Wohnzimmer ihrer Eltern erschienen, dessen Herzstück ein alter Kachelofen bildete, der wohlige Wärme verbreitete.

»Endlich Feierabend!«, sagte Ernie und gab seiner Mutter einen Kuss auf die Wange, bevor er seine Frau Heike mit einem Schmatzer begrüßte. »Tut mir leid, dass es später geworden ist, Muddi. Im *Dünen-Hus* war vielleicht was los ...« Er setzte sich an den Tisch.

»Bierchen?«, fragte Heike.

Ernie nickte. »Ja, gerne.«

»Für mich nicht«, sagte Ilva und ging zur Terrassentür, vor der Kater Kuschel saß und laut um Einlass maunzte. Sie nahm ihn auf den Arm. »Du kommst aber spät zu meiner Begrüßung. Wo warst du denn die ganze Zeit?«

»Wahrscheinlich bei seinem täglichen Ausflug.« Sybille Feddersen nahm ihr den laut schnurrenden Kater ab.

»Was war denn jetzt im *Dünen-Hus* los?«, erkundigte sich Werner Feddersen.

»Das können die beiden gleich in Ruhe beim Essen erzählen«, unterbrach Sybille Feddersen ihren Mann. »Erst werden die Teller und Kuschels Fressnapf vollgemacht.« Diese Ansage duldete keine Widerrede.

Es gab Krabben, Matjes, Backfisch und Kartoffelsalat. Zum Nachtisch hatte Heike Schokopudding und Vanillesoße gekocht. Nachdem die ersten Minuten des Essens in hungriger Stille vergingen, begannen Ernie und Ilva, abwechselnd von der Zusammenkunft zu erzählen.

»Das war vielleicht ein Stress«, endete Ernie und nahm einen Schluck Bier.

»Du und Fred, ihr habt die Situation doch souverän gemeistert«, sagte Ilva anerkennend.

»Ja, schon. Aber gut, dass solche Veranstaltungen nicht jeden Tag sind.« Ernie lehnte sich gerade zurück, als sein Diensthandy klingelte. Er schaute auf das Display und richtete sich wieder auf. »Die Wache. Bestimmt Pannenbäcker. Der macht heute die Nachtbereitschaft.« Er stand auf und ging zum Telefonieren in die Küche.

»Wann musst du denn morgen in die Schule?«, fragte Sybille Feddersen.

»Um kurz vor acht muss ich da sein.« Ilva spießte ein Stück Backfisch mit der Gabel auf und führte es zum Mund.

»Gut zu wissen. Was willst du denn aufs Brot haben?«

Ilva ließ die Gabel mit dem Stück Fisch wieder sinken.

»Mama! Ich bin 38 Jahre alt. Du musst mir doch keine Brote mehr schmieren.«

»Ach was! Ich mache jeden Morgen Brote für deinen Vater, da kann ich auch zwei mehr schmieren«, wiegelte sie ab. »Mit solchen Kinkerlitzchen fangen wir gar nicht erst an. Es gibt Brote für alle. Basta!«

Ilva holte Luft, um zu protestieren, doch sie wusste aus Erfahrung, dass das vergebliche Liebesmüh gewesen wäre. Resigniert sagte sie: »Mit Käse und Ei, bitte.«

»Gut«, sagte Sybille Feddersen zufrieden.

Da kam Ernie aus der Küche zurück ins Wohnzimmer geschossen. »Kerle Kiste! Das war Fred! Ich muss noch mal los!«

»Wieso? Du hast doch Feierabend?«, frage Heike irritiert. »Kann euer Kollege das nicht erledigen?«

Ernie schüttelte den Kopf. »Pannenbäcker ist am Telefon. Eine Spaziergängerin hat eine Leiche entdeckt. Das ist ein Fall für Fred und mich.«

»Was? Wo? Etwa hier in St. Peter?«, fragte Ilva ungläubig.

Ernie nickte. »Jap. Am Ordinger Strand. In den Dünen.«

»Eine Leiche in St. Peter?«, fragte Sybille Feddersen ungläubig.

»Auch das noch! St. Peter ist auch nicht mehr das, was es mal war«, stellte Werner Feddersen kopfschüttelnd fest.

»Das sind ganz neue Moden«, pflichtete seine Frau ihm bei.

»Es tut mir wirklich leid, dass ich die gemütliche Runde verlassen muss. Fred holt mich gleich ab.«

»Ich stell dir was an die Seite für später«, sagte Heike und strich ihm mitfühlend über die Wange.

Ernie seufzte und warf seinem Feierabendbier einen bedauernden Blick beim Abschied zu. »Was ein Stress ...«

4. Kapitel

Später am Abend vor dem Reetdachhaus
der Familie Feddersen, bei bewölktem Himmel
und erstem leisen Gewittergrollen in der Ferne

Ernie verließ im Laufschritt sein Elternhaus. Der Peterwagen mit Fred am Steuer wartete bereits auf ihn.

Heike lief ihm hinterher. »Deine Polizeimütze!«, rief sie und schwenkte die Kopfbedeckung in ihrer Hand.

Er blieb stehen und ging auf seine Frau zu. »Danke, mein Schatz.« Er küsste sie auf den Mund und setzte die Mütze auf. »Mit leerem Magen bin ich etwas tüdelig.«

»Beeile dich, damit du schnell was Ordentliches in den Magen bekommst.« Sie winkte ihm nach.

Ernie öffnete die Beifahrertür und ließ sich auf den Sitz neben Fred fallen. »Bist du geflogen?«

»Im Gegensatz zu dir habe ich mich beeilt. Pannenbäcker sagte, die Spaziergängerin, die den Leichenfund gemeldet hat, steht kurz vor einem Nervenzusammenbruch.« Fred war voll in seinem Element. »Wahnsinn! Ein Mord in St. Peter!«

»Von Mord ist doch bis jetzt gar nicht die Rede.« Ernie ließ die Schlosszunge ins Gurtschloss einrasten und griff mit einer Hand an den Haltegriff. »Dann flieg mal los, bevor die Zeugin einen Herzinfarkt bekommt und wir zwei Leichen haben.«

Das ließ sich Fred nicht zweimal sagen. Mit quietschenden Reifen fuhr er los und schaltete das Blaulicht an.

»Neuer Rekord«, verkündete Fred, als er den Peterwagen am Ende der Sackgasse parkte, in der sie schon am Morgen gewesen waren, und den Motor abstellte.

»Kam mir auch so vor.« Ernie rückte seine Polizeimütze zurecht, die bei der Fahrt verrutscht war. Er nahm aus seinem Gürtel eine Taschenlampe und schaltete sie ein. »Geht. Alles klar.«

Sie stiegen aus, wobei Fred seine Sonnenbrille aufsetzte.

»Es ist nach neun. Sonne gibt's morgen wieder«, kommentierte Ernie.

Fred blickte erstaunt auf, lächelte verlegen und nahm die Brille wieder ab. »Hab ich automatisch gemacht.«

Ernie schüttelte den Kopf und verkniff sich ein Grinsen. Sein Kollege war eben auch nur ein Mensch, und bei einem Leichenfund konnte jeder mal durch den Wind sein. »Komm, wir beeilen uns.«

»Hallo! Hierher!«, hörten sie es nach wenigen Metern rufen. Eine Frau war auf Ernies Taschenlampenlicht aufmerksam geworden und hatte sich lautstark bemerkbar gemacht. »Hierher!«, rief sie mit beiden Armen winkend.

»Moin!«, grüßte Ernie die Zeugin. »Haben Sie die Polizei gerufen?«

»Ja.« Die Frau zitterte leicht und schlang ihre Arme um den Oberkörper. Ihr war anzusehen, dass sie unter Schock stand. Neben ihr kläffte lautstark ein Pekinese.

»Mein Name ist Feddersen, und das ist mein Kollege Glabotki. Sollen wir einen Arzt für Sie rufen?«, sprach Ernie in gezielt beruhigendem Ton weiter.

»Nein, nein. Keinen Arzt. Es geht schon wieder. Jetzt sind Sie ja da.«

Fred zückte was zum Schreiben. »Sagen Sie uns bitte Ihren Namen?«

»Bremer. Marlis Bremer. Ich bin hier seit gestern im Urlaub mit meinem Mann. Wir sind aus Stuttgart.«

»Wo ist Ihr Mann jetzt?«, erkundigte sich Fred.

»In unserer Ferienwohnung. Er hatte keine Lust auf einen Spaziergang, weil wir heute schon so viel unterwegs waren. Seine Knie machen das nicht mehr so mit.«

»Haben Sie Ihren Mann von Ihrer Entdeckung telefonisch unterrichtet?«, fragte Fred unbeirrt weiter.

»Noch nicht. Ihr Kollege, den ich in der Wache erreicht habe, meinte, ich soll damit warten, bis Sie kommen.«

»Das haben Sie genau richtig gemacht. Wir brauchen noch Ihre Kontaktdaten und die Anschrift Ihrer Ferienwohnung, dann können Sie Ihren Mann verständigen«, erklärte Ernie. »Wo liegt denn die Person, die Sie gefunden haben?«

»Da vorne ist der Mann.« Sie nickte zu einer Düne. »Mein Hund hat ihn gefunden.«

Ernie leuchtete mit der Taschenlampe in die Richtung. Der Lichtschein fiel auf zwei Füße, die in braunen Lederschuhen steckten. Der Rest des Körpers war von einem Plakat verdeckt. »Woher wissen Sie, dass unter dem Plakat eine Leiche liegt?«

Sie zuckte mit den Schultern. »Der hat sich nicht einmal bewegt, obwohl Rocky ihn angebellt hat. So tief kann keiner schlafen, habe ich mir gedacht.«

»Da ist wohl was dran«, stimmte Fred zu und nahm eine Zeugenaussage von Frau Bremer auf. »Also, Frau Bremer, Sie haben hier nichts angefasst?«

»Nein, nur mein Hund hat vielleicht ein wenig abgeschleckt.« Sie deutete auf die Hand, die unter dem Plakat hervorschaute. »Aber ich habe mich nicht getraut.«

»Kein Problem – Ernie, checkst du mal bitte den Puls?« Ernie ging neben der Fundstelle in die Hocke und legte drei Finger auf die Innenseite des Handgelenks.

»Nix«, sagte er nach ein paar Sekunden. Er besah sich das Plakat. Nein, das konnte doch nicht sein! Er beugte sich ein Stück weit vor, um bessere Sicht zu haben, doch es bestand kein Zweifel: Der Mann lag unter einem Plakat der Bürgerinitiative von St. Peter-Ording! Jetzt bloß die Ruhe bewahren und die Zeugin nicht weiter aufregen. Hoffentlich war es niemand, den sie kannten! Nachdem Fred sie mit dem Hinweis, sich für weitere Fragen zur Verfügung zu halten, entlassen hatte und sie mit ihrem Hund außer Hörweite war, platzte es aus Ernie heraus: »Der liegt unter dem Plakat der Bürgerinitiative!«

Fred beugte sich über den Toten und stieß scharf Luft aus. »Das ist ja der *Burner*!«

»Weißt du, was das heißt?«, fragte Ernie ihn.

Fred nickte. »Es riecht hier ganz stark nach Mord.« Er

griff zu seinem Diensthandy. »Pannenbäcker! Ist die Spurensicherung unterwegs?«

...

Eine knappe Dreiviertelstunde später näherten sich ihnen
zwei Personen. Eine schlanke Frau mit dunklen Locken, die
einen nachtblauen Anzug über einer weißen Bluse trug, sowie ein großer Mann in einem weißen Overall mit einer Kapuze. In einer Hand trug er einen Koffer, in dem sich seine
Arbeitsausrüstung befand.

»N'Abend«, grüßte Fred die beiden.

»Moin, Frau Dr. Knurrhahn.« Ernie nickte der Staatsanwältin und dem Kriminaltechniker zu. »Pedersen.«

»Was haben Sie denn für uns?«, kam Frau Dr. Knurrhahn
ohne Umschweife zur Sache. Sie trug ihre leichten Sommer-
schuhe in den Händen. Ihr Gesichtsausdruck machte dabei
ihrem Nachnamen alle Ehre.

»Einen Leichenfund.« Ernie leuchtet auf die Person unter dem Plakat.

»Hoffentlich ist es eine Leiche und kein Betrunkener, der
in den Dünen seinen Rausch ausschläft. Sonst habe ich den
gemeinsamen Fernsehabend mit meinem Mann ganz umsonst unterbrochen«, sagte die Staatsanwältin mürrisch und
warf einen Blick auf ihren Kollegen Pedersen, der sich Handschuhe überstreifte.

»Was läuft denn im Fernsehen?«, versuchte Ernie mit
Small Talk die Stimmung ein wenig aufzulockern. Die
spröde Art der Staatsanwältin war in Polizeikreisen be-

rühmt-berüchtigt. Sie war keine Frau der vielen Worte und bekannt für ihre messerscharfen Sprüche.

»Traumschiff.«

»Oh, das gucken meine Frau und ich auch gerne. Wobei wir am liebsten die alten Folgen mit Sascha Hehn anschauen.«

»Mein Mann findet die Filme nützlich für die Urlaubsplanung. Mich interessiert das eigentlich weniger.«

»Haben Sie irgendetwas am Tatort angefasst?« Pedersen zog Füßlinge über seine Schuhe. »Oder könnte eventuell ein Zeuge Spuren hinterlassen haben?«

»Der Hund unserer Zeugin hat an der Hand des Mannes geleckt, sie hat sich aber vom Fundort ferngehalten. Ist alles fast jungfräulich hier. Wir wissen noch nicht einmal, wer unter dem Plakat liegt«, schaltete Fred sich ein.

Ernie und Fred traten etwas zurück, um die Arbeit der Spurensicherung nicht zu behindern. Nach einer Weile zog Pedersen das Plakat von der Person und stellte formal das Fehlen von Atmung und Puls des Mannes fest. Er leuchtete der Leiche mit einer hellen Taschenlampe ins Gesicht. »Der hat Kirchhofrosen im Gesicht. Der Tod müsste vor ungefähr einer Stunde eingetreten sein.« Er blickte von der Leiche weg. »Können Sie mal herkommen?«

Ernie und Fred gingen zu ihm. »Kommt Ihnen dieser Mann bekannt vor?«

»Kerle Kiste!« Ernie warf Fred einen Blick zu.

Seinem Kollegen hatte es glatt für einen Moment die Sprache verschlagen. »Das ist doch der Westermann!«

Nachdem Pedersen die Leiche und den Fundort fotografiert und Spuren gesichert hatte, zog er seine Handschuhe aus. »Also, tot ist er, das steht schon mal fest. Für definitive Aussagen ist es natürlich zu früh, aber auf den ersten Blick gibt es keine Anzeichen für Fremdeinwirkungen. Nach der Obduktion wissen wir mehr.«

»Aber dem ging's doch vorhin noch gut? Da fällt man doch nicht einfach eine halbe Stunde später tot um!« Auf Ernies Stirn hatte sich eine Denkerfalte gebildet.

»Manchmal geht es schneller, als man glaubt.« Frau Dr. Knurrhahn zuckte mit den Schultern.

»Und wieso lag Westermann dann unter einem Plakat der Bürgerinitiative?«, sprach Ernie laut aus, was er dachte.

»Vielleicht ist er eines natürlichen Todes gestorben, hatte das Plakat dabei, und der Wind hat es dann über seinen Körper geweht«, erwiderte Pedersen trocken.

»Der genaue Hergang wird noch zu klären sein.« Die Staatsanwältin schaute auf ihre Uhr. »Bis ich zu Hause bin, ist das *Traumschiff* vorbei.« Sie knöpfte ihren Blazer zu und blickte über die Dünen. »Geben Sie besser mal einem Bestatter Bescheid, damit der Mann zügig in die Gerichtsmedizin kommt. Da hinten braut sich was zusammen.«

»Also, ich weiß, dass dieser Westermann viele Feinde im Ort hatte«, sagte Gertrud Möbius mit erhobenem Finger. Der Bestatter Petter Grube und seine Lebensgefährtin waren kurz nach dem Anruf am Tatort erschienen. Petter Grube trug seine Berufsbekleidung, einen schlichten schwarzen Anzug mit einem weißen Hemd und einer Krawatte. Gertrud Möbius hingegen war geradezu eine Erscheinung. Zu ihren kupferroten Locken trug sie immer einen passenden Lippenstift und oftmals eine Brille. Ansonsten liebte sie ihre goldenen Kreolen, und ihre präferierte Farbe war Schwarz. Auch an diesem Abend trug sie ein schwarzes Kleid. Auf Beerdigungen führte sie dramatische Hüte mit viel Tüll und Schleifen aus. Beim Thema »Tod« war sie wahrlich eine Expertin. Gertrud Möbius war insgesamt fünfmal verheiratet gewesen und hatte all ihre Ehemänner zuverlässig unter die Erde gebracht. Böse Zungen tuschelten sogar, dass die Todesumstände der Männer ein bisschen merkwürdig waren. Wie konnte sie fünf Ehemänner hintereinander überleben und gleichzeitig das Glück haben, dass jeder der Verschiedenen sie als Haupterbin eingesetzt hatte? Gertrud Möbius war über die Jahre zu einem gewissen Wohlstand gekommen. Doch nachzuweisen war ihr nichts. Wenngleich ihre Liaison mit dem Bestatter Petter Grube für weitere Spekulationen sorgte. »Allen voran natürlich die Naturschützer«, fuhr sie fort. »Bei den Dingen, die sie ihm an den Hals gewünscht haben, ist es eher verwunderlich, dass er's so lange gemacht hat.«

Petter Grube kratzte sich am Kopf. »Da müssen Sie mir aber gleich mal eben beim Tragen helfen«, sagte er. »Alleine kriege ich die Trage nicht durch die Dünen bis zum Wagen geschleppt.«

»Das machen wir«, sicherte Ernie ihm zu.

»Sie sagen, Sie haben mitbekommen, dass Westermann viele Feinde hatte. Können Sie mir mehr darüber erzählen?«, hakte Fred nach. »Oder waren Sie Zeugin bei einem Streitgespräch?«

»Na, und ob ich das war. Wie könnte ich Ihnen sonst so etwas sagen?«

»Wann war das?«

»Gerade eben noch. Kurz bevor der junge Mann das Zeitliche gesegnet hat.«

Fred hatte interessiert zugehört. »Wo war das? Und können Sie die Zeit näher eingrenzen?«

»Das war heute Abend im *Beach Club SPO*, dem Restaurant im Pfahlbau auf dem Ordinger Strand. Gleich im Anschluss an die Veranstaltung im *Dünen-Hus*, da waren Sie doch auch. Da saß zunächst Westermann alleine an der Theke. Später hat es einen heftigen Streit zwischen Westermann und Eike Christians gegeben. Wer Christians ist, muss ich Ihnen ja nicht erklären. Die zwei sind mit den Fäusten aufeinander losgegangen, und Bürgermeister Brodersen musste dazwischengehen, um sie zu trennen.«

»Und wie ging es dann weiter?«

»Westermann hat gezahlt und ist verschwunden, kurz bevor wir auch gegangen sind«, schaltete sich Petter Grube ein. »Uns war es dort zu ungemütlich.«

»War Eike Christians zu dem Zeitpunkt noch im Pfahlbau?«, wollte Ernie wissen.

Gertrud Möbius und Petter Grube tauschten einen Blick. »Hast du ihn gesehen?«

Gertrud Möbius schüttelte den Kopf. »Nein. Aber es war auch rappelvoll. Vielleicht haben wir ihn übersehen.«

»Damit haben Sie uns wirklich sehr geholfen. Würden Sie das auch so zu Protokoll geben?«, fragte Fred.

Gertrud Möbius und Petter Grube nickten. »Aber selbstverständlich.«

»Können wir dann eben zusammen die Trage aus dem Wagen holen?«, fragte Petter Grube. »Das Gewitter ist schon ganz nah.«

»Natürlich.« Ernie war ganz still geworden. Hatte etwa Eike etwas mit Westermanns Tod zu tun? Er kannte ihn viele Jahre und traute ihm auch allerhand zu, wenn es um den Umweltschutz ging. Aber Mord? Nein. Das konnte er sich beim besten Willen nicht vorstellen. Obwohl er ehrlich eingestehen musste, dass die momentane Faktenlage nicht für Eikes Unschuld sprach. Sobald Gertrud Möbius und Petter Grube ihre Aussagen zu Protokoll gegeben hatten, musste er Eike vorladen. Keine schönen Aussichten. Zuerst machte der tote Westermann ihm einen Strich durch seinen wohlverdienten Feierabend, und nun stand auf einmal ein guter Freund der Familie im Fokus eines ungeklärten Todesfalls. Und das alles auf halb leeren Magen! Was ein Stress!

5. Kapitel

Zur gleichen Zeit am Ordinger Deich,
auf der Höhe vom *Beach Motel*

Sie rief ihn auf dem Handy an. Schon zum zweiten Mal. Wie beim ersten Versuch sprang nach dem sechsten Klingeln die Mailbox an. Entnervt beendete sie das Telefonat. Sie wollte nicht mit einer Maschine sprechen, sondern mit ihm. Trotz der einsetzenden Dämmerung hatte sie vom Deich aus einen guten Blick zum Strand und bis zum Meer. Über der Nordsee zuckten vereinzelte Blitze und tauchten die Umrisse eines Pfahlbaus in schaurig-schönes Licht. Sie seufzte und zog die Jeansjacke enger um ihren Oberkörper. Rechts über dem Deich blitzte das Leuchtfeuer des Westerhever Leuchtturms auf. Wieder wählte sie seine Nummer. Das Handy trug er immer in der Gesäßtasche seiner Hose, das wusste sie ganz genau. Es war immer lautlos gestellt, aber dafür war der Vibrationsalarm an. Solange sie ihn kannte, war keiner ihrer Anrufe unbemerkt geblieben. Als die Mailbox sich erneut meldete, rang sie sich zu einer Sprachnachricht durch. Bevor sie etwas sagte, vergewisserte sie sich, dass sonst niemand bei ihr auf dem Deich stand. »Ich bin's«, wisperte sie. »Ich habe schon ein paarmal angerufen, aber du gehst nicht ans Telefon.« Sie verdrehte die Augen. Was für eine überflüssige Information. Das würde er spätestens sehen, wenn er auf sein Anrufprotokoll sah. Vermutlich war sie die Einzige, die ihn mit unterdrückter Rufnummer anrief. Nachrichten schickte sie ihm keine. Sie mochte die Tipperei auf dem Telefon nicht, bei der ihr oft Rechtschreibfehler unterliefen, die sie meist erst bemerkte, wenn sie die Nachricht abgeschickt hatte. Darüber ärgerte sie sich jedes Mal. Sie beherrschte die deutsche Rechtschreibung, doch ihre Flüchtigkeitsfehler konnten einen gegenteiligen Eindruck beim Empfänger erwecken. »Ich muss dich wirklich sprechen. Allein. Es ist wichtig. Ich bin noch eine Weile in Ording. Melde dich!« Sie drückte das Gespräch weg und ging vom Deich herunter. Der auffrischende Wind bauschte ihr knielanges Kleid auf und ließ sie frösteln. Der Sommer war spürbar noch ein paar Wochen entfernt. Auf der gegenüberliegenden Straßenseite standen gepflegte Häuser, die in dieser Lage – direkt am Deich, fußläufig vom Strand – vermutlich ein Vermögen kosteten. Eine alte Dame, die ihr ganzes Leben in St. Peter-Ording verbracht hatte, hatte ihr einmal erzählt, dass die Immobilienpreise in den letzten Jahren geradezu explodiert waren und sie selbst für ihr altes Reetdachhaus eine Summe bekommen würde, von der noch ihre Kinder leben könnten. Der Preis, den Käufer heute bereit waren zu zahlen, stand in keinem Verhältnis zum reellen Wert des Hauses.

Sie seufzte noch mal und setzte einen Fuß bedächtig vor den anderen. In ihrem Leben hatte es Zeiten gegeben, in denen sie hungrig ins Bett und am nächsten Tag ohne

Frühstück in die Schule gegangen war. Ihre Mutter hatte es nicht so mit regelmäßigen Mahlzeiten gehabt. Besonders am Monatsende hatte sie sich darüber gefreut, wenn ihre Schulfreundin das Frühstück mit ihr geteilt hatte. Für sie war es ein Riesenschritt von Hamburg-Billbrook nach Eiderstedt gewesen. Selbst jetzt konnte sie es kaum glauben, dass sie die Straße entlanglief, auf der sonst zumeist Urlauber oder gut betuchte Ferienhausbesitzer flanierten. Sie blieb vor dem *Beach Motel* stehen und schaute auf ihr Handy. Warum meldete er sich nicht? Einen Moment überlegte sie, ob sie vielleicht etwas falsch gemacht und ihn dadurch verärgert hatte. Ihr fiel jedoch nichts ein, was er an ihrem Verhalten hätte aussetzen können. Trotzdem blieb ein kleiner Zweifel, der an ihr nagte und sie letztendlich frustrierte. Erneut drückte sie auf den seitlichen Knopf ihres Smartphones. Das Display leuchtete auf, doch es zeigte keinen verpassten Anruf an. Keinen Rückruf von ihm. Ob er ihre Sprachnachricht schon abgehört hatte? Enttäuschung kroch in ihr hoch. Sie schluckte, und ihr Herz schlug stärker. Ihr Blick wanderte zu dem Hotel, wo ein langhaariger Mann in kurzer Hose und Flip-Flops an einem Bulli lehnte und aus einer Flasche Bier trank. Dort gab es eine Bar, die bis spät in die Nacht geöffnet hatte. Der Gedanke an einen Gin Tonic war verführerisch. Sie strich ihre Haare nach hinten und gab schließlich der Versuchung nach. Schließlich konnte sie bei dem frischen Lüftchen nicht die ganze Zeit auf der Straße auf und ab laufen. Bestenfalls würde sich ihre Stimmung mit einem Drink heben. Sie ging über eine Veranda, wo ein Hoodie-Träger mit einer langhaarigen Brünetten unter einer

Decke in einer Hängematte lag, und betrat das Hotel. Maritimes Ambiente empfing sie. Surfbretter waren als Deko ausgestellt. An der Rezeption lächelte ihr eine Mitarbeiterin entgegen. »Moin!«

Sie lächelte zurück und ging an einem Bereich mit bequemen Sesseln und einem Kamin, in dem ein virtuelles Feuer flackerte, vorbei. In einem offenen Raum luden bei Kerzenschein Bücher zum Lesen ein. Zwei Frauen saßen mit Getränken an öffentlichen PCs. Die entspannte Atmosphäre übertrug sich gleich auf sie. Ihr Herzschlag hatte sich wieder normalisiert. Sie setzte sich auf einen Hocker an der Bar aus hellem Holz und schlug die Beine übereinander. Ihre Handtasche legte sie neben sich auf einen freien Stuhl. Aus einer Lautsprecherbox erklang der Song »Shadow of the Day« von *Linkin Park*. Ein junger Barkeeper mit Dreitagebart mixte Cocktails für ein Frauenklübchen, das an einem Tisch saß und sich köstlich zu amüsieren schien. »Mach ruhig ein paar Umdrehungen mehr rein«, rief eine der Frauen ihm zu, woraufhin die anderen Damen begeistert kicherten. Der junge Mann zwinkerte den Frauen zu, darauf folgte wieder aufgedrehtes Gelächter. Der Barkeeper ließ sich nicht aus der Ruhe bringen, stellte die Cocktails auf ein Tablett und brachte sie zu dem Tisch der Damen.

Die Bar war mäßig besucht, was ihr entgegenkam. Ein Mann saß ihr schräg gegenüber, und drei Endvierziger mit zu engen T-Shirts, die über ihren Bäuchen spannten, hockten an einem Tisch, der seitlich von der Bar stand. Der Barkeeper kam zurück und legte das Tablett hinter der Theke ab. »Moin! Was kann ich dir Gutes tun?« Er lächelte sie freundlich an.

Sie lächelte zurück. Das tat gut! »Ich hätte gerne einen Gin Tonic.«

Er griff zu einem Glas. »Irgendwelche besonderen Wünsche? Magst du den Gin besonders herb oder lieber etwas leichter?«

»Stark herb klingt gut.«

Er zog anerkennend die Augenbrauen hoch und füllte Eiswürfel ins Glas. »Eine Frau mit Geschmack.«

»Ach was. Reine Intuition«, wiegelte sie ab, obwohl sie sich über das Kompliment freute. Natürlich war ihr klar, dass das zu seinem Job gehörte und er solche Sprüche höchstwahrscheinlich mehrmals am Tag brachte. Dennoch hatte seine Bemerkung ihre Stimmung gehoben.

»Ich mixe Gin und Tonic am liebsten im gleichen Verhältnis.« Zur Garnierung ließ er einen Schnitz Limette in das Glas gleiten und steckte zwei Strohhalme in den Drink. Er schob das Glas zu ihr. »Voilà. Wohl bekomm's.«

»Danke.«

»Solltest du noch irgendwelche Wünsche haben, ich bin da!« Er zwinkerte ihr zu.

»Ich werde drauf zurückkommen«, erwiderte sie mit einem Lächeln. Der Barkeeper war gut in seinem Job. Wenn sie es nicht besser wüsste, würde sie glatt denken, er flirtete mit ihr. Sie nippte an dem Drink. Die Mischung schmeckte gut. Was er wohl denken würde, wenn er sie jetzt an der Bar sehen könnte. Wäre er eifersüchtig auf den jungen Typen? Oder wäre ihm das egal? Sie nahm ihr Handy aus der Tasche.

Noch immer keine Reaktion von ihm. Bevor sie einen weiteren Stich in ihrem Herzen spüren konnte, leerte sie ihr Glas. »Kann ich bitte noch einen haben?«, sprach sie den Barkeeper an.

»Das ging aber schnell«, sagte er überrascht und nahm das leere Glas entgegen, das sie ihm hinhielt.

»Gute Dinge darf man nicht verkommen lassen.« Sie schenkte ihm ein strahlendes Lächeln.

»Okay. Also noch mal das Gleiche?«

»Noch mal das Gleiche«, bestätigte sie.

Er nahm ein neues Glas und wiederholte die Prozedur. Während er Eis mit Gin und Tonic mixte, nahm sie aus den Augenwinkeln wahr, dass zwei Männer die Bar betraten. Sie drehte unauffällig den Kopf in die Richtung der Neuankömmlinge. Der eine Kerl war groß und breit wie ein Schrank. Er hatte volles braunes Haar, braun gebrannte Haut und eine große Tätowierung am rechten Unterarm. Der andere hatte eine schlankere Statur und wirkte gegen seinen Begleiter fast ein wenig schmächtig. Auch seine Arme zierten Tattoos, und um seinen Hals baumelte eine protzige Goldkette. Die Männer kamen zu ihr an die Bar und ließen sich ein paar Plätze von ihr entfernt auf Barhocker fallen. Unübersehbar dicke Golduhren, die offensichtlich ein Vermögen wert waren, prangten an ihren Handgelenken. Genauso wie die Smartphones, die sie auf der Theke ablegten. Auch ihre Kleidung war selbstverständlich von teuren Labels. Solche Typen, die ihren Wohlstand unverhohlen zur Schau stellten, kannte sie noch gut aus alten Hamburger Zeiten. Meistens waren diese Leute unverhofft zu einer

Menge Geld gekommen, etwa durch eine Erbschaft oder Glücksspiele, und verjubelten es genauso schnell wieder, wie es in ihr Leben getreten war. Der Barkeeper schob ihren bestellten Longdrink in einem Glas über die Theke. »Hoffentlich schmeckt der zweite so gut wie der erste.«

»Da bin ich mir sicher.« Sie trank einen Schluck des Gin Tonics durch einen Strohhalm und spürte dabei den Blick des Schrank-Typen auf sich.

»Zwei Dithmarscher«, orderte der Kleinere und stützte dabei lässig seinen Unterarm auf der Theke ab.

»In der Flasche oder gezapft?«, fragte der Barkeeper.

»Gezapft und in großen Gläsern. So schmeckt es am besten«, sagte der Schrank ein wenig zu laut.

Sie warf ihm einen Seitenblick zu, den er sogleich auffing. Er lächelte sie breit an. Dabei entblößte er seine Zähne, die selbst in der schummrigen Barbeleuchtung unnatürlich weiß erschienen. Vermutlich frisch gebleicht, dachte sie. Sie senkte ihre Augen wieder auf ihr Getränk und sog den Rest der Flüssigkeit durch den Strohhalm ein. Ein leichtes Brennen machte sich in ihrem Magen bemerkbar.

Der Barkeeper sah sie fragend an. »Noch einen?«

»Nein, danke.« Abwehrend hob sie eine Hand und glitt vom Barhocker. »Bin gleich wieder da«, sagte sie und nahm ihre Handtasche vom Stuhl neben ihrem. Der Alkohol zeigte seine Wirkung, als sie die Treppen zu den WCs hinabstieg. Ihr Gleichgewicht kam mit der Leichtfüßigkeit ihrer Schritte nicht ganz mit, sodass sie sich vorsichtshalber mit einer Hand am Geländer festhielt. Viel vertrug sie nicht. Hatte sie noch nie. Aber das war ihr egal. Dafür kam sie schnell in

Stimmung. Außerdem fühlte sie sich nun besser, und die Gedanken an ihn nagten nicht mehr unablässig an ihr. Sie öffnete die Tür und verschwand in einer Kabine. Neben der Toilette lagen alte Ausgaben der Jugendzeitschrift BRAVO auf einer Ablage. Leise kichernd stellte sie ihre Handtasche ab und griff nach einem Magazin. Von der Titelseite lachte ihr ein noch deutlich jüngerer Jon Bon Jovi entgegen, der den Goldenen Otto in seinen Händen hielt. Sie legte die Zeitschrift zurück, betätigte die Spülung und verließ die Kabine. Während sie ihre Hände wusch, blickte sie in den Spiegel über dem Waschbecken und runzelte die Stirn. In dem kalten Licht wirkte ihre Haut blass. Falten zeichneten sich an ihren Augenwinkeln ab. Sie fühlte sich nicht so hübsch wie andere Frauen. Ihre Augen wirkten durch ihre Schlupflider noch kleiner, als sie es ohnehin schon waren. Dafür war ihre Nase zu lang geraten und ihre Ohren zu groß. Deswegen musste sie mit allerhand Make-up und Schminktricks von ihren Makeln ablenken. Aber sie hatte gelernt, ihre Vorzüge zu betonen. Sie trocknete sich die Hände an Papiertüchern ab und fischte einen Kajal aus ihrer Handtasche, mit dem sie die dunklen Linien um ihre Augen nachzeichnete. Bei genauerem Betrachten war über ihrem Lippenrand ein weiterer erkennbar. Gekonnt übermalte sie die Konturen mit einem Gloss mit Schimmerpigmenten, der ihre schmalen Lippen in einen Schmollmund verwandelte. Beiläufig warf sie erneut einen Blick auf ihr Handy. Noch immer kein Rückruf von ihm. Sie biss sich auf die Unterlippe und fühlte sich mit einem Mal komplett nüchtern. War sie ihm wirklich so egal? Der Mann, den sie mit jeder Faser ihres Seins wollte, konnte sie so aus der Fassung bringen. Wie sie dieses Gefühl hasste! Er hatte sie in der Hand, konnte sie mit einem Lächeln oder einem lieben Wort auf Wolke sieben schweben und im nächsten Augenblick auf dem harten Boden aufschlagen lassen, indem er sie links liegen ließ – wie jetzt. Sie steckte das Handy zurück in ihre Tasche und schloss die Augen. Nein, sie wollte sich nicht schlecht fühlen. Nicht seinetwegen. Es gab genügend anderes, das ihr schlaflose Nächte bereitete. Sie öffnete die Augen und warf einen letzten prüfenden Blick in den Spiegel. Dann nahm sie ihre Handtasche und verließ das WC.

Auf dem Weg zurück zur Bar holte sie einen Zwanzigeuroschein aus ihrem Portemonnaie, den sie dem Barkeeper geben wollte. Ein kleines Trinkgeld hatte er sich für seine zuvorkommende Art allemal verdient.

Als sie um die Ecke bog, fiel ihr Blick auf den Platz, an dem sie zuvor gesessen hatte. Für einen Moment stutzte sie. Ein voller Drink wartete statt ihres leeren Glases auf sie. Auf dem Platz daneben saß der Schrank-Typ. Er prostete ihr zu und lächelte sie einladend an. Seinen Begleiter entdeckte sie am Tisch des Frauenklübchens. Er genoss es unverhohlen, der Hahn im Korb zu sein, und hatte einen Arm um eine dralle Blondine gelegt. Sie schaute wieder zu dem Schrank-Typen, der ihren Blick erwartungsvoll erwiderte. Warum hatten immer die falschen Männer an ihr Interesse? Vielleicht, weil ich genauso eine Mogelpackung bin wie der Schrank-Typ, schoss es ihr durch ihren Kopf.

»Gin Tonic ist doch richtig, oder?«, fragte er mit einem unüberhörbaren bayerischen Einschlag.

»Eigentlich schon …«

Er trank einen Schluck aus dem Bierglas. »Bei dem Regen bleiben Sie doch sicherlich noch ein Weilchen, oder?«

Erst jetzt bemerkte sie, dass es draußen gewitterte. Sie steckte den Geldschein zurück ins Portemonnaie und setzte sich neben ihn, legte ihre Handtasche auf der Theke ab und hob ihr Glas. »Meine Oma hat immer gesagt, Regen is, wenn de Heringe op ogen wegswemmt«, sagte sie.

Er sah sie fragend an. »Und jetzt bitte noch mal auf Deutsch.«

»Regen ist erst, wenn die Heringe auf Augenhöhe vorbeischwimmen.«

»Das habe ich ja noch nie gehört«, sagte er lachend. »Darauf sollten wir trinken.«

Sie stießen an. Dabei schaute er ihr tief in die Augen, und sie hielt seinem Blick stand. Die Aufmerksamkeit tat ihr gut. In dieser Nacht wollte sie sich nicht einsam fühlen.

6. Kapitel

Am selben Abend in der Küche von Familie Feddersen

Ilva drückte auf den Lichtschalter. »Du weißt schon, dass sich die Erfindung der Glühbirne inzwischen bis nach St. Peter-Ording herumgesprochen hat?«

Ihr Bruder zog seinen Kopf aus dem Kühlschrank und kniff wegen der plötzlichen Helligkeit seine Augen zusammen. »Wieso? Die Lichtquelle des Kühlschranks hat für meine Belange vollkommen ausgereicht.« In einer Hand hielt er eine Glasschale mit Kartoffelsalat und in der anderen einen Teller mit drei Stücken Backfisch.

»Wie ein Einbrecher, Ernie!« Ilva verdrehte die Augen. »Fehlt nur noch die funzlige Taschenlampe.«

»Ich wollte keinen wecken. Unsere Eltern gehen doch immer so früh ins Bett«, erklärte er.

»Bei Heike und dir scheint ja Ebbe im Kühlschrank zu herrschen.«

»Nö. Aber da ist kein Kartoffelsalat drin.« Er zuckte mit den Schultern. »Bei Muddi schmeckt's eben am besten.«

»Lass das nicht Heike hören. «Ernie schob mit einem Fuß einen Holzstuhl zur Seite. »Aber was machst du eigentlich so spät noch hier unten?«

»Ich wohne seit heute hier. Hast du das etwa vergessen?«
Kopfschüttelnd öffnete sie einen Küchenschrank.

»Danke für die Erinnerung.«

»Außerdem warst du nicht so leise wie ein Einbrecher.
Dein Geklapper konnte ich bis ins Wohnzimmer hören«, bemerkte sie und holte zwei Teller aus dem Schrank, die sie auf
den Küchentisch stellte.

»Du isst mit?« Ihr Bruder platzierte das Essen in die
Mitte vom Tisch.

»Na klar!« Ilva setzte sich auf einen Stuhl und nahm Kater Kuschel auf den Schoß, der sich zuvor an ihren Beinen
gerieben hatte. »Also, was war am Strand los? Und wer ist
die Leiche?«, fragte sie und sah ihren Bruder gespannt an.

Ernie verzog den Mund und nahm Besteck aus einer
Schublade. »Laufende Ermittlungen.«

»Nicht dein Ernst!« Ilva blickte ihn entgeistert an.

»Vorschrift ist Vorschrift.« Er setzte sich ihr gegenüber
an den Tisch und reichte ihr Messer und Gabel.

»Vorschrift? Hallo!« Sie zog ihre Augenbrauen hoch. »Ich
bin's, deine Schwester. Die dich damals in Söberings Garten
beim Kirschenklauen erwischt und nicht ausgeliefert hat.«

»Da war ich acht Jahre alt. Ist längst verjährt.« Er spießte
mit einer Gabel ein Stück Backfisch auf. »Seit wann ist denn
Heike weg?«

»Gute Stunde.« Ilva beobachtete, wie ihr Bruder Kartoffelsalat auf seinen Teller schaufelte. Na gut! Dann spielte sie
das Spiel eben mit. Er knipste schon nervös mit einem Auge.
Das war ein eindeutiges Zeichen dafür, dass Ernie die Neuigkeiten nicht mehr lange für sich behalten konnte.

»Gut, dass sie mit dem Auto da war. Das regnet sich ja ganz schön ein«, sagte er kauend mit Blick aus dem Küchenfenster.

»Aber dass du so spät noch auf bist, damit habe ich nicht gerechnet. Wann musst du denn morgen zur Schule?«

»Zur ersten Stunde.« Ilva setzte Kuschel auf dem gefliesten Boden ab und ging zum Kühlschrank. »Bierchen, Ernie?«

»Och, gerne. Hab ja Feierabend. Endlich.«

Ilva nahm zwei Flaschen aus dem Kühlschrank und öffnete sie mit einem Flaschenöffner. »Seit wann wusstest du eigentlich, dass Eike wieder zurück ist?«

»Na, seitdem er wieder da ist. Wir haben uns ein paarmal gesehen. Wieso?«

»Du hättest mir das ruhig erzählen können.« Sie hielt ihm das Bier hin.

»Ich wusste nicht, dass dich Eike noch interessiert.« Er nahm einen Schluck aus der Flasche und musterte seine Schwester.

»Wir waren mal zusammen.« Ilva zuckte mit den Schultern und ließ sich wieder auf ihren Stuhl gleiten. »Eventuell werden wir uns demnächst mal treffen. Um der alten Zeiten willen ...«

»Na, das werden wir noch sehen.« Ernie stellte die Bierflasche energisch auf dem Tisch ab. Das nervöse Augenknipsen beschleunigte sich.

»Was soll das denn heißen?« Sie nahm einen Schluck.

»Bevor du dich mit Eike triffst, treffe ich ihn. Auf der Polizeistation«, sagte er bestimmt.

»Mach mal halblang!« Ilva stellte die Flasche ab und griff

stattdessen wieder nach dem rot getigerten Kater, der seinen Hals Richtung Backfisch ausstreckte. »Was spielst du dich denn jetzt so als großer Bruder auf?«

»Tu ich gar nicht«, protestierte Ernie.

»Tust du wohl! Dich mit Eike auf der Polizeistation treffen zu wollen ...« Sie zeigte ihm eine Meise und trank wieder von ihrem Bier. »Wir kennen Eike fast unser ganzes Leben lang, und du tust gerade so, als müsstest du mich vor einem ... gemeingefährlichen Mörder beschützen.«

»Ja«, sagte Ernie knapp.

»Wie, ja?«

»Wolltest du nicht was essen?«

»Gerade nicht.« Ilva schob den Teller von sich weg. »Was willst du mir eigentlich sagen?«

»Na ja ...« Ernie drehte seine Bierflasche auf dem Tisch. »Vielleicht ist Eike in Wirklichkeit nicht der nette Eike, den wir immer in ihm gesehen haben. Man kann sich in Menschen täuschen.«

»In Eike täuschen?« Ilva runzelte die Stirn. »Geht's dir gut? Also, langsam mache ich mir wirklich Sorgen. Der Leichenfund scheint dich ziemlich mitgenommen zu haben. Du bist ja völlig durch den Wind.«

Ernie hob den Zeigefinger. »Nix durch den Wind. Für meinen Verdacht gibt es möglicherweise handfeste Indizien. Denen muss ich nachgehen. Bevor du dich mit Eike triffst.«

»Ich verstehe nur Bahnhof. Was sollen das denn für Indizien sein?« Ilva schnitt ein Stück Backfisch ab und gab es

Kuschel zu fressen, der sich mit seinen Vorderpfoten auf der Tischkante abstützte.

Ernie rieb mit einer Hand über das Auge, dessen Zucken mittlerweile völlig außer Kontrolle geraten war. »Eike steht ganz oben auf der Liste der Verdächtigen. Es ist gut möglich, dass er etwas mit dem Leichenfund in den Dünen zu tun hat«, platzte es aus ihm raus.

Ilva blickte ihren Bruder ungläubig an. »Nicht dein Ernst!«

»Wenn ich es dir doch sage ...« Ernie trank einen weiteren Schluck aus der Flasche und erzählte Ilva schließlich von seinem Einsatz in den Ordinger Dünen. An der Stelle, an der sich der Tote als Hagen Westermann entpuppte, weiteten sich ihre Augen. »Und dann liegt er da im Sand, mausetot und in ein Protestplakat der Umweltschützer eingewickelt«, schloss Ernie seinen Bericht.

Ilva schaute ihn eine Weile nachdenklich an. Sie runzelte die Stirn. Schließlich brach sie in Gelächter aus und verscheuchte damit Kuschel, der einen großen Satz machte und aus der Küche verschwand. »Jetzt wäre ich fast auf deine Geschichte reingefallen. Falls es mal nix mehr mit deinem Polizisten-Job sein sollte, kannst du als Krimiautor Karriere machen. Du kommst vielleicht auf Ideen ... aber gut, du hast gewonnen, ich werde dich nicht weiter mit Fragen zu laufenden Ermittlungen nerven. Stattdessen werde ich mich mit der öffentlichen Berichterstattung in der Zeitung begnügen.«

Bevor Ernie etwas erwidern konnte, blitzte es draußen, und ein paar Sekunden später war der Donner so laut, dass es selbst in der gemütlichen Küche bedrohlich wirkte. Ilva blickte zur Deckenbeleuchtung empor, die leicht flackerte. Von der Diele erklangen schlurfende Geräusche. Ihre Mutter erschien im Bademantel in der Küche. Sie hinkte, was eine Folge der Operation war. »Euch hört man bis ins Schlafzimmer«, brummelte sie und öffnete den Kühlschrank, aus dem sie eine Wasserflasche nahm. »Warum macht ihr denn solch einen Radau?«

»Das war das Gewitter«, stellte Ernie fest.

»Mein Bruder erzählt Horrorgeschichten«, schmunzelte Ilva.

Ernie gab ein Schnaufen von sich.

Frau Feddersen schloss kopfschüttelnd den Kühlschrank. »Ich gehe wieder ins Bett, und ihr seid mal ein büschen leiser, ja?«

»Was meinst'n du jetzt mit Geschichten?«, fragte Ernie, nachdem ihre Mutter aus der Küche gehinkt war.

Ilva grinste ihn an. »Die von gemeingefährlichen Mördern.«

»Das ist die Wahrheit. Und Eike hängt mit drin.«

»Nie im Leben!« Ilva griff zum Löffel und schaufelte energisch Kartoffelsalat auf ihren Teller. »Warum sollte es gerade Eike gewesen sein? Im Grunde genommen kommt doch jeder infrage, dem Westermann und das Hotelprojekt ein Dorn im Auge ist. Sogar die Schüler vom Internat könnten als hinterhältige Mörder in Betracht kommen.«

»Das ist doch absurd«, kam es sofort von Ernie.

»Genau so absurd, wie Eike eines Mordes zu verdächtigen«, konterte Ilva und spießte ein Kartoffelstück mit der

Gabel auf. »Ohne Beweise«, fügte sie hinzu und sah Ernie über den Tisch hinweg mit zusammengekniffenen Augen an.

»Ist es nicht. Es gibt nämlich Zeugen«, entgegnete er.

»Zeugen? Wofür? Für den Mord etwa?«

»Gertrud Möbius und Petter Grube können bestätigen, dass das Theater zwischen Eike und Westermann im *Beach Club SPO* später noch weitergegangen ist. Brodersen musste als Streitschlichter dazwischengehen, weil beide sich an die Gurgel gegangen sind.«

»Mist!« Ilva legte die Gabel neben den Teller und massierte ihre Schläfen. Das waren in der Tat keine guten Nachrichten. Der Eike, dem sie nahegestanden hatte, war durch wenig aus der Ruhe zu bringen. Um ihn auf die Palme zu bringen, musste schon einiges vorfallen. Ganz zu schweigen davon, dass er handgreiflich wurde. Aber der Naturschutz war in der Tat Eikes Lebensthema, und Westermann hatte dafür nichts als Unverständnis aufgebracht. Aber reichte das, um Eike die Contenance verlieren zu lassen? Wohl kaum. »Wann wirst du Eike verhören?«, wandte sie sich wieder an Ernie.

»So schnell wie möglich. Ich will das klären, bevor es noch schlimmer für Eike wird.«

Ilva nickte und blickte ihren Bruder an. Beide schwiegen. Außer dem Prasseln des Regens und gelegentlichem Donnern war es still im Haus. Einen Moment hing Ilva ihren Gedanken nach, erinnerte sich an die guten alten Zeiten zurück, in denen Ernie, Eike und sie wie die Kletten aneinandergeklebt hatten und niemand damit gerechnet hatte, dass es einmal anders sein könnte. »Das hält man nicht im Kopf aus.« Abrupt stand Ilva auf und ging zu einem hölzernen Flaschenregal, das neben dem Kühlschrank stand. Sie zog aus einem Loch eine Flasche Wein und betrachtete das Etikett. »Weißwein aus Schleswig-Holstein«, sagte sie und schaute zu ihrem Bruder. »Es wird bestimmt noch eine Weile regnen. Trinkst du einen mit?«

Ernie zuckte mit den Achseln. »Wenn du einen trinkst.«

Sie lächelte und nahm zwei Weingläser aus einem Regal. »Natürlich.«

Nachdem der Regen langsam versiegt war, hatte Ernie den Rückweg nach Hause angetreten. Er und Heike wohnten in einer urigen Reetdachkate, die lediglich ein paar Straßen von ihrem Elternhaus entfernt lag. Heikes Großeltern hatten sie ihrer Enkelin noch zu Lebzeiten vermacht, nachdem sie aus Altersgründen eine seniorengerechte Wohnung bezogen hatten. Nach einer gründlichen Renovierung waren Ernie und Heike in die Reetdachkate eingezogen und hatten sie in eine kleine Wohlfühloase verwandelt. Besonders der große Garten, für den sie oft Komplimente bekamen, war ihr Ein und Alles.

Ilva hatte Kater Kuschel in den Garten gelassen, nachdem er sich maunzend auf die Hinterbeine gestellt und an der Terrassentür um Ausgang gebettelt hatte. Er liebte es, nachts auf die Pirsch zu gehen, dann war alles ruhig, und er konnte ungestört Mäuse jagen. Ilva war ihm bis zu dem alten Apfelbaum auf der Wiese gefolgt, bevor er zum Sprint angesetzt hatte und hinter einem Lavendelstrauch verschwunden war. Jetzt lag der Garten im Halbdunkel, nur spärlich von der Straßenbeleuchtung und dem Schein der Terrassenlampe erhellt. Sie atmete die klare Luft ein, die ganz anders als in Hamburg roch. Ein Duft wie frisch gewaschen mit einem salzigen Nachgeschmack auf der Zunge. So schmeckte und roch nur die Nordsee. Sie legte den Kopf in den Nacken und schaute zum Nachthimmel empor. Die Wolkendecke war stellenweise aufgerissen und gab den Blick auf den Mond und unzählige Sterne frei. Die Atmosphäre war durch und durch friedlich und ließ die Vorstellung, dass am Abend ein Mord in St. Peter-Ording geschehen war, kaum zu. Ernie und sie hatten fast die ganze Flasche Wein ausgetrunken. Dabei hatten sie über ihren Jobwechsel an die Nordseeschule und ihre Eltern gesprochen. Der Name Eike war nicht mehr gefallen, was Ilva ganz recht gewesen war. Aber das Gespräch hatte sie nachhaltig aufgewühlt. Allein die Tatsache, dass Ernie Eike als möglichen Mörder in Erwägung zog, ließ ihren Magen rumoren. Allein der Verdacht war so grotesk, dass sie beim bloßen Gedanken daran mit dem Kopf schütteln musste. Ausgerechnet Eike, der noch nie jemandem ein Haar gekrümmt hatte ... bis auf Westermann, vorhin im *Dünen-Hus*. Zugegeben, Eike war ein wenig zu impulsiv aufgetreten, aber deswegen gleich Mord? Nein, das konnte sie sich beim besten Willen nicht vorstellen! Eine frische Brise, die von der Seeseite kam, brachte die Äste des Apfelbaums und der Sträucher zum Rascheln. Sie fröstelte und schlang beide Arme um ihren Oberkörper. Langsam ging sie zurück zum Haus. Vor der Leiter, die am Mauerwerk neben der Terrasse lehnte, blieb sie stehen. Dort hatte sie ihren festen Platz, solange sie denken konnte. Ein Lächeln huschte über ihr Gesicht. Sie dachte an ihr Gespräch mit Eike im *Dünen-Hus* und daran, wie er sie früher als Teenager heimlich über die Leiter besucht hatte. Sie waren sich damals äußerst geschickt und verwegen vorgekommen und waren in dem Glauben gewesen, niemand hätte etwas von Eikes abendlichen Besuchen bemerkt. Inzwischen wusste Ilva allerdings, dass damals sowohl ihre wie auch seine Eltern und sogar einige Nachbarn über ihre Heimlichkeiten Bescheid wussten. Keiner der stillen Beobachter hatte sie damals darauf angesprochen. Alle hatten das verliebte Paar im Glauben gelassen, unentdeckt geblieben zu sein. Sie lächelte gedankenverloren. Wie nett, dass niemand ihr junges Glück damals gestört hatte. Auf der Terrasse warf sie noch einen Blick zurück in den Garten. Von Kater Kuschel keine Spur. Sie drückte die Terrassentür auf und ging ins Haus.

Es hatte wieder angefangen zu regnen. Ilva stand vor einem geöffneten Koffer. Auf ihrem Bett stapelten sich bereits Kleidungsstücke. Eigentlich hätte sie längst tief und fest schlafen müssen, um für ihren ersten Schultag fit zu sein. Aber sie war hellwach und hatte das Bedürfnis, sich zu betätigen. Ordentlich hängte sie eine geblümte Bluse auf einen Bügel und verstaute sie in einem zweitürigen Bauernschrank, auf dessen Vorderseite Spiegel eingearbeitet waren. Einige Umzugskartons hatte sie zur Seite geschoben, um sich in ihrem Schlafzimmer bewegen zu können. Es würden noch ein paar Tage ins Land gehen, bevor sie in der kleinen Wohnung klar Schiff gemacht hatte. Rückblickend war es ihr ein Rätsel, wie Ernie und sie all die Jahre hier zusammengewohnt und ausreichend Platz gehabt hatten. In ihrer kindlichen Erinnerung waren ihr die Wohnung und ihr ehemaliges Kinderzimmer viel größer vorgekommen. Fast wie ein eigenes Haus. Doch nun fragte sie sich, wie sie all die Dinge, die noch in den Kartons waren, unterbringen sollte. Allein schon für ihre ganzen Bücher brauchte sie theoretisch einen Extraraum. In ihrer alten Hamburger Wohnung hatte sie rund 10 Quadratmeter mehr zur Verfügung gehabt. Das machte sich in der 45 Quadratmeter großen Einliegerwohnung bemerkbar, obwohl sie vor ihrem Umzug kräftig aussortiert hatte. Sie stemmte die Hände in die Hüften und schaute sich um. Trotz des Umzugschaos war es bereits behaglich in ihrem Schlafzimmer. Auf dem kleinen Nachttisch brannte eine Schirmlampe, und daneben stand ihr kleiner silberner Wecker und eine Tasse mit dampfendem Tee, den sie sich in der großen Küche ihrer Eltern gemacht hatte, bevor sie nach oben gegangen war. Die kleine Küche in ihrer Wohnung wollte sie nach und nach einräumen, wenngleich sie ahnte, dass sie dort nicht viel kochen würde – dafür sorgte schon ihre Mutter, die gerne die Familie zum Essen am Tisch hatte. Vor ihrem Fenster hingen hübsche maritime Vorhänge in Blau-Weiß, die mit Leuchttürmen, kreischenden Möwen und Segelbooten bedruckt waren. Wäre sie nicht schon direkt am Meer, würde sie spätestens beim Betrachten der Vorhänge große Sehnsucht nach Strand und Wellenrauschen bekommen. Sie nahm ein weiteres Oberteil von ihrem Bett und strich es glatt. Da riss sie ein lautes Klopfen aus ihren Gedanken. Ilva zuckte zusammen und drehte sich zur Tür, doch die stand sperrangelweit offen, und da war keiner. In der nächsten Sekunde begriff sie, woher das Klopfen kam. Sie durchquerte ihr Schlafzimmer, konnte schemenhaft einen Umriss vor der Scheibe ausmachen und stockte einen Moment. Doch dann trieb sie die Neugier weiter, sie erreichte das Fenster und starrte geradewegs in ein Paar blaue Augen, die ihr äußerst vertraut waren. Der Fenstergriff quietschte leicht, als sie ihn nach oben schob. »Eike! Was machst du denn hier?«, fragte sie flüsternd, nachdem sie das Fenster geöffnet hatte. Ihr Ex-Freund sah wie ein begossener Pudel aus.

»Im Moment stehe ich auf der Leiter. Kann es sein, dass sie in den letzten Jahren wackliger geworden ist?« Er hielt sich mit einer Hand an der Dachrinne fest.

»Kann ich nicht beurteilen. Normalerweise kommt unser Besuch durch die Eingangstür.« Ilva streckte ihm eine Hand entgegen, um ihm beim Reinklettern zu helfen.

»Hauptsache, ich komme überhaupt irgendwie ins Haus, ohne deine Eltern zu wecken.« Eike hangelte sich ungelenk über ein Dachstück und schaffte es mit etwas Mühe in Ilvas Schlafzimmer.

»Das sah früher bei dir irgendwie eleganter aus«, schmunzelte sie.

»Ich habe mich gestoßen.« Er lächelte gequält und tastete mit einer Hand seine Kniescheibe ab. Seine Wangen waren gerötet, und seine Haare schimmerten nass. Er musste durch den Regen gelaufen sein.

»Setz dich erst mal hin. Ich hole dir ein Handtuch aus dem Bad. Du bist ja völlig durchnässt.« Mit einer resoluten

Geste schob Ilva die verstreuten Kleidungsstücke zurück in den Koffer. Dann ging sie ins Bad. »Du kommst vielleicht auf Ideen ... nachts hier hochzusteigen«, sagte sie, als sie wieder ins Schlafzimmer kam.

»Wir wollten uns doch wiedersehen.« Er nahm das Handtuch, das sie ihm hinhielt, und trocknete sein Gesicht.

Sie suchte seinen Blick, sein Grinsen war schief und wirkte ein wenig gequält.

»Hoffentlich hat dich keiner gesehen und für einen Einbrecher gehalten. Ernie hat gerade erst Feierabend gemacht«, kommentierte sie.

»Die schlafen doch schon alle.« Er legte das Handtuch auf die Patchwork-Tagesdecke, die auf Ilvas Bett lag, und setzte sich. »Ich dachte, ich mach das mit der Leiter noch mal wegen der guten alten Zeiten willen. War doch damals unser Ding.«

Sie zog die Augenbrauen hoch. »Damals. Vor zwanzig Jahren hast du dir dabei auch nicht fast die Gräten gebrochen, mein Lieber. Da war der Lack noch nicht ab«, neckte sie ihn.

Eike machte eine unwirsche Handbewegung. »Ist doch nix passiert«, sagte er und rieb wieder über das angeschlagene Knie.

»Aber jetzt sag mal, was machst du hier?«, wiederholte sie ihre Frage. »Um die Uhrzeit ... und bei dem Regen.« Sie warf einen Blick auf den kleinen silbernen Wecker. Es war halb eins durch.

Eike zuckte mit den Schultern. »Ich bin spazieren gegangen und dabei hier vorbeigekommen. Zufällig.«

»Gehst du häufiger nachts spazieren, wenn es regnet? Zufällig?«

»Heute zufälligerweise schon.«

Sie nickte in die Richtung ihres Nachttischs. »Du kannst meinen Pfefferminztee trinken. Zum Aufwärmen. Ist noch heiß.«

»Danke.« Er hielt die Tasse mit beiden Händen fest und pustete auf den dampfenden Tee, bevor er einen Schluck trank.

Ilva legte den Kopf schief und betrachtete ihn forschend, während er an der Tasse nippte. Nein, so sah kein Mörder aus. So sah der Mann aus, den sie eigentlich mal hatte heiraten wollen – bis das Leben dazwischengeraten war. Sie war nach Hamburg zum Studium gegangen, Eike hatte einen anderen Weg eingeschlagen. Wir waren so jung, dachte Ilva wehmütig.

Eike fing ihren Blick auf. »Was guckst du denn so komisch?«

»Ach nichts …« Sie winkte ab und lächelte. »Wo kommst du denn her um die Zeit? Ich meine, wenn du jetzt noch spazieren warst …«

»Ich war noch kurz im *Beach Club* SPO am Ordinger Strand und bin dann zu Fuß zurückgelaufen. Ein Bier wollte ich trinken, um wieder runterzukommen nach dem Tumult im *Dünen-Hus*.« Er stellte die Tasse auf dem Nachtschränkchen ab. »Hätte ich gewusst, dass ich da wieder auf Westermann treffe und der Zirkus in die nächste Runde geht, hätte ich vermutlich den direkten Weg nach Hause vorgezogen.«

Ilva setzte sich neben ihn aufs Bett. »Ernie hat mir davon erzählt, dass Brodersen als Schlichter zur Stelle war.«

»Ernie?« Er runzelte die Stirn. »Deinen Bruder habe ich gar nicht gesehen. Es war aber auch ziemlich voll im *Beach Club SPO*.«

Eike wirkte vollkommen ahnungslos. Nahezu unschuldig, wie ein Kind. Sie wollte ihrem Bruder nicht ins Handwerk pfuschen, doch gleichzeitig hatte sie das Bedürfnis, mit Eike über Westermanns Tod zu sprechen. Sie musste ihm einfach sagen, was sie wusste, und ihn gegebenenfalls warnen. »Ernie war nicht im *Beach Club SPO*. Von deiner Auseinandersetzung mit Westermann hat er von Petter Grube und der Möbius erfahren.«

»Wenn man die Möbius trifft, braucht man keine Zeitung zu lesen.« Er nahm wieder die Teetasse in die Hand. »So eine Klatschtante.«

»Eher Zeugin.«

»Zeugin wofür? Will dieser Hamburger Schnösel mich etwa wegen unseres Streits anzeigen?« Er lachte auf. »Das soll er mal tun.«

Ilva fiel ein Stein vom Herzen. Sie lächelte Eike an. »Du weißt wirklich nichts, oder?«

Er zuckte mit den Schultern. »Von was soll ich denn was wissen? Hat Westermann etwa der Blitz getroffen?«, fragte er scherzhaft und bot Ilva damit eine Steilvorlage.

»Ob ihn was getroffen hat oder nicht, das konnte Ernie mir nicht genau sagen. Nur, dass Westermann vorhin eingewickelt in ein Protestbanner der Bürgerinitiative in den Ordinger Dünen lag. Eine Touristin hat ihn gefunden.«

»Wie kommt der denn an das Banner?« Eike schüttelte den Kopf. »Manche Leute sollten einfach die Finger vom Alkohol lassen. Aber am Strand hat ja schon so mancher seinen Rausch ausgeschlafen.« Er setzte die Tasse an die Lippen.

»Aus dem Schlaf wird er in diesem Leben jedenfalls nicht mehr erwachen«, sagte sie und beobachtete seine Reaktion auf die folgenden Worte. »Westermann ist tot.«

»Was?« Eike stellte die Tasse geräuschvoll auf dem Nachttisch ab. Ein wenig Tee schwappte über. »Wie, tot?«, fragte er entgeistert.

»Tot eben.«

»Moment mal ...« Eike sprang vom Bett auf. »Du glaubst doch nicht etwa, dass ich was damit zu tun hätte?«

Sie zuckte mit den Achseln. »Ich nicht. Aber Ernie wird dich aufs Polizeirevier einladen.«

»Was?« Er schnappte nach Luft. »Das kann doch nicht wahr sein!«

Ilva erhob sich vom Bett und trat auf ihn zu. »Reg dich bitte nicht auf, ich wollte dich nicht überrumpeln, musste es dir aber einfach sagen. Aber es wird sich schon alles finden. Morgen sprichst du einfach in Ruhe mit Ernie, das klärt sich schon.«

»Ich habe noch nicht mal ein Alibi«, sagte er aufgeregt. »Westermann, tot ...«

Instinktiv legte Ilva ihre Hände auf seine Schulter, um ihn zu beruhigen, und kam ihm dabei näher als beabsichtigt. In dem Moment fühlte sie wieder eine große Vertrautheit zwischen ihnen. »Es wird sich alles klären.«

»Das hoffe ich …«, murmelte er. Er strich mit einer Hand über ihren rechten Arm und blickte ihr direkt in die Augen.

»Ganz bestimmt.« Für Ilva bestand keinerlei Zweifel daran, dass Eike keinen Mord begangen hatte. Seine Unschuld musste nur noch bewiesen werden.

7. Kapitel

Am frühen Dienstagmorgen im Immenseeweg,
in einer gemütlichen Friesenküche

Ratlos blickte Gitte Wolters sich in ihrer ordentlichen Küche, in der alles seinen Platz hatte, um und legte einen Finger an die Lippen. Wo hatte sie nur wieder ihre Lesebrille verstaut? Das Rätselheft lag noch von gestern Abend auf dem Küchentisch, so, wie sie es zurückgelassen hatte, bevor sie ins Bett gegangen war. Auch ansonsten schien alles seine Ordnung zu haben. Sie war sich ganz sicher, dass sie am Vorabend die Brille in dem Etui verstaut und neben dem Rätselheft abgelegt hatte. Doch dort war sie nicht. Gitte Wolters schaltete das kleine Radio auf der Fensterbank ein und setzte sich an den Küchentisch. Sie stützte dabei ihr Kinn auf die gefalteten Hände und ließ ihren Blick auf der Wand ruhen. Konzentriert forschte sie in ihrer Erinnerung nach, ob sie die Brille nicht doch an einen anderen Platz gelegt hatte, ihr fiel jedoch nichts ein. Das Ganze wurmte sie ungemein. Im Radio verlas ein Moderator die Regionalnachrichten für die Halbinsel Eiderstedt: »Am gestrigen Abend wurde eine männliche Leiche von einer Spaziergängerin in den Ordinger Dünen aufgefunden«, tönte es sonor. Gitte

Wolters blickte auf und vergaß für einen Moment die verschwundene Lesebrille. »Die Frau alarmierte die Polizei, die kurze Zeit später die männliche Leiche unter einem Protestplakat einer örtlichen Bürgerbewegung ausfindig machen konnte. Laut Hauptkommissar Ernst Feddersen von der Polizeiinspektion St. Peter-Ording sind die Todesumstände bisher völlig unklar.«

Was in der weiten Welt so los war, darüber wunderte sie sich schon lange nicht mehr. Aber ein Leichenfund in Ording? Das war ja quasi vor der Haustür! Sie schüttelte den Kopf und musste wieder an ihre Lesebrille denken – und an ihren gestrigen Besuch in der Polizeiwache. Durch die Blume hatte der Polizist doch wahrhaftig angedeutet, dass sie vermutlich tüdelig war. Ihr war noch immer unbegreiflich, wie er darauf gekommen war. Eine Frechheit! Er und Ernst Feddersen sollten sich lieber um die Leiche kümmern, statt solche abstrusen Vermutungen anzustellen. Das musste sie später unbedingt Ute erzählen, wenn sie vorbeikam. Vielleicht stand ja was über den Leichenfund in der Zeitung. Da würde sie doch gleich mal nachsehen. Mit kleinen, energischen Schritten ging Gitte Wolters durch die Diele und öffnete die Haustür. Mit routiniertem Griff zog sie die Tageszeitung aus dem Fach unter dem Briefkasten. Schnell überflog sie die Titelseite und verengte dabei ihre Augen. Ohne ihre Lesebrille konnte sie jedoch noch nicht einmal die dick gedruckten Überschriften erkennen. So ein Pech!

»Moin, Frau Wolters!«

Sie ließ die Zeitung sinken und blickte auf. Der Postbote

war mit seinem Fahrrad auf dem Bürgersteig zum Stehen gekommen und zog Briefe aus seiner Tasche.

»Moin, Deik! Ist was für mich dabei?«, fragte sie.

»Ich meine schon.«

»Einen Moment, ich komme.« Sie klemmte die Zeitung unter einen Arm und zog die Haustür hinter sich zu.

»Drei Briefe. Bitte schön!« Er hielt ihr die Post entgegen.

»Bestimmt bloß Rechnungen. Oder Reklame«, merkte die alte Dame an.

»Private Briefe sind heute eine Rarität«, sagte der Postbote. »Aber viele Touristen schreiben wenigstens noch Postkarten nach Hause. Wussten Sie, dass im letzten Jahr alleine an die 40.000 Stück in St. Peter verkauft wurden?«

»Donnerwetter! Das ist ja eine Menge«, antwortete sie und zögerte einen Moment. Dann fügte sie hinzu: »Haben Sie schon gehört, dass eine Leiche in Ording gefunden wurde?«

»Wirklich?« Der Postbote zog die Augenbrauen hoch und pfiff leise durch die Zähne. »Das ist mir neu.«

»Ich habe es auch gerade erst im Radio gehört.«

»Weiß man schon, wer es ist?«

Gitte Wolters zuckte mit den Achseln. »Wurde nicht gesagt. Nur, dass eine Frau die Leiche gefunden hat.«

»Die Ärmste.« Er schüttelte den Kopf. »Das war bestimmt ein großer Schock für die Frau. Vielleicht wissen wir ja bald mehr.«

»Bestimmt.«

»Ich muss jetzt wieder weiter. Bis morgen, Frau Wolters.« Er schwang sich auf sein Rad.

»Bis morgen, Deik.« Sie drehte sich um und ging zurück zum Haus. Mit einer Hand drückte sie gegen die Eingangstür, doch die war verschlossen. Mit der anderen suchte sie nach dem Hausschlüssel in ihrer Hosentasche, aber da war keiner. Sie fasste sich an die Stirn. Oh nein! Erst verlegte sie die Lesebrille, und nun stand sie ohne Schlüssel vor ihrem eigenen Haus. Aber kein Wunder, dass sie so durcheinander war, wenn in aller Herrgottsfrühe von Leichen in St. Peter berichtet wurde. Mit der Zeitung unter dem Arm und den Briefen in einer Hand, drückte sie das Holztor zu ihrem Garten auf. Am Zaun des Nachbargartens entdeckte sie Alke Claasen, die wie sie stramm auf die siebzig zuging. Mit ihr und weiteren Freundinnen spielte sie regelmäßig Doppelkopf – mal waren sie zu viert, manchmal auch zu siebt. Ihre Nachbarin schnitt Rosen. »Moin, Alke. Schon so früh fleißig?«

»Moin, Gitte!« Sie unterbrach das Schneiden und kam zum Gartenzaun. In einer Hand hielt sie Rosenzweige. »Ach, du weißt ja, wie das bei mir ist. Lange schlafen kann ich nie, und morgens ist immer so eine schöne Luft. Andere gehen um die Uhrzeit walken, und ich mache meine Gartenarbeit. Die Rosen stelle ich gleich in einer Vase ins Wohnzimmer. Das duftet immer so herrlich. Und du? Bist ja auch zeitig unterwegs.«

»Ich habe mich ausgesperrt.«

»Hat Ute nicht einen Schlüssel?«

»Sie ist in der Schule. Da renne ich nicht extra hin. Vielleicht ist die Terrassentür von gestern noch auf ... aber die

Marotte muss ich mir unbedingt abgewöhnen. In St. Peter ist man ja auch nicht mehr sicher.«

»Wie kommst du denn da drauf?«, fragte Alke Claasen und runzelte die Stirn. »Also, ich fühle mich hier sicherer als anderswo.«

Gitte Wolters ging näher an den Zaun und neigte ihren Kopf in die Richtung der Nachbarin. »In Ording wurde eine Leiche gefunden«, raunte sie ihr mit wichtiger Miene zu. »Und ich vermisse den Ehering meines Mannes seit geraumer Zeit, wie du weißt.«

»Du lieber Himmel!« Alke Claasen schaute erschrocken drein und fasste sich mit einer Hand reflexartig an das Schlüsselbein. »Hoffentlich ist die Leiche niemand, den wir kennen.«

»Soll ein Mann sein.«

»Aha.«

»Spricht sich bestimmt bald rum, wer der Tote ist«, vermutete Gitte Wolters.

»Ich wette, Gertrud weiß was«, vermutete Alke Claasen.

»Stimmt. Wenn es um Tote geht, ist Gertrud immer bestens informiert«, pflichtete Gitte Wolters bei.

»Kommt sie eigentlich zu unserer Partie Doppelkopf?«

»Ich ruf sie nachher mal an und frage nach. Jetzt schau ich aber erst mal, ob ich bei mir selbst einbrechen kann! Bis später.« Gitte Wolters hob zum Abschied die Hand und bog links um das Haus. Wie in der Küche hatte auch in ihrem Garten alles seinen Platz. Die silberne Gießkanne stand schon immer neben einem großem Hochbeet, in dem Basilikum, Gurken und Zucchini wuchsen. Diese Kombination sollte Schutz gegen Mehltau gewähren, hatte sie mal gelesen. Das Vogelhäuschen befand sich neben dem Kirschbaum, und davor plätscherte ein kleiner Springbrunnen, in dem regelmäßig die verschiedensten gefiederten Gäste ein Bad nahmen. Sogar einige Möwen hatte das Wasserspiel schon angezogen. Gitte Wolters schlenderte über die Terrasse, an den Gartenmöbeln und einem Rasenmäher vorbei, den sie am Vortag aus dem Schuppen geholt hatte, weil ihre Tochter Ute später zum Mähen vorbeikommen wollte. Ihre Post und die Zeitung legte Frau Wolters auf einem Stuhl ab. Die Terrassentür stand zwar nicht offen, war aber auf Kipp gestellt. Gitte Wolters steckte ihren dünnen Arm durch den Spalt und versuchte vergeblich, den Drehgriff mit ihren Fingern zu berühren. Ein zweiter und dritter Versuch in jeweils anderen Winkeln brachten sie keinen Zentimeter näher an den Griff heran. Schließlich gab sie es auf, nahm die Briefe und die Zeitung vom Stuhl und setzte sich. Frustriert stützte sie den Kopf seitlich auf einer Hand ab und beobachtete die Bienen, die im Lavendelstrauch umherschwirrten. Heute war nicht ihr Tag. Das konnte sie jetzt schon sagen, obwohl es noch früher Morgen war. Nun musste sie bis Mittag im Gartenstuhl ausharren. Dann hatte Ute Schulschluss und kam zu ihr. Ein Glück, dass ihre Tochter einen Schlüssel hatte. Hoffentlich regnete es bis dahin nicht. Sie blickte hoch zum blauen Himmel. Es waren keine Regenwolken zu sehen, doch wer das Nordseewetter kannte, der wusste, dass dies nichts zu bedeuten hatte.

Ein klapperndes Geräusch schreckte sie auf. Im ersten Moment wusste sie nicht, wo sie sich befand. Verwirrt blickte sie sich um und richtete sich dann im Gartenstuhl auf. Sie musste weggedöst sein.

»Hallo?«, hörte sie eine Stimme aus dem Haus rufen.

Gitte Wolters rieb verschlafen über ihre Augen und stand dann etwas wackelig auf. »Ute? Ich bin hier! Auf der Terrasse!« Sie klopfte gegen die große Fensterscheibe und sah, dass jemand auf sie zukam. Die Tür wurde geöffnet. »Ach, Sie sind es, Schwester Grit. Wollten Sie nicht morgen vorbeikommen?«, rief Gitte Wolters erstaunt.

»Guten Morgen, Frau Wolters. Heute ist doch Ihr Termin bei Doktor Hansen. Haben Sie das vergessen?«

»Ich muss mit den Tagen durcheinandergekommen sein. Aber es trifft sich gut, dass Sie nun da sind. Ich habe mich nämlich ausgesperrt, als ich die Zeitung reinholen wollte, und wenn Sie nicht gekommen wären, hätte ich auf meine Tochter warten müssen.«

»Für solche und andere Notfälle habe ich immer Ihren Schlüssel dabei«, sagte die Schwester und lächelte Gitte Wolters freundlich an.

»Ein Glück!« Sie ging an der Krankenschwester vorbei und betrat das Wohnzimmer. »Erst vergesse ich den Schlüssel und dann auch noch den Arzttermin. Scheinbar bin ich etwas durch den Wind.«

»Das kann doch jedem mal passieren«, beschwichtigte Schwester Grit und folgte ihr in die Küche. »Wie sind denn eigentlich Ihre Blutzuckerwerte?«

»Weiß ich nicht. Heute habe ich noch keinen Test gemacht, und zum Frühstücken bin ich auch noch nicht gekommen. Das wollte ich eigentlich machen, nachdem ich die Zeitung aus dem Kasten geholt habe, aber dann kam noch der Briefträger, und davor habe ich schon meine Lesebrille nicht gefunden.«

»Das haben wir gleich, Frau Wolters. Am besten setzen Sie sich hin, und dann schauen wir mal nach.« Schwester Grit nahm das Messgerät mit einem Teststreifen aus einem Regal und stellte es auf den Küchentisch. »Nun pikse ich Sie einmal.« Sie nahm aus einer Fingerkuppe eine Probe und steckte den präparierten Teststreifen mit dem Blut in das Messgerät. »Kein Wunder, dass Sie heute ein bisschen zerstreut sind. Ihr Blutzuckerspiegel ist viel zu hoch. Mit den Werten wäre ich auch vergesslich.«

»Gut, dass ich heute meinen Arzttermin habe. Wann müssen wir noch mal da sein?«

»In einer halben Stunde.«

»Das ist heute ein wirklich merkwürdiger Tag, wissen Sie. Vielleicht sollte ich in Zukunft keine Nachrichten mehr vor dem Frühstück hören. Das scheine ich nicht mehr zu vertragen.«

»Das kann ich verstehen«, sagte Schwester Grit, warf den Teststreifen in den Müll und räumte das Messgerät zurück ins Regal. »Die meisten Dinge, die in der Welt passieren, möchte man gar nicht wissen. Möchten Sie Ihre Tabletten nehmen?«

»Ja, gerne. Was weg ist, ist weg«, erwiderte Gitte Wolters und fügte grummelnd hinzu: »Bevor ich das auch noch vergesse.«

»Jetzt machen Sie sich mal nicht vergesslicher, als Sie

sind.« Die Krankenschwester gab ihr eine Schachtel Tabletten, nahm ein Glas aus einem Schrank und füllte es mit Wasser.

»Haben Sie das mit der Leiche in Ording gehört?«

»Eine Leiche?« Wasser schwappte aus dem Glas, als Schwester Grit es auf dem Tisch abstellte. »Oh, Entschuldigung! Ich mache das sofort weg.«

»Ist ja nur Wasser.« Gitte Wolters nahm die Tablette und trank das Glas aus.

»Gleich geht es Ihnen bestimmt wieder besser«, sagte die Krankenschwester und wischte mit einem Stück Papierrolle über den Tisch.

»Langsam glaube ich, ich habe mir die Meldung mit der Leiche bloß eingebildet. Den Postboten habe ich gefragt, meine Nachbarin, Sie ...« Gitte Wolters machte eine Handbewegung in der Luft. »Keiner hat was gehört.«

»Jeder hat mal einen schlechten Tag.« Die Krankenschwester schaute auf ihre Uhr. »So langsam müssten Sie sich fertig machen, wenn wir pünktlich in der Praxis sein wollen.«

»In fünf Minuten bin ich so weit.« Gitte Wolters ging in die Diele und überprüfte den Inhalt ihrer Handtasche. Ihre Versichertenkarte steckte in einem Seitenfach im Portemonnaie, und auch der Hausschlüssel befand in der Tasche. Zum Glück war sie bereits fertig angezogen, sodass sie nur noch in luftige Schuhe schlüpfen und eine leichte Jacke überziehen musste, um standesgemäß beim Arzt zu erscheinen. Aus Gewohnheit überprüfte sie den Inhalt ihrer Jackentaschen, in denen sie gerne ein paar Bonbons und eine Packung Papiertaschentücher aufbewahrte. Ihre Finger berührten eine glatte Oberfläche. Sie stutzte. »Na, das gibt es doch nicht!«

Schwester Grit kam in die Diele geeilt. »Ist alles in Ordnung?«

Gitte Wolters klappte das Plastiketui auf, das sie in ihrer Hand hielt. »Ich habe meine Lesebrille gefunden.«

»Dann ist der Tag doch kein so schlechter.«

»Das stimmt. Vielleicht findet sich der verschwundene Ehering auch wieder.« Die alte Dame lächelte und verstaute das Etui samt Brille in ihrer Handtasche.

»Da gucken wir nachher mal, ja? Jetzt geht es erst einmal zu Ihrem Termin.«

Auf der Autofahrt zur Praxis von Doktor Hansen überlegte Gitte Wolters, wie um alles in der Welt die Brille nur in ihrer Jacke gelandet war. Sie konnte sich nicht entsinnen, die Sehhilfe in die Jackentasche gesteckt zu haben, wohl aber, sie neben ihrem Rätselheft zurückgelassen zu haben. Nicht im Etui. Da war sie sich ganz sicher! Als Schwester Grit das Auto vor der Praxis parkte, konnte sie sich noch immer keinen Reim auf die Geschehnisse machen. Besser, sie sprach doch mal mit dem Doktor darüber. Nicht, dass der Polizeibeamte am Ende noch recht hatte und sie wunderlich wurde.

8. Kapitel

Zur selben Zeit ein paar Straßen weiter im
Deichgrafenweg, unweit der Polizeistation

Ernie bog zu Fuß in die Straße ein, in der die Polizeistation
lag. In seinen Händen hielt er die aktuelle Tageszeitung. Mit
mürrisch verzogenem Mund überflog er einen Artikel, der
über den Leichenfund in Ording berichtete.

»Kerle Kiste ...!«, fluchte er, als es ihm im letzten Moment gelang, in einen Vorgarten zu springen, um einem Jugendlichen auf einem Skateboard auszuweichen. »Auf dem
Bürgersteig wird kein Skateboardrennen gefahren! Sonst
kommt die Polizei!«, rief er aus dem Beet dem schlaksigen
Jungen hinterher, den er auf ungefähr sechzehn Jahre
schätzte.

Der Skateboardfahrer bremste scharf ab, klemmte sein
Board unter den Arm und kam zurück zu ihm. Er nahm
seine Kappe ab und blickte betreten. »Sorry, ich dachte, ich
hätte freie Fahrt.«

»Nicht denken, gucken!«, brummelte Ernie und stieg
aus der Botanik. Wenn er eins nicht leiden konnte, dann
Aufregung am frühen Morgen. Oder am späten. Er klopfte
sich Erde und einige Blätter von den Hosenbeinen.

»Haben Sie sich wehgetan?«, fragte der Junge kleinlaut.

»Nein. Ist noch alles dran. Beim nächsten Mal gibt's einen Strafzettel. Da kannste Gift drauf nehmen.«

»Ich dachte, ich dürfte auf dem Bürgersteig fahren.«

»Fahren ja. Aber nicht in so 'nem Affenzahn, und nur, solange du keine Fußgänger umnietest. Die Oma mit dem Rollator hätte keinen Satz zur Seite gemacht, sondern wäre platt gewesen«, brummte er. »Fußgänger sind langsamer als du auf deiner Rakete. Beim nächsten Mal bremst du gefälligst rechtzeitig ab und überholst zu Fuß auf dem Bürgersteig. Verstanden?«

»Geht klar, Herr Kommissar.«

»Dann fahr mal weiter.« Ernie hob mahnend den Zeigefinger. »Aber langsam.«

»Danke. Und noch mal Entschuldigung.« Der Junge setzte die Kappe wieder auf, rollte in einem gemächlicheren Tempo den Bürgersteig entlang, und Ernie setzte seinen Weg fort. Was ein Stress! Dabei war er noch gar nicht auf der Wache angekommen.

»Moin!« Ernie betrat das Büro und warf seine Polizeimütze zusammen mit der Tageszeitung schwungvoll auf den Schreibtisch. Zeitgleich biss Fred genießerisch in eine Brötchenhälfte, die großzügig mit Mett und Zwiebeln belegt war. Vor seinem Teller standen Salz- und Pfefferstreuer, daneben ein Döschen Zahnstocher aus Bambus. Angewidert verzog Ernie sein Gesicht. »Hier riecht es wie in einer Imbissbude«, sagte er und riss ein Fenster rauf.

»Du meinst, es duftet«, verbesserte Fred mit zufriedener Miene.

»Kannst du deine Mettbrötchen nicht woanders essen? Oder wenigstens, wenn du alleine bist?«

»Ich war doch alleine. Bis du eben hier reingestürmt gekommen bist«, nuschelte Fred und schob sich den Rest der Brötchenhälfte in den Mund.

»Entschuldige. Aber ich arbeite hier.«

»Ich weiß.«

»Hast du heute schon die Tageszeitung gelesen?«

»Nee. Was steht denn drin?«

»Der Leichenfund in Ording.« Ernie schob die Zeitung über den Tisch.

Fred warf einen Blick auf die Schlagzeile. »Woher wissen die das denn schon?«

»Solche Nachrichten verbreiten sich schneller, als man denkt«, sagte Ernie achselzuckend und setzte sich an seinen Schreibtisch. Im selben Augenblick stand er aber wieder auf. »Ich brauch eine Tasse Kaffee. Willst du auch einen?«

»Ja, gerne. Aber es ist kein Kaffee mehr da.«

»Der Tag fängt ja gut an. Wieso hat Pannenbäcker keinen neuen besorgt?«

Fred klopfte sich die Brötchenkrümel von seiner Uniform. »Pannenbäcker macht Bäderersatzdienst und kein Praktikum. Ich kann morgen eine Packung Kaffee mitbringen«, bot er an.

»Nee, lass mal.« Ernie winkte ab. »Ich hole eben neuen bei Johst. Bis ich wiederkomme, bist du mit deiner Mettorgie bestimmt fertig. Hoffentlich riecht es dann hier wieder wie in einer Polizeistation. Im Großraumbüro haben dafür schon Leute die Kündigung bekommen.«

Fred grinste breit. »Deswegen bin ich zur Polizei gegangen und in kein Großbüro.«

»Ich geh dann mal eben.« Ernie setzte die Polizeimütze wieder auf und verließ das Büro. Als er die Tür der Polizeistation öffnete, wäre er fast in jemanden reingelaufen. »Kerle Kiste ...«

»Moin, Ernie!«

»Moin, Eike. Was machst du denn hier? Willst du etwa ein Geständnis ablegen?« Heute schien alles möglich.

»Geständnis? Über was denn?« Eike schüttelte fassungslos den Kopf. »Ilva sagte, du willst mich vorladen. Deswegen bin ich hier. Ich möchte die Angelegenheit schnellstens hinter mich bringen. Und zwar freiwillig, ohne persönliche Einladung.«

Ernie verdrehte die Augen. »Hätte ich mir eigentlich denken können, dass meine Schwester so was nicht für sich behalten kann. Konnte sie noch nie.«

»Na, hör mal. Wie lange kennen wir uns jetzt?«, fragte Eike entrüstet.

»Ist schon gut.« Mit einer Hand hielt er Eike die Tür zur Wache auf.

Als Ernie mit Eike ins Büro kam, tupfte Fred sich gerade die Lippen mit einer Serviette ab. »Das ging aber schnell mit dem Kaffeeholen.«

»Den Kaffee besorge ich später. Eike will uns erzählen,

was gestern Abend los war.« Ernie wies auf einen Stuhl neben seinem Schreibtisch. Eike setzte sich.

Fred stellte den leeren Teller mit der benutzten Serviette auf der Fensterbank ab. »Das hat ja schon Seltenheitswert, dass jemand aus freien Stücken ein Geständnis ablegen will. Manchmal drückt das schlechte Gewissen ziemlich doll. Nicht wahr?«

Eike runzelte die Stirn. »Ich will lediglich ein Missverständnis aus der Welt schaffen, denn ich habe nichts verbrochen. Deswegen gibt es auch nichts zu beichten. Vielmehr möchte ich an die Sache einen Haken machen, um den Kopf wieder für wirklich wichtige Dinge frei zu haben.«

Fred lehnte sich mit skeptischer Miene in seinem Stuhl zurück und verschränkte die Arme vor der Brust. »Soso.«

»Dann erzähl mal.« Ernie drehte sich zum Fenster und schloss es, bevor er an seinem Schreibtisch Platz nahm.

»Da gibt es vermutlich nicht viel zu berichten, was ihr noch nicht wisst. Nach der Veranstaltung im *Dünen-Hus* bin ich noch ins *Beach Club SPO* gegangen. Ein Bier wollte ich trinken, um den Abend ausklingen zu lassen und nicht mit der aufgewühlten Stimmung von der Veranstaltung schlafen zu gehen. Mehr nicht. Kurz darauf tauchte Westermann dort auch auf. Es war ziemlich voll, und ich dachte, dass man sich gut aus dem Weg gehen könnte. Doch er kam dann auf mich zu und hat mir unmissverständlich zu verstehen gegeben, dass ich mich nicht mit ihm anlegen sollte.«

»Was hat er denn gesagt?«, wollte Ernie wissen.

»Dass ich naiv wäre, wenn ich glauben würde, ich könnte etwas gegen seine Pläne ausrichten. Und dass ich mich mit dem Falschen anlegen würde und dies noch zu spüren bekommen würde, wenn ich mit meinem Zwergenaufstand weitermachen würde.« Eike schüttelte den Kopf bei der Erinnerung. »Der hat sich für eine ganz große Nummer gehalten.«

»Und dann bist du bestimmt ausgerastet«, vermutete Fred, der sich während Eikes Bericht einige Notizen auf einem Blatt Papier gemacht hatte.

»Im Gegenteil. Ich hatte keine Lust auf weitere Pöbeleien und wollte mich zurückziehen. Doch er hat mich auf einmal am Arm festgehalten, und als ich mich losmachen wollte, hat er mir einen Stoß gegeben. Da habe ich mich natürlich gewehrt und ihn zurückgestoßen. Schließlich kann ich mir nicht alles gefallen lassen.«

Ernie nickte. »Und dann ist Brodersen dazwischengegangen?«

»Ja. Ein Glück war er auch da. Keine Ahnung, was da sonst noch draus geworden wäre.« Eike presste die Lippen aufeinander.

»Was passierte danach?«, wollte Fred wissen.

»Eigentlich nicht mehr viel. Brodersen sagte, er übernimmt mein Bier, und ich sollte besser gehen. Um des lieben Friedens willen. Das habe ich dann auch getan.«

»War Westermann zu dem Zeitpunkt noch im *Beach Club SPO*?«, hakte Ernie nach.

»Na klar. Das war ja Sinn und Zweck der Aktion. Ich sollte verschwinden, damit wir uns nicht mehr in die Quere kommen konnten.«

»Wann hast du den Pfahlbau verlassen, und wohin bist du dann gegangen?« Fred machte weiterhin eifrig Notizen.

»Ich schätze mal, so kurz nach neun. Genauer kann ich es nicht sagen. Schließlich wusste ich nicht, dass das mal wichtig sein würde. Ich bin dann zu Fuß nach St. Peter-Bad gelaufen und von dort aus weiter Richtung Dorf.«

»Strammer Marsch«, fand Ernie.

»Ich war wütend, und das Laufen hat mich beruhigt.«

Fred tippte sich mit dem Kugelschreiber ans Kinn. »Kann das jemand bezeugen? Ich meine, hat dich jemand gesehen, der uns versichern kann, dass du Westermann nicht aufgelauert hast?«

Eike verdrehte die Augen. »Nein. Hätte ich gewusst, dass ich fürs Spazierengehen ein Alibi brauchen würde, hätte ich selbstverständlich eine öffentliche Gruppenwanderung gemacht.«

»Kein Alibi ist immer schlecht«, stellte Ernie fest.

»Ich war später noch bei Ilva. Sie war die erste Person, mit der ich nach dem Verlassen des Pfahlbaus gesprochen habe.«

Ernie und Fred tauschten Blicke aus. »Das ist schlecht.«

»Ihr könnt nicht ernsthaft glauben, dass ich was mit Westermanns Tod zu tun habe?«, fragte Eike entrüstet. »Bloß, weil wir miteinander Stress hatten? Den hatte er auch mit anderen. Ich bin kein Mörder!«

»Hör mal zu.« Fred nahm die Tageszeitung zur Hand und las aus dem Bericht vor. »»Der Tote lag unter einem Plakat der Bürgerinitiative. Ein paar Stunden zuvor hatte er sich bei einer öffentlichen Veranstaltung den Zorn ebenjener Bürger eingehandelt. Noch ist unklar, unter welchen Umständen der Hamburger Architekt verstorben ist.'« Fred legte die Zeitung zurück auf den Tisch. »Wenn du das ganz neutral hörst, kommt's dir auch verdächtig vor, oder?«

»Das ist doch absurd.« Eike fuhr sich mit einer Hand durchs Haar. »Ich würde Westermann doch nicht umbringen und ihn danach mit einem unserer Plakate verdecken.«

»Sondern?«, bohrte Fred.

Eike hob die Schultern. »Was weiß ich? Dann eher mit Sand bedecken, oder so. Davon liegt ja genug am Strand rum. Aber doch nicht mit einem Plakat von unserer Initiative … das wäre doch viel zu offensichtlich.«

Ernie stand auf und kippte das Fenster. »Na ja, es könnte auch einen gewollten verwirrenden Effekt haben, weil es eben zu offensichtlich ist.«

Statt darauf zu antworten, sah Eike ihn nur fassungslos an. Das Diensttelefon klingelte. Fred nahm ab und verließ das Büro, um in einem Nebenraum zu telefonieren.

»Dass du kein Alibi hast, ist echt großer Mist.« Ernie öffnete eine Schublade seines Schreibtisches und nahm eine Dose mit Pfefferminzbonbons heraus. Er öffnete die Dose und bot Eike ein Klümpchen an.

»Ich kann keinen Zeugen herzaubern.« Eike nahm ein Bonbon und steckte es sich in den Mund. »Was passiert denn jetzt?

»Erst mal nichts«, sagte Ernie lutschend. »Wir ermitteln weiter und haben irgendwann hoffentlich unseren Mörder. Bis dahin stehst du allerdings ziemlich oben auf der Liste der Verdächtigen.«

»Kann ich noch mit irgendwas helfen?«

»Ich denke, für heute sind wir durch. Aber sei bitte telefonisch erreichbar – und bleib bitte im Land, solange die Ermittlungen laufen.«

Eike erhob sich von seinem Stuhl. »Keine Sorge. Ich werde nicht über die dänische Grenze türmen. Dafür habe ich keinen Grund.«

»Falls dir noch etwas einfällt, eine verdächtige Person zum Beispiel, dann melde dich.« Ernie begleitete Eike zum Ausgang. »Grüß Ilva von mir.«

»Wenn ich sie sehe …«

Ernie verzog seinen Mund zu einem schiefen Lächeln. »Du siehst sie bestimmt. Euch kenne ich doch.«

Eike nickte. »Kann sein.«

Kurz darauf kehrte Ernie zurück ins Büro, wo er schon von seinem Kollegen erwartet wurde.

»Das war gerade Flensburg am Telefon«, verkündete Fred dynamisch. »Du wirst es nicht glauben, was die mir über die Obduktionsergebnisse verklickert haben.«

»Na?« Gespannt ließ sich Ernie auf seinen Stuhl sinken.

»Die Untersuchung hat fortgeschrittenen Lungenkrebs und eine Vergiftung mit Zyankali ergeben.«

»Was?«

»Ist das nicht irre?«

»Der Fall wird ja immer haarsträubender!«

»Westermann kann also umgebracht worden sein, aber er könnte theoretisch auch Suizid begangen haben, weil seine Tage gezählt waren und er vermutlich demnächst eh den Löffel abgegeben hätte.«

»Aber wieso sollte sich Westermann umgebracht und gleichzeitig den Verdacht auf Eike und seine Leute gelenkt haben? Bloß weil er sauer wegen des Protests war? Das macht doch keiner!«

Fred zog die Augenbrauen hoch. »Vielleicht doch. Ich schließe das nicht aus.«

Ernie überlegte. »Aber auch andersrum: Wer sollte ihn vergiftet haben? Ich kann mir schlecht vorstellen, dass Eike als Umweltschützer toxische Substanzen mit sich herumschleppt, davon abgesehen, dass ich ihn schon ewig kenne und mir nicht vorstellen kann, dass er jemanden umbringen würde.«

Fred lehnte sich in seinem Dienststuhl zurück, faltete die Hände hinter dem Kopf und blickte Ernie zufrieden an. »Ich werde in Ruhe über den Fall nachdenken. Bei einem Mettbrötchen kommen mir meistens die besten Ideen.«

Ernie setzte seine Polizeimütze auf. »Aber zuerst fahren wir zum *Beach Club SPO*. Immerhin wurde Westermann da das letzte Mal lebend gesehen.«

9. Kapitel

Nach Schulschluss im Lehrerzimmer der Nordseeschule

Ilva legte das Klassenbuch in ein Fach, schulterte ihre Ledertasche und klemmte sich eine Mappe mit Englisch-Tests unter den Arm. Die Stille wurde nur durch das gleichmäßige
Ticken einer Wanduhr unterbrochen. Ilva erinnerte sich
daran, dass diese Uhr schon während ihrer Zeit als Schülerin
dort ihren Platz gehabt hatte. Sie war ganz allein im Lehrerzimmer. Ihre Kollegen saßen entweder schon beim Essen
in der Schul-Mensa oder verbrachten ihre Mittagspause woanders. Vor einer Wandtafel, auf der die Stundenpläne aller
Lehrer auf bunten Schiebetäfelchen erfasst waren, blieb sie
stehen, um ihre Notizen mit den morgigen Unterrichtsstunden abzugleichen. Stundenpläne für Lehrkräfte waren
grundsätzlich dynamisch zu betrachten: Mal kam hier eine
Vertretungsstunde hinzu, oder Unterrichtsstunden fielen
aus, weil Klassen oder Stufen an Tagesveranstaltungen teil-
nahmen. In der fünften Stunde gab es tatsächlich eine Ab-
weichung. Ihre Freistunde war durch eine Deutsch-Vertre-
tung in der achten Klasse ausgetauscht worden. Sie drückte
den Zettel mit ihren Notizen gegen die Scheibe, hinter der
sich die Unterrichtstafel befand, um eine glatte Unterlage

zu haben, und notierte die Änderung. Dabei glitten ein paar Testblätter aus der Mappe, die sie zwischen Arm und Rippen eingeklemmt hatte. Sie wollte gerade in die Knie gehen, um sie einzusammeln, als sich die Tür zum Lehrerzimmer öffnete.

»Warte, ich helfe dir.« Bevor sie reagieren konnte, hatte Bernd schon die Papiere aufgehoben und hielt sie ihr entgegen. »Bitte schön!« Er trug lockere Sportbekleidung und hatte eine Trainingstasche geschultert.

»Danke.« Sie schob die Tests zurück in die Mappe. »Wenn ich bedenke, dass du schneller von der Tür bei mir warst und die Zettel aufgehoben hast, als ich überhaupt meine Knie beugen konnte, gibt mir das ganz schön zu denken. Vielleicht sollte ich doch etwas regelmäßiger Sport machen.«

»Keine schlechte Idee. Sport ist nämlich kein Mord.« Er zwinkerte ihr zu.

»Ein hartnäckiges Gerücht, das sich hält.« Sie lächelte ihn an.

»Hoffentlich hält sich der neueste Buschfunk über Eike nicht so hartnäckig«, sagte er mit ernster Miene.

»Du hast schon Wind davon bekommen?«

Bernd nickte. »Er hat vorhin eine Nachricht in die Gruppe der Bürgerinitiative geschrieben, um uns vorzuwarnen. Theoretisch kann es ja sein, dass noch andere von uns als verdächtig eingestuft werden.«

»Was ein Irrsinn alles. Als wenn Eike jemanden umbringen würde …«

»Wir hätten ihn im *Dünen-Hus* von Westermann fernhalten müssen«, murmelte Bernd.

»Hätte, hätte, Fahrradkette. Konnte schließlich keiner ahnen, was daraus entstehen würde.« Ilva seufzte. »Hast du mit Ute schon darüber gesprochen?«

»Nö. Ich dachte, das hättest du längst getan.«

Ilva winkte ab. »Dazu war bisher keine Zeit. Ich bin heute früh auf den letzten Drücker losgefahren, und dann war gleich so viel los.« Sie konnte gar nicht glauben, dass der erste Schultag schon vorüber war. Dafür, dass sie in der letzten Nacht kein Auge zugetan hatte und ihre Gedanken sich unaufhörlich um Eike gedreht hatten, war sie alles in allem zu Höchstleistungen im Unterricht aufgelaufen. Eine Schülerin hatte nach der Stunde sogar zu ihr gesagt, dass ihr der Unterricht Spaß gemacht habe. »Aber sie wird es mittlerweile bestimmt wissen«, fügte Ilva zerstreut hinzu.

»Da wäre ich mir nicht so sicher. Ute vergisst oft ihr Handy zu Hause.«

»Dann sollten wir besser zu ihr gehen und sie informieren«, schlug Ilva vor. »Weißt du, wo sie sein könnte? Ich habe sie in der großen Pause gar nicht gesehen.«

»Sie ist bestimmt noch im Schulgarten. Da ist sie meistens, wenn man sie in den Pausen nicht zu Gesicht bekommt, und auch kurz nach Schulschluss atmet sie da, glaube ich, immer noch mal ganz gerne durch.«

»Dann lass uns nachsehen.«

Bernd behielt recht. Auf halbem Weg kam ihnen Ute entgegen. Sie hielt eine grüne Gießkanne in der Hand, und ihre Wangen hatten eine rosige Farbe angenommen. »Na, ihr zwei. Wo wollt ihr denn hin?«, rief Ute ihnen entgegen. Sie schirmte mit einer Hand das helle Sonnenlicht ab, um besser sehen zu können.

»Zu dir«, sagte Ilva.

»Da fühle ich mich aber geehrt«, sagte Ute vergnügt. »Wolltet ihr mir etwa im Schulgarten helfen? Die Tomaten brauchen dringend Wasser, und ein paar Kräuter können auch geerntet werden.«

»Wir müssen dir was sagen.« Ilva blickte Bernd an.

»Hast du heute schon auf dein Handy geschaut zufällig?«, fragte er.

Ute schüttelte den Kopf. »Zufällig nicht. In der Schule brauche ich den Quasselkasten nicht.«

»Eike hat vorhin eine wichtige Nachricht in unsere Gruppe gestellt.« Bernd zückte sein Handy und rief die Mitteilung auf.

»Macht er das nicht häufiger?«

»Lies am besten selbst.«

»Du machst es aber spannend.« Ute stellte die Gießkanne auf dem Boden ab und nahm das Telefon. Während sie Eikes Mitteilung las, wich die gute Laune aus ihrem Gesicht. Als sie Bernd das Handy zurückgab, hatte sich eine Falte auf ihrer Stirn gebildet. »Das soll wohl ein Witz sein!«

»Höchstens einer von der ganz schlechten Sorte«, merkte Ilva an. »Schlimm ist, dass Eike kein Alibi hat und deshalb nicht direkt ausgeschlossen werden kann als Verdächtiger.«

Bernd steckte das Handy zurück in ein Vorderfach seiner

Sporttasche. »Das ist kein günstiger Umstand«, murmelte er unglücklich.

»Hast du mit Ernie schon gesprochen?«, wollte Ute von Ilva wissen.

»Natürlich. Gestern Abend schon. Er ist gleich nach dem Leichenfund noch bei meinen Eltern vorbeigekommen, weil er das Abendessen verpasst hat. Da hat er mir dann davon erzählt. Ich konnte deswegen die ganze Nacht nicht schlafen.«

»Du hast mir heute früh gar nichts davon gesagt«, meinte Ute halb entrüstet.

»Wann denn auch? Wir waren doch schon viel zu spät dran, weil ich unpünktlich war«, erinnerte Ilva ihre Freundin.

»Stimmt auch wieder.« Ute kratzte sich am Kopf. »Was machen wir denn nun?«

»Eike helfen. Was sonst?« Ilva blickte Ute und Bernd entschlossen an. »Wir müssen unserem Freund aus der Patsche helfen.«

Bernd schaute ratlos zurück. »Aber wie sollen wir das tun? Ich meine, keiner von uns kann bezeugen, dass er's nicht war, aber dafür haben umso mehr Leute die Keilerei zwischen ihm und Westermann mitbekommen.«

»In St. Peter weiß doch eigentlich jeder über jeden Bescheid«, überlegte Ute. »Besonders meine Mutter und ihre Freundinnen. Denen entgeht nichts. Ich wollte eh gleich bei ihr vorbeifahren und den Rasen mähen. Vielleicht hat sie was gehört, was die Polizei noch nicht weiß.«

»Darf ich mit zu deiner Mutter kommen?«, fragte Ilva.

112

»Ich habe sie schon lange nicht mehr gesehen und könnte gleich mal Hallo sagen.«

»Na klar! Darüber wird sie sich bestimmt freuen.«

»Ich werde mich auch umhören«, versprach Bernd. »Falls ich was Wichtiges in Erfahrung bringen sollte, melde ich mich bei euch.«

Ein wenig später radelten Ilva und Ute nordwärts über die Pestalozzistraße, Richtung Ortsteil Dorf. Der Immenseeweg war nur etwa einen Kilometer von der Nordseeschule entfernt, sodass sie nach ein paar Minuten mit den Rädern an Gitte Wolters' Haus ankamen. Sie stellten die Fahrräder neben dem Eingang ab und klingelten.

»Moin!«, rief Gitte Wolters erfreut.

»Moin, Frau Wolters.« Ilva hob die Hand zum Gruß.

»Na, was für eine nette Überraschung! Wir haben uns ja lange nicht mehr gesehen, Ilva. Kommt doch rein!« Sie machte die Eingangstür weit auf, damit sie eintreten konnten, und führte Ilva und Ute in die geräumige Küche. »Ute hat mir schon erzählt, dass du eine Stelle an der Nordseeschule angenommen hast. Zuerst konnte ich das gar nicht glauben, dass du tatsächlich aus Hamburg wieder zurück nach St. Peter kommen würdest.« Gitte Wolters stellte ungefragt eine Wasserflasche und drei Gläser auf den großen Küchentisch. Sie setzten sich, und Ute goss das Wasser in die Trinkgefäße.

»Ich ehrlich gesagt auch nicht«, gab Ilva zu. »Aber dann kam es doch anders. Die Sache mit dem Oberschenkelhals-bruch bei meiner Mutter hat alles von jetzt auf gleich verändert.«

»Wie geht es ihr denn?«

»Eigentlich ganz gut, aber sie ist viel wackliger auf den Beinen als vor dem Unfall. Zwar kommt regelmäßig jemand vom Pflegedienst vorbei und schaut nach dem Rechten, aber das gleicht ja eher einer Stippvisite und ist letztendlich keine große Hilfe. Meinem Vater wollte ich die Verantwortung nicht aufhalsen, und mein Bruder ist rein zeitlich auch nicht wirklich in der Lage, sich zu kümmern. Deswegen habe ich Nägel mit Köpfen gemacht.«

»Es ist so schön, dass es dich wieder nach Hause verschlagen hat.« Ute drückte ihre Hand. »Natürlich wäre ein anderer Anlass wünschenswerter gewesen.«

»Ja, finde ich auch.« Ilva lächelte ihre Freundin an und trank dann einen großen Schluck Wasser. Die Fahrt mit dem Rad hatte sie durstig gemacht.

»Sag mal, Ilva, ich habe gehört, dass Schwester Grit auch deine Mutter betreut?«, fragte Gitte Wolters.

Ilva stellte das Glas ab und überlegte kurz. »Ich meine, die Pflegerin heißt Grit, ja. Sie hat lange hellblonde Haare und ist ziemlich schlank.«

»Genau. Das ist Schwester Grit.« Gitte Wolters nickte zufrieden. »Sie ist so eine nette Person. Ohne sie wäre ich heute aufgeschmissen gewesen.«

»Warum? Was ist denn passiert?«, fragte Ute ihre Mutter alarmiert.

»Ich habe mich vorhin ganz blöd ausgesperrt. Dabei wollte ich nur die Post von Deik entgegennehmen. Und zack, war die Tür schon ins Schloss gefallen.« Gitte Wolters fasste sich an den Kopf. »Rein zufällig hatte ich heute einen Arzttermin, zu dem mich Schwester Grit begleitet hat. Gut, dass ich ihr einen Zweitschlüssel gegeben habe, für den Fall der Fälle. Sonst hätte ich einen Schlüsseldienst kommen lassen oder warten müssen, bis du von der Schule kommst. Im Moment bin ich wohl wirklich etwas tüdelig.«

»Ach, Mutti, das mit dem Aussperren kann jedem von uns passieren. Da muss man nicht gleich tüdelig sein. Einmal kurz nicht nachgedacht, und schon steht man draußen.«

»Wie dem auch sei. Es ist ja dank Schwester Grit alles gut gegangen. Stell dir vor, Ute, sie hat mir nach dem Arzttermin sogar noch geholfen, Papas Ehering zu suchen. Selbst im Beutel vom Staubsauger haben wir nachgesehen.«

»Und?«

Gitte Wolters hob die Schultern. »Leider nichts gefunden. Aber wenigstens ist meine Lesebrille wieder aufgetaucht. Die hatte ich in der Jackentasche.«

»Schwester Grit scheint echt eine von den Guten zu sein«, stimmte Ilva zu.

»Das ist sie«, bestätigte Gitte Wolters. »Ganz bestimmt sogar.«

»Sag mal, Mutti, hast du schon von der Sache in Ording gehört?«, kam Ute auf das brisante Thema zu sprechen.

Gitte Wolters zog die Augenbrauen hoch. »Meinst du etwa die Leiche?«

Ute nickte. Ilva blickte die alte Dame erwartungsvoll an.

»Das war die erste Nachricht, die ich heute früh im Radio gehört habe. Unglaublich, dass in St. Peter-Ording mittlerweile Morde passieren. Da muss man ja durcheinander im Kopf werden. Hoffentlich ist der Tote niemand, den wir kennen.«

»Der Tote ist Hagen Westermann. Das ist der, der das Hotel in den Dünen bauen wollte«, klärte Ute ihre Mutter auf.

»Ach? Das ist doch dieser Architekt aus Hamburg, gegen den ihr euch wehren wolltet?« Gitte Wolters wirkte überrascht.

»Ja, genau. Und jetzt wird plötzlich Eike Christians verdächtigt, was mit Westermanns Tod zu tun zu haben, weil die zwei gestern noch einen Streit hatten. Aber das können wir uns nicht vorstellen.«

»Eike Christians, ein Mörder? Nein, also wirklich nicht. Das übersteigt meine Fantasie.« Gitte Wolters blickte kopfschüttelnd ihre Tochter an.

»Wir glauben es auch nicht, Mutti. Doch fehlt bis jetzt jeglicher Beweis für seine Unschuld.«

»Na, den werden wir ihm schon beschaffen«, sagte Gitte Wolters zuversichtlich und goss neues Wasser in Ilvas Glas. »Heute Abend spielen wir Frauen wieder Doppelkopf. Ich wollte Gertrud Möbius eh noch anrufen und fragen, ob sie auch kommt und wieder was Selbstgebrautes mitbringt.«

»Mutti, denk an deine Blutwerte!«

»Ach was! Man lebt nur einmal«, winkte Gitte Wolters ab. Mit schelmisch blitzenden Augen fuhr sie fort: »Gertrud Möbius weiß eigentlich immer am besten über die Verstorbenen in St. Peter-Ording Bescheid. Es wäre doch gelacht, wenn wir den Fall nicht aufklären könnten.« Gitte Wolters stand auf und ging zum Telefon, das in der Diele stand.

Ilva beugte sich zu Ute, als Gitte Wolters die Küche verlassen hatte. »Meinst du eine Partie Doppelkopf wird den großen Durchbruch bringen?«

»Kann gut sein«, sagt Ute schulterzuckend. »Mich würde es jedenfalls nicht wundern, wenn Muttis Freundinnen besser informiert wären als die Polizei.«

»Da sagst du was. Am besten, ich fahre mal bei meinem Bruder in der Polizeistation vorbei und erkundige mich nach dem Stand der Dinge.«

»Darf er dir das jetzt überhaupt noch sagen?«, fragte Ute skeptisch.

»Natürlich darf er das nicht. Aber er ist mein Bruder.« Ilva breitete die Arme aus. »Zwar wirft er mir immer vor, ich könnte nichts für mich behalten, aber er ist da keinen Deut besser.«

»Ein Glück, dass ihr euch so ähnlich seid!«, fand Ute.

10. Kapitel

Ernie stellte den Motor aus und zog die Handbremse an, die ein knarzendes Geräusch von sich gab.

Fred kniff ein Auge zu, als hätte er körperliche Schmerzen. »Bei dir hört sich das immer nach viel Sand im Getriebe an, das arme Auto, Mensch.«

»Beschwöre mal nicht den Schimmelreiter an den Strand.« Ernie nahm seine Mütze von der Rückbank und strich mit einer Hand ein paar Flusen weg, die an dem Stoff hafteten.

»Tu ich nicht«, entgegnete Fred mit Unschuldsmiene. »Dann wollen wir mal hören, was der Besitzer vom *Beach Club SPO* uns berichten kann. Wie heißt er doch gleich noch mal? Irgendwas mit B.«

»Budde. Paul Budde.«

Fred hob einen Zeigefinger. »Stimmt.« Dann setzte er seine Sonnenbrille auf und grinste Ernie schief an. »Vielleicht verrät er uns ein paar Geheimrezepte.«

»Wieso?« Ernie blickte seinen Kollegen verständnislos an.

»Na, wenn seine Cocktails mit einem Schuss Zyankali aufgepeppt werden?«, erklärte Fred.

»Du immer mit deinem Galgenhumor.«

»Kann den Nordfriesen nicht schaden.«

Sie stiegen aus dem Streifenwagen und gingen Richtung Meer. Das *Beach Club SPO* befand sich mitten auf dem Strand, und bei Flut umspülte die Nordsee die hölzernen Stelzen, auf denen das Restaurant stand.

»Ich dachte, du verdächtigst Eike?«, hakte Ernie nach.

Fred hob die Schultern. »Ich verdächtige grundsätzlich jeden, der sich Westermann an diesem Abend auf zehn Meter genähert hat.«

»Dann haste einige auf der Liste.«

»Das macht nichts. So übersehe ich wenigstens keinen.«

Ihr Weg führte sie zum Strandübergang Köhlbrand, durch Dünen und über einen Bohlenweg, der fast bis zum Pfahlbau führte. Bei dem schönen Wetter waren viele Leute auf dem Strand unterwegs. Einige hatten bunte Strandmuscheln aufgestellt, in denen sie Bücher lasen oder sich sonnten. Kinder ließen mit ihren Eltern Drachen steigen, und die von der ganz mutigen Sorte nahmen ein Bad in der noch recht kühlen Nordsee. Eine unbeschwerte Leichtigkeit lag in der Luft, bei der es kaum vorstellbar erschien, dass ein paar Stunden zuvor ein Toter in den Dünen gelegen hatte. Die In-Gastronomie *Beach Club SPO* war gut besucht. Alle Tische auf der großen Außenterrasse waren voll besetzt. Ernie ließ seinen Blick durch das ebenfalls gut besuchte Restaurant gleiten. Einige Gäste warfen ihm und Fred argwöhnische Blicke zu. Die Polizei, hier in einem der Hotspots St. Peter-Ordings? Das konnte nichts Gutes bedeuten.

»Moin! Möchten Sie bei uns essen?«, sprach sie eine junge Servicekraft mit stark tätowierten Unterarmen an.

»Wir möchten den Inhaber sprechen«, sagte Fred, der eine wichtige Miene aufgesetzt hatte.

»Herr Budde steht hinter der Theke.« Sie zeigte auf einen großen Mann in den Vierzigern mit krausem Haar. Er trug ein dunkles Poloshirt und einen Dreitagebart. Mit missmutiger Miene zapfte er Bier, während eine brünette Frau in lockerer Freizeitkleidung, die auf einem Barhocker saß, unaufhörlich auf ihn einredete.

»Danke.« Ernie nahm seine Mütze ab. Er und Fred gingen zusammen zum Tresen.

»Ich sehe dich kaum noch. Und wenn, dann ist es hier hinter der Theke. So geht das nicht weiter«, beklagte sich die Frau. »Und jetzt schweigst du wieder, als hätte ich nichts gesagt. Kannst du mir mal verraten, was mit dir los ist? Du bist wie ausgewechselt, Paul, wirklich!«

In dem Moment, als Ernie und Fred an die Bar traten, unterbrach sie ihre Gardinenpredigt. Anscheinend wollte sie keine Zuhörer. Stattdessen griff sie zu dem Glas, das vor ihr stand, und nahm einen Schluck.

»Moin!«, sprach Fred den Restaurantbesitzer an.

Der Wirt blickte mit unfreundlichem Gesichtsausdruck auf. »Was kann ich für Sie tun?« Er stellte ein volles Bierglas auf ein Tablett und putzte sich die Hände an einem Tuch ab.

»Polizei St. Peter-Ording. Wir möchten Sie zu gestern

Abend befragen.« Ernie und Fred zeigten ihre Dienstausweise.

Budde warf einen kurzen Blick auf die Papiere und schaute dann unverändert griesgrämig wieder hoch. »Ich fürchte, ich kann Ihnen nicht ganz folgen«, sagte er knapp.

»Wie wir hörten, hat es hier gestern eine Auseinandersetzung gegeben, in die der Bürgermeister eingreifen musste. Haben Sie den Vorgang beobachtet?«

»Nicht, dass ich wüsste.«

»Vielleicht denken Sie einen Moment drüber nach. Meistens kommt dann die Erinnerung von allein«, versuchte Ernie, den Gastronomen zu motivieren.

»Hören Sie, der Laden war proppenvoll, und die Leute wollten was trinken. Da kann ich nicht auf jede Bewegung der Gäste achten«, antwortete Budde ungeduldig.

»Ich habe es mitbekommen«, meldete sich die Frau zu Wort, was ihr einen genervten Blick von Paul Budde einbrachte.

Fred zog die Augenbrauen hoch. »Sie sind ...?

»Stine Janson. Wir sind verlobt«, sagte sie und warf Budde einen Blick zu, der ihre gemischten Gefühle zum Ausdruck brachte. »Ich bin häufig hier, auch gestern Abend, und da habe ich die Rangelei zufällig mitbekommen.«

»Kannten Sie die Beteiligten?« Fred kritzelte etwas in ein Notizbuch, das er während des Dienstes immer dabeihatte.

»Den Bürgermeister kennt jeder in St. Peter, und einer der Männer war Eike Christians. Soweit ich weiß, hat er die Bürgerinitiative gegen das geplante Hotel am Strandweg gegründet. Den anderen Typen kannte ich nicht wirklich. Habe ihn bloß mal im Ort gesehen.«

»Können Sie uns ein bisschen genauer schildern, wie es zu der Rangelei kam?«, fragte Ernie.

Stine Janson fing den mahnenden Blick ihres Verlobten auf und lächelte dann milde. »Na ja, ich weiß nicht, so eine große Sache war das gar nicht.« Sie griff wieder nach dem Wasserglas, das vor ihr auf dem Tresen stand. »Die hatten sich halt in den Haaren, und dann kam es zu einem kleinen Gerangel, in das der Bürgermeister sofort eingegriffen hat. Mehr war da aber nicht.«

»Ist das alles, was Sie uns dazu sagen können?«, hakte Ernie nach.

Sie überlegte einen Moment. »Ich meine, dass Eike Christians danach den Pfahlbau verlassen hat. Das war kurz, bevor ich auch gegangen bin.«

Eike hob den Kopf. »War der andere Mann zu dem Zeitpunkt noch da, als Sie das Restaurant verlassen haben?«

»Ich meine schon, kann mich aber auch täuschen. Es war wirklich ziemlich voll gestern Abend. Da hat mein Verlobter nicht übertrieben.«

»Haben Sie Christians später noch irgendwo draußen gesehen? Am Strand oder im Ort?«

Stine Janson zuckte mit den Achseln. »Puh, das könnte ich jetzt nicht sagen. Es war schon ziemlich dämmrig, als ich aufgebrochen bin. Vielleicht war er einer der Leute, die sich noch auf dem Strand aufgehalten haben. Vielleicht aber auch nicht. Ich bin gegangen, weil ich an meinem Auto sein wollte, bevor es ganz dunkel war.«

»Ist Ihnen sonst noch irgendwas aufgefallen? Haben sich zum Beispiel andere Personen auffällig in der Nähe der beiden Streithähne aufgehalten?«, versuchte Ernie ihr ein wenig auf die Sprünge zu helfen. »Oder gab es irgendwelche Merkwürdigkeiten, die Ihnen bisher vielleicht unwichtig vorkamen? Irgendwas, das Ihnen seltsam erscheint?«

»Nein.« Stine Janson schüttelte den Kopf. »Eigentlich nicht.«

»Sie sagten, dass es gestern Abend ziemlich voll gewesen ist?«, hakte Fred nach.

»Das stimmt.«

»Könnte es da nicht sein, dass jemand unauffällig einem Gast etwas ins Glas geschüttet hat?«

Budde schnappte hörbar nach Luft und setzte ein Bierglas geräuschvoll auf das Abtropfblech. »Jetzt reicht's aber!«

»Sie meinen K.-o.-Tropfen?« Stine Janson ließ sich von Buddes Reaktion nicht beirren.

»Zum Beispiel.«

»Rein theoretisch wäre das möglich gewesen. Es war wirklich rappelvoll«, wiederholte sie. »Aber gesehen habe ich nichts.« Stine Janson lächelte Fred unsicher an. »Bei Ihren Fragen könnte man ja fast denken, dass jemand gestorben ist.«

»Da denken Sie richtig.«

»Oh, das ist ja schrecklich!« Stine Janson fasste sich mit einer Hand an den Brustkorb.

»Hören Sie«, ergriff Budde nun bestimmt das Wort. »In meinem Lokal schüttet niemand irgendetwas in andere Gläser oder bringt jemanden um die Ecke. Zwei Gäste haben sich gestritten, und der Bürgermeister hat geschlichtet. Das war's. Kommt so ziemlich in jedem Lokal mal vor.«

»Danke. Das hat uns schon weitergeholfen«, sagte Ernie.

Fred steckte sein Notizbuch zurück in die Hosentasche. »Wir melden uns, falls es noch Fragen gibt. Wiedersehen.«

»Das war ja mal ein Schuss in den Ofen«, sagte Ernie, als sie das Restaurant verlassen und den Rückmarsch über den Bohlenweg angetreten hatten.

Fred blieb unvermittelt stehen. »Sag mal, glaubst du der Janson?«

»Eigentlich schon. Sie scheint nicht wirklich was mitbekommen zu haben. Außerdem schien sie ziemlich erschrocken zu sein, als sie gehört hat, dass jemand ums Leben gekommen ist. Aber Budde kam mir ein bisschen patzig vor. Richtig stinkstiefelig. Warum die wohl mit dem verlobt ist?«

»Die Liebe ist ein seltsames Spiel«, zitierte Fred aus einem alten Schlager. »Außerdem scheint ein Hotspot-Gastronom doch keine schlechte Partie zu sein. Manche Frauen stehen ja auf Männer mit Kohle.«

»Trotzdem war Budde extrem unfreundlich. Fast schon verdächtig, sein Verhalten. Dabei haben wir ihm bloß ein paar harmlose Fragen gestellt ...«

»... die er auf Teufel komm raus nicht beantworten wollte, weil ihn seine Verlobte zuvor extrem genervt hat.« Fred grinste schadenfroh. »Kann einem fast ein bisschen leidtun, der gute Budde.«

»Jeder kriegt das, was er verdient.«

»Dann habe ich mir jetzt ein zweites Mettbrötchen verdient.«

»Schon wieder.« Ernie warf seinem Kollegen einen Blick zu und verdrehte die Augen.

Fred grinste ihn an. »Und wir? Wir haben uns auch verdient. Sollte uns Budde noch mal dumm kommen, lade ich dich extra im *Beach Club SPO* zu einem Feierabendbier ein.«

»Och, ja. Feierabendbier geht immer!« Sie setzten ihren Weg fort. »Aber davor inspizieren wir noch Westermanns Unterkunft. Wo hat der eigentlich gewohnt?«

Fred blieb vor ihrem Streifenwagen stehen. »Keine Ahnung. Aber ich tippe mal auf was Gehobenes. Das kann Pannenbäcker für uns herausfinden.« Er strich mit einem Finger von außen über die Windschutzscheibe. »Danach kann Pannenbäcker gleich den Wagen waschen. Ziemlich sandig, das Wüstenschiff.«

»Ein Hoch auf den Bäderersatzdienst.« Sie stiegen in das Auto ein, und Ernie startete den Motor. »Doch unseren Peterwagen wasche ich. Da lasse ich keine Anfänger ran.« Er blickte in den Innenspiegel und legte den Rückwärtsgang ein.

11. Kapitel

Am späten Mittag vor der Polizeistation
im Deichgrafenweg

Vom Immenseeweg bis zur Polizeiwache hatte Ilva mit dem Rad eine gute Viertelstunde gebraucht. Auf dem Weg dahin hatte sie am St. *Peter Ording Fischhaus* auf der Dorfstraße haltgemacht und zwei Fischbrötchen für Ernie und sich selbst besorgt. Das grenzte im Fall ihres Bruders zwar schon an Bestechung, doch um Eikes Unschuld zu beweisen, war ihr fast jedes Mittel recht. Außerdem forderte ihr Magen durch eindeutige Knurrgeräusche Nahrungsnachschub ein. So konnte sie zwei Fliegen mit einer Klappe schlagen.

Ilva musste nicht in die Wache hineingehen. Sie entdeckte ihren Bruder schon von Weitem auf dem Parkplatz neben der Polizeistation. Ernie kümmerte sich um die Pflege seines Dienstfahrzeugs. Mit einem Lappen wischte er über den Außenspiegel an der Fahrerseite des Wagens, trat dann einen Schritt zurück, um das Ergebnis zu überprüfen.

Ilva stieg vom Fahrrad und schob es den restlichen Weg. Ernie sah sie kommen und hob die Hand. »Moin, Schwester!«, rief er erfreut.

»In jedem anderen Betrieb waschen die Azubis die Autos.« Ilva stellte das Rad neben dem Peterwagen ab und nahm ihren Bruder zur Begrüßung in den Arm.

»Ein Polizeimeisteranwärter, der das übernehmen könnte, fehlt uns allerdings aktuell. Aber wenigstens haben wir Pannenbäcker im Bäderersatzdienst zugeteilt bekommen. Der macht das super und ist eine große Hilfe.«

Ilva stemmte ihre Hände in die Hüften und warf einen Blick auf den Streifenwagen, der im Sonnenlicht glänzte wie neu. »Bist du fertig mit der Autopflege?«

»Für heute schon. Der VW war ziemlich sandig.« Er packte einen Handstaubsauger in einen Karton.

»Dann komme ich ja wie gerufen, und wir können zusammen Pause machen.« Ilva griff in ihren Fahrrad-Gepäckträgerkorb. »Ich habe nämlich Fischbrötchen besorgt. Für dich mit extra viel Zwiebeln und doppelt Remoulade.«

»Das ist aber nett.« Ernies Augen leuchteten, als er die Brötchen in Ilvas Hand sah. »Die esse ich am liebsten.« Sie setzten sich auf das Metallgeländer um die Rampe, die den barrierefreien Zugang zur Wache gewährleistete.

Ernie biss genussvoll in sein Brötchen. »Aber so wie ich dich kenne, bist du nicht nur vorbeigekommen, um mir ein leckeres Fischbrötchen vorbeizubringen«, mutmaßte er kauend.

»Nicht nur, aber auch«, gab sie zu. »Mir lässt die Sache mit Eike einfach keine Ruhe.«

»Uns auch nicht.«

»Ernie, Eike ist kein Mörder!«

»Das hat er vorhin auch gesagt.«

»Na also!«

»Was regst du dich denn so auf?«

»Mach ich doch gar nicht.«

»Na klar, du hast ganz rote Wangen.«

»Ach ...« Ilva wickelte ihr Fischbrötchen wieder in die Verpackung ein. »Er ist unser Freund, und Freunde sind keine Verbrecher.«

»Hör mal. Solange wir Eike nichts nachweisen können, ist er eh unschuldig.«

»Schon allein die Tatsache, dass ihr überhaupt gegen ihn ermittelt ... das fühlt sich so an wie bei Freunden einbrechen und alles durchwühlen.«

Ernie legte sein halbes Fischbrötchen nun ebenfalls zurück auf das Papier und blickte seine Schwester an. »Eventuell stellt sich schon bald heraus, dass Eike nichts mit Westermanns Ableben zu tun hat«, sagte er mit beruhigender Stimme.

»Ja? Wie kommst du darauf? Gibt es neue Erkenntnisse?«

Ernie verdrehte die Augen. »Eigentlich darf ich dir nichts über laufende Ermittlungen sagen, und wir wissen auch noch nichts Konkretes. Aber du lässt ja eh nicht locker.«

»Stimmt genau!« Ilva sah ihn gespannt an.

»Flensburg hat sich vorhin gemeldet. Westermanns Obduktionsergebnisse sind da! Der Todeszeitpunkt war Montagabend gegen 21 Uhr. Außerdem wissen wir jetzt, dass er fortgeschrittenen Lungenkrebs hatte und eine Zyankalivergiftung die Todesursache war.«

»Ha! Sag das doch gleich!« Ilva machte einen Satz vom

Geländer, wobei ihr Fischbrötchen auf den Boden fiel. »Dann ist doch alles klar und Eike aus dem Schneider.«

»So würde ich das nicht sagen.«

»Wieso? Die Lage ist eindeutig. Entweder hat Westermanns Krankheit sein Leben beendet, oder er hat sich bewusst oder unbewusst vergiftet, und sein Ableben hat sich dadurch beschleunigt«, versuchte Ilva ihren Bruder zu überzeugen.

»Das erklärt aber noch lange nicht, warum Westermann unter dem Protestplakat der Bürgerinitiative lag und wie das Gift in seinen Körper gekommen ist. Theoretisch könnte ihm jemand den Stoff untergejubelt haben, und diese Person könnte auch Eike gewesen sein.«

»Das ist doch absurd!« Ilva zeigte Ernie eine Meise. »Als ob Eike mit Gift durch die Gegend rennt. Niemals.«

»Mein Motto ist: Sag niemals nie.«

»Jetzt mach mal 'nen Punkt! Du bist nicht James Bond.«

»Ja, ja, ist ja schon gut!« Ernie steckte sich das restliche Fischbrötchen in den Mund und kletterte dann ebenfalls vom Geländer. »Wir werden bestimmt bald neue Erkenntnisse haben.«

»Chef?«, erklang es hinter ihnen.

Ernie drehte sich um. »Ja?«

Pannenbäcker hatte ein Fenster der Polizeiwache geöffnet. »Es gibt Neuigkeiten.«

»Ich komme gleich rein.« Ernie zerknüllte das Papier vom Fischbrötchen und nahm den Karton mit dem Handstaubsauger unter den Arm. »Mach dich nicht verrückt wegen Eike«, sagte er zu Ilva. »In St. Peter-Ording ist noch keiner hinter schwedische Gardinen gekommen, der das nicht verdient hatte.«

Sie rang sich ein Lächeln ab und sammelte ihr Fischbrötchen vom Boden auf. »Das beruhigt mich ein wenig.«

»Lass das mal deinen großen Bruder machen.« Er gab ihr einen Kuss auf die Wange und nahm ihr das Papier mit dem Brötchen ab. »Danke noch mal für das Brötchen.«

Als Ernie in der Wache verschwunden war, schnappte Ilva ihr Fahrrad und trat kräftig in die Pedale. Natürlich hatte sie gerade gelogen: Ihr Bruder hatte sie keinesfalls beruhigt. Wie sollte sie nicht besorgt sein, wenn Ernie und seine Kollegen nach wie vor im Dunkeln tappten und Eike als Täter in Betracht zogen? Im Gegenteil: Sie war bis in die Haarspitzen alarmiert.

Ihre Ledertasche und die Mappe mit den Tests hätte sie fast auf Kuschel geworfen. Der Kater machte seinem Namen alle Ehre und hatte es sich in Ilvas ungemachtem Bett eingerichtet. Im letzten Moment war ihr sein rotes Fell aufgefallen, das sich farblich von der hellen Bettwäsche abhob.

»Nachts gehst du auf Mäusejagd, und dann verpennst du den ganzen Tag«, murmelte sie, wobei sie amüsiert über sein Köpfchen streichelte. Ilva legte die Tasche mit der Mappe auf einem Umzugskarton ab. Hastig guckte sie die Zettel durch, die sich auf dem Schreibtisch stapelten. Zwischen Montageanleitungen und Collegeblöcken fand sie endlich, wonach sie gesucht hatte: den Notizzettel mit Eikes Handynummer. Die hatte sie sich rein vorsorglich in der letzten Nacht von ihm geben lassen, war dann aber nicht mehr dazu gekommen, sie in ihrem Telefon abzuspeichern, weil es ziemlich spät oder, besser gesagt, sehr früh geworden war.

Sie griff nach ihrem Handy und suchte auf dem Display vergeblich die ausgefüllten Balken, die die Empfangsqualität anzeigten: In ihrer Wohnung konnte sie weder telefonieren noch Nachrichten versenden. Das WLAN-Signal ihrer Eltern war ohnehin zu schwach, und die Mobilfunkverbindung schien Schluckauf zu haben. Jedenfalls sah es auf dem Bildschirm so aus. Daran musste sie sich erst wieder gewöhnen. Das Handynetz in Hamburg war sehr gut ausgebaut gewesen. Dort hatte sie nie Schwierigkeiten mit dem Empfang gehabt. In St. Peter-Ording sah das anders aus. Obwohl sich hier einiges in den letzten Jahren getan hatte, befand sie sich in ihrem Elternhaus nach wie vor in einem Funkloch. Ilva drehte das Handy in einen anderen Winkel und ging zu ihrem Fenster. Doch es tat sich nichts.

»Wahrscheinlich steht der Wind nicht günstig«, brummte sie. Daraufhin verließ sie die Wohnung mit dem Telefon in der Hand. Eilig stieg sie die Treppen hinunter und wollte gerade von der Diele aus ins Wohnzimmer ihrer Eltern gehen, als sich die Küchentür öffnete und der Kopf ihrer Mutter im Spalt erschien. »Bist du da, Ilva?«

Sie drehte sich zu ihr. »Bin gerade vor ein paar Minuten nach Hause gekommen.«

»Hast heute aber lange Schule gehabt.«

»Ich bin nach Unterrichtsschluss noch mit Ute zu ihrer Mutter gegangen, um Hallo zu sagen. Danach war ich kurz bei Ernie«, erzählte Ilva.

»Dann hast du jetzt bestimmt Hunger. Papa und ich haben schon gegessen.« Sie kam hinkend in die Diele. »Ich habe Gulasch gekocht. Möchtest du Nudeln oder Kartoffeln mit Rosenkohl dazu?«

»Mutti, du sollst dich doch schonen und dir nicht so viel Arbeit machen. Schon gar nicht meintwegen!« Ilva ging auf sie zu.

Ihre Mutter hob abwehrend eine Hand. »Jetzt redest du schon genauso wie Schwester Grit.«

»Auf sie solltest du hören, wenn du das schon bei mir nicht machst. Immerhin ist sie vom Fach.«

»Habe ich vielleicht auch noch ein Mitspracherecht? Und gucke mich bitte nicht so besorgt an, als müsstest du im nächsten Moment den Notarzt rufen. Mir geht es gut.«

»Ach, Mutti …« Ilva musste lächeln und hakte sie unter. »Wusstest du eigentlich, dass Schwester Grit auch bei Utes Mutter nach dem Rechten schaut?«

»Nein, das wusste ich nicht. So klein ist die Welt.«

»Du meinst, so klein ist St. Peter-Ording.«

»Oder so.«

»Wo ist eigentlich dein Rollator?«, erkundigte sich Ilva und blickte sich suchend in der Diele um.

»Das olle Ding.« Ihre Mutter verzog missmutig den Mund. »So ein Gerät ist doch was für alte Leute. Für *sehr* alte Leute! Genauso wie Gehstöcke oder diese Elektromobile, mit denen dann die Alten umgefahren werden. Nee, nee, lass mich mit dem Firlefanz in Ruhe. Das brauche ich alles nicht. Viel zu übertrieben der ganze Schnickschnack. Im Fernsehen haben sie letztens in einer Gesundheitssendung gesagt, dass man sich nach einem Oberschenkelhals-bruch bewegen soll. Außerdem sind Kalzium und Vitamin D gut für die Knochen, und man soll ausreichend trinken. Das hat mir mein Arzt übrigens auch bestätigt. Von über-mäßiger Schonung hat mir der Therapeut bei der Kranken-gymnastik gar nichts erzählt. Ihr seid sowieso alle viel zu ängstlich. Früher wurde nicht so ein Theater gemacht. Au-ßerdem will ich demnächst zum Konzert gehen, wenn dein Vater mit dem Shantychor auf der Strandpromenade auftritt. Dafür muss ich im Training sein und mich nicht mit Rol-latoren beschäftigen.« Das Machtwort ihrer Mutter duldete keine Widerrede.

»Ist gut, Mutti. Ich nehme übrigens gerne Nudeln zum Gulasch«, antwortete Ilva versöhnlich. Sie war heilfroh, dass ihre Mutter einsichtig war und wenigstens an einer ambu-lanten Rehamaßnahme teilnahm. Wenngleich sie keine zehn Pferde zur stationären Behandlung in einer Klinik hät-ten bringen können.

»Dann komm in zwanzig Minuten zum Essen in die Kü-che. Ich mache dir noch einen Gurkensalat als Beilage«, sagte ihre Mutter mit zufriedenem Gesichtsausdruck. »Ich erwarte dann einen umfassenden Bericht von deinem ersten Schultag. Immerhin muss ich ja auf dem Laufenden blei-ben.«

»Bekommst du.« Ilva schaute ihr nach, bis sie erstaunlich flott zurück in die Küche gehinkt war. Vielleicht war sie wirk-lich ein wenig übervorsichtig und stand damit bloß dem Ge-nesungsprozess ihrer Mutter im Wege. Sie nahm sich vor, ihre Bedenken nicht mehr bei jeder Kleinigkeit zu äußern, sondern sie bewusster zu dosieren. Im Wohnzimmer zog sie die Gardine beiseite und öffnete die Terrassentür. Zielstrebig ging sie auf einen Lavendelstrauch zu. An dieser Stelle hatte sie in der Vergangenheit immer Handyempfang gehabt. Bingo. Drei von vier Balken zeigten eine Verbindung zum Mobilfunknetz an. Das reichte aus, um ein Telefonat zu führen oder Nachrichten zu verschicken. Einen Moment überlegte sie, ob sie Eike anrufen oder ihm besser eine Mitteilung zukommen lassen sollte. Eventuell störte sie ihn durch ihren Anruf bei einer wichtigen Sache. Ilva entschied sich für eine Nachricht.

> Hallo, Eike!
> Hier ist Ilva. Ich war vorhin bei Ernie. Würde
> gerne mit dir reden. Ich bin zu Hause. Melde dich
> doch bitte bei mir, wann es dir am besten passt.
> Liebe Grüße!
> Ilva

Sie musste nicht lange auf seine Antwort warten:

> Moin!
> Bei Ernie war ich heute auch schon. Aber das
> weißt du sicherlich bereits.
> Ich breche gleich mit einigen Teilnehmern zu
> einer Dünenwanderung auf.
> Aber wir können gerne später reden!
> Was hältst du von 17 Uhr am
> Kurkartenhäuschen an der Seebrücke? Wir

könnten was trinken gehen oder so.
LG
Eike

Ilva schrieb zurück:

Das ist eine sehr gute Idee!
Bis um 17 Uhr.
Ich freue mich!

12. Kapitel

Am Deich auf der Höhe der Utholmer Straße in Ording,
noch immer blauer Himmel mit
vereinzelten Schäfchenwolken

Fred beendete das Gespräch auf seinem Diensthandy.

»Und? Was Neues?«, fragte Ernie.

»In der Tat. Das war Kollege Pannenbäcker. Westermann hinterlässt eine Ehefrau und zwei Töchter. Die Kollegen aus Hamburg überbringen der Witwe gleich die Nachricht vom Tod ihres Mannes.«

»Da bin ich fast ein bisschen froh, dass wir das nicht machen müssen. Todesnachrichten sind doch immer ein Scheißjob, selbst wenn die Todesumstände geklärt sind. Aber in dem Fall jetzt? Die ganze Ermittlungsarbeit innerhalb der Familie? Furchtbar.« Ernie schauderte. »Jeder Schritt wird hinterfragt. Das komplette Leben von links nach rechts gedreht, jedes Gespräch und alle Begegnungen mit dem Mordopfer überprüft, ob irgendwo ein Motiv schlummern könnte.«

»Aber häufig findet man den Mörder dann ausgerechnet in der Familie«, entgegnete Fred. »Westermanns Frau wäre nicht die erste Betrogene, die ihren Ehemann um die Ecke gebracht hätte.«

»Wie kommst du denn jetzt auf ›betrogen‹?« Ernie warf einen Seitenblick auf seinen Kollegen.

»Keine Ahnung. Ich schließe eben nichts aus. Wer weiß, wie tief der Sumpf ist, in dem Westermann gesteckt hat.«

Ernie setzte den Blinker und bog in eine Auffahrt ein, die zum *Landhaus Dircks* führte. Er parkte den Peterwagen auf dem Schotterplatz vor dem Gästehaus. »Jedenfalls hat es mich überrascht, dass Westermann hier bei Helena abgestiegen ist und nicht in einem Fünfsternehotel.«

Sie stiegen aus dem Wagen.

»Bisher bin ich am *Landhaus* immer nur vorbeigefahren.« Freds Blick glitt über das Grundstück. »Gar kein schlechtes Quartier. Hier würde ich Urlaub machen, wenn ich nicht schon in St. Peter wohnen würde. Tolle Fußballwiese. Das wäre was für mich und Elias.«

»Ach was, dein Sohn würde dich doch beim Fußball bloß plattmachen!«

»Vertue dich da mal nicht. In Gelsenkirchen habe ich bis kurz vor dem Umzug im Alte-Herren-Kader auf dem Platz gestanden. Meine Torschüsse sind berühmt-berüchtigt«, sagte Fred selbstbewusst.

Ernie hob anerkennend die Augenbrauen. »Dann noch die super Lage nicht an der Straße, schön ruhig und keine zehn Minuten zu Fuß bis zum Strand. Für uns Normalos ideal. Aber als Unterkunft für Westermann? Der ist doch eher so.« Er drückte mit einem Zeigefinger seine Nase nach oben.

»So gewesen, meinst du«, korrigierte Fred. »Aber stimmt schon. Eigentlich viel zu zweckmäßig und familiär für den feinen Hamburger und dadurch auch automatisch verdächtig.«

Ernie und Fred gingen den Weg zum Gästehaus entlang. Auf der Wiese tobten drei Kinder mit einem Hund, und unter einer Überdachung, die zu einem Holzhäuschen gehörte, saßen zwei Frauen.

»Moin!« Ernie hob die Hand.

Eine Frau mit schulterlangem braunen Haar kam auf sie zu. Sie trug knielange Jeans und einen marineblauen Kapuzenpullover, den der Schriftzug *Landhaus Dircks – Chefin vom Urlaub* zierte. »Moin! Was macht ihr denn hier?«

»Moin, Helena! Wir wollten zu dir.«

»Mahlzeit!« Er nickte ihr zu.

»Zu mir? Ist etwa jemand gestorben?«, fragte sie scherzhaft mit einem Lachen.

»Jap.«

»Ernsthaft?« Sie legte schockiert eine Hand auf ihren Brustkorb und schien unsicher, ob Ernie sich bloß einen Scherz mit ihr erlaubte.

»Können wir irgendwo ungestört reden?« Fred richtete seinen Blick auf das Landhaus.

»Natürlich. In meinem Büro.«

Helena ging vor, und Ernie und Fred folgten ihr ins Haus. Sie schloss einen Raum auf der rechten Seite neben dem Eingang auf und ließ sie eintreten. »Bitte«, sagte Helena und zeigte auf einen langen Holztisch, um den ein halbes Dutzend Stühle standen. Sie nahmen Platz. »Möchtet ihr was trinken? Wasser vielleicht?«, sagte Helena, noch stehend.

»Ja, gerne.«

Helena nickte und holte drei Gläser und eine Wasserflasche aus einem Schrank. Während sie das Wasser verteilte, fragte sie: »Wer ist denn jetzt gestorben?«

»Hagen Westermann«, antwortete Fred und trank das Glas in einem Zug leer.

»Was?« Helenas Augen weiteten sich. »Der Architekt aus Hamburg, der das *Dünotel* bauen wollte?«

»Genau der«, bestätigte Ernie.

»Kann doch gar nicht sein. Ich hab den doch gestern noch gesehen. Moment.« Sie stand wieder auf und verließ den Raum, bevor Ernie und Fred sie zurückhalten konnten. Einen Augenblick später kam sie mit einer Papiertüte zurück. »Er hat seine Brötchen heute nicht abgeholt.«

»Das wäre auch ein Ding gewesen. Tote essen nämlich keine Brötchen mehr«, kommentierte Fred trocken.

Helena setzte sich wieder und legte die Brötchentüte auf dem Tisch ab. »Ich bin ganz perplex. Herr Westermann hat das Appartement noch bis Freitag gemietet, und jetzt ist er tot? Wie ist das denn passiert?«

Ernie drehte sein Glas. »Gefunden wurde er gestern Abend an der Fotodüne.«

Fred holte seinen Notizblock und einen Kugelschreiber hervor. »Sag mal, Helena, vielleicht kannst du uns helfen. Ist irgendetwas an Westermann auffällig gewesen?«

Helena verschränkte die Arme über der Tischplatte. »Eigentlich nichts. Er war ein ruhiger Gast, den man nicht großartig bemerkt hat. Ich habe ihn bloß morgens gesehen. Danach war er unterwegs und kam abends irgendwann wieder. Ich kann nicht wirklich viel über ihn berichten.«

»Hat er mal etwas von einer Krankheit erwähnt?«, hakte Fred nach.

»Nein. Wir haben ja kaum miteinander gesprochen. Nur das Übliche halt. Beim Einchecken und dann mal eine kurze Plauderei, wenn wir uns über den Weg gelaufen sind. Nichts Außergewöhnliches.«

»Oder hatte er vielleicht mal Besuch?«, fragte Ernie.

»Keine Ahnung.« Helena schüttelte den Kopf, hielt dann aber in der Bewegung inne. »Oder doch! Ja, natürlich. Vorgestern kam er abends mit einer Frau zurück. Das hätte ich fast vergessen, weil ich ihn mit ihr nur flüchtig gesehen habe.«

Ernie warf Fred einen Blick zu. »Kannst du die Dame beschreiben?«

Helena zuckte mit den Achseln. »Hübsch. Soweit ich mich erinnern kann. Lange blonde Haare, schlanke Figur … ein Sommerkleid hat sie getragen. Und ich konnte ihr Parfüm riechen. Obwohl der Wind nicht günstig stand.«

»Kanntest du sie?«

»Nicht, dass ich wüsste. Höchstens vom Sehen im Ort …«

Fred blickte von seinem Schreibblock auf. »Wie alt war sie ungefähr?«

»Das ist schwierig zu schätzen. Ich habe sie wirklich nur flüchtig gesehen, meine aber, dass sie einige Jahre jünger als Westermann auf mich gewirkt hat.«

»Könnte es sich bei der Frau um Westermanns Ehefrau gehandelt haben? Oder hat er sie mal beiläufig erwähnt? Waren vielleicht Kinder dabei?«, fuhr Fred mit seiner Befragung fort.

»Hm«, machte Helena und schüttelte leicht den Kopf. »Nicht, dass ich wüsste. Die Blonde kam mir auch nicht wie eine Ehefrau vor, sondern eher ... wie eine Freundin.« Sie hob die Hände. »Aber das ist bloß mein subjektiver Eindruck. Ich möchte Herrn Westermann nichts unterstellen.«

»Natürlich nicht.« Fred nickte verständnisvoll.

»Danke für deine Hilfe.« Ernie lächelte ihr zu. »Lässt du uns jetzt noch in Westermanns Appartement?«

Ernie öffnete den Schrank, und sein Blick fiel auf Kleiderbügel mit akkurat aufgehängten Oberhemden. In den Regalfächern daneben lagen T-Shirts. Kante auf Kante, wie mit dem Zollstock nachgemessen. »Das ist hier alles so fein säuberlich eingeräumt, als hätte ihm jemand hinterhergeputzt. In den Hemden ist keine einzige Falte drin.« Er schloss die Schranktür wieder. »Sogar das Bett ist gemacht. Ordentlicher hätte das wahrscheinlich nur meine Mutter hinbekommen.«

»Vielleicht ein Kontrollfreak.« Fred nahm die Taschenlampe aus seinem Polizeigürtel und leuchtete unters Bett. Er zog einen hochwertigen Rollkoffer mit Aluminiumlegierung und Ledergriffen hervor, der sich als leer erwies. »Im nächsten Leben werde ich auch Architekt ... der Trolley hat bestimmt mehr gekostet als der ganze Aufenthalt in St. Peter-Ording«, brummte er und schob den Koffer weg.

»Jetzt bestimmt, wo Westermann doch tot ist«, stellte Ernie sachlich fest und warf einen Blick ins Bad. Doch außer den zu erwartenden Hygieneartikeln ließ nichts im Bad darauf schließen, dass hier jemand gewohnt hatte.

Fred hob die Matratze an, inspizierte danach die Schublade des Nachtschranks und öffnete schließlich den Kühlschrank der Küchenzeile. »Vier Flaschen Club-Mate, aber kein einziges Bier.« Fred hielt eine der Flaschen in der Hand. »Spätestens jetzt ist der Typ mir definitiv suspekt.«

Derweil widmete sich Ernie dem kleinen Tisch neben dem Kleiderschrank, auf dem ein Laptop lag. »Den nehmen wir mit«, sagte er und klemmte sich das Gerät unter den Arm. Mit der freien Hand blätterte er durch eine Pappmappe, in der sich lose Papiere befanden: Neben Skizzen für das geplante Hotel entdeckte er Kostenvoranschläge von Bau- und Handwerksfirmen aus der Umgebung, einen gültigen Lottoschein, diverse Visitenkarten sowie einen Businessplan. Er wollte die Mappe schon zuklappen, als er stutzte und ein handgeschriebenes Blatt Papier herauszog. »Kerle Kiste!«

»Was ist denn?« Fred schloss die Kühlschranktür, die er vor Schreck über den Mangel an Bier zuvor hatte offen stehen lassen.

»Du wirst nicht glauben, was ich gefunden habe.« Er blickte ungläubig auf das Schriftstück.

»Etwa einen Liebesbrief an Westermanns Freundin?« Fred kam zu ihm.

»Das ist ein Abschiedsbrief an Westermanns Töchter!«

»Nee, ne?!« Fred schaute über Ernies Schulter, um einen Blick auf das Schriftstück werfen zu können.

»Handschriftlich geschrieben mit Datum von gestern.« Ernie zeigte mit einem Finger auf die Datierung.

»Ich glaub's ja nicht!«

»Schon irgendwie unheimlich. Als hätte er seinen eigenen Tod vorhergesehen.«

»Oder geplant und vorher noch schnell was für seine Kinder aufgeschrieben für den Fall, dass das Gift wirkt«, kombinierte Fred abgeklärt. »Wäre nicht der erste Mensch, den die Verzweiflung so übermannt.«

»Das wäre ziemlich harter Tobak.«

»Und was schreibt Westermann an seine Töchter?«

»Also.« Ernie legte den Laptop wieder auf der Tischplatte ab, und die beiden beugten sich über das Papier.

Meine lieben Mädchen,

ich weiß gar nicht, mit welchen Worten ich den Brief beginnen soll. Vielleicht gibt es nicht die richtigen Worte für die Dinge, die ich für Euch niederschreiben möchte. Ich bin kein guter Schreiber und auch niemand, der besonders formulieren kann. Ihr wisst, dass meine Stärke eher in der Errichtung von Gebäuden liegt. Trotzdem sollt Ihr wissen, dass ich Euch liebe – und Eure Mutter auch. Ich habe viele Entscheidungen getroffen, die vielleicht nicht die besten waren. Ihr sollt nicht darunter leiden, dass ich mein Leben an die Wand gefahren habe. Irgendwann habe ich durch die vielen Sorgen meine Lebensfreude verloren und dachte, dass ich sie nie wiederfinden würde. Doch ich habe eine Frau getroffen, die wieder Heiterkeit in mein Leben gebracht hat, obwohl mir gerade vieles misslingt und ich den Glauben an mich selbst verloren habe. Ich weiß nicht, ob mir noch genügend Zeit bleibt, um die Dinge wieder ins Lot bringen zu können. Ich bin krank an Körper und Seele und merke, wie langsam meine Kräfte schwinden. Es kann sein, dass ich es nicht mehr schaffe und an meinem Ende nicht alles wieder gut sein wird. Für diesen Fall möchte ich Euch sagen: Habt Dank für Eure unermessliche Liebe, sie war das Schönste, was ich erleben durfte, das sollt Ihr wissen. Ich bin so stolz auf Euch und hätte mir keine besseren Töchter wünschen können. Vielleicht könnt Ihr mich eines Tages verstehen und mir verzeihen.

Lebt wohl, meine Mäuse.
In Liebe,
Euer Papa

Ernie schaute zu Fred und zeigte auf seinen rechten Unterarm. »Ich habe richtig Gänsehaut bekommen.« Er schluckte. »So einen Brief an seine Kinder zu schreiben ...« Ernie blickte sichtlich ergriffen auf das Blatt Papier.

»Der wusste, dass bald finito ist«, war sich Fred sicher.

»Diese Frau, die er erwähnt, ist bestimmt die blonde Begleitung, von der Helena erzählt hat«, vermutete Ernie.

»Das werden wir bestimmt schnell rausfinden.« Fred nahm den Brief in die Hand und überflog noch einmal die Zeilen. »Der Fall fängt langsam an, mir Spaß zu machen.«

13. Kapitel

Etwas später im Gartenweg, mit Bienensummen
und dem Duft von Schwarzem Holunder in der Luft

Der laue Mainachmittag ließ erahnen, dass ein heißer Sommer auf sie zukam. Ilva schob ihr Klapprad vom Grundstück ihrer Eltern und schwang sich in den Sattel. Trotz der angenehmen Temperaturen hatte sie eine Jeans angezogen und einen Pullover ins Fahrradkörbchen gepackt, denn an der Nordsee wurde es selbst im Hochsommer gegen Abend ziemlich frisch. Sie fuhr über die Ostlandstraße, bis sie den Deich erreicht hatte, und von dort nordwärts. Vorbei an einem Reiterhof, dem Wasserspielplatz, einem Fitnesspark, dem *Dünen-Hus*, bis sie den Seebrückenvorplatz in St. Peter-Bad erreicht hatte. Dort kettete sie das Rad an einem Geländer in unmittelbarer Nähe der Liebesschlösser fest und legte sich den Pulli locker über die Schultern. Im Gegensatz zu ihrer Verabredung mit Ute am Morgen war sie überpünktlich. Ihr brannte es regelrecht unter den Nägeln, mit Eike über die neuesten Entwicklungen im Fall Westermann zu sprechen, konnten diese am Ende womöglich seine Unschuld beweisen. Sie stellte sich neben das Kurkartenhäuschen und hielt nach Eike Ausschau. Auf der Strandpromenade mit der angrenzenden Seebrücke herrschte an diesem warmen Frühlingsnachmittag reges Treiben. Familien mit Kindern, Kurgäste und verliebte Pärchen mit Hunden flanierten zusammen mit Einheimischen über den Platz. Einige genossen die warmen Sonnenstrahlen auf der Terrasse von *Gosch*, und andere standen seitlich vor der roten Hütte in einer Schlange, um ein Eis zu kaufen. Obwohl dies einer der beliebtesten Orte im Zentrum von St. Peter-Ording war und sich sowohl Einheimische als auch Touristen hier tummelten, kam keine Hektik auf. Ilva tat einen tiefen Atemzug und genoss für einen Augenblick einfach nur das Jetzt. Sie spürte eine tiefe Dankbarkeit dafür, dass das Schicksal sie wieder in die alte Heimat verschlagen hatte. Es stimmte, was sie zu Ute gesagt hatte: Während sie in Hamburg gelebt hatte, war ihr nie aufgefallen, wie sehr sie ihr Zuhause vermisst hatte. Sie ließ ihre Blicke schweifen, blieb einen Moment am Hotel *Strand-Gut Resort* hängen und entdeckte schließlich zwischen all den Leuten Eike. Sie winkte ihm zu, und als er sie sah, hob er ebenfalls die Hand zum Gruß.

»Wartest du schon lange?«, erkundigte er sich, als er bei ihr angekommen war.

»Nein, gar nicht.« Sie lächelte ihn an. »Schön, dass du Zeit hast.«

»Immer.« Er erwiderte ihr Lächeln.

Ilva schaute Eike wortlos an. Das Bewusstsein, wie nah sie sich einmal gewesen waren, wie nah sie sich sein könnten, war mit einem Mal so stark, als wäre sie nie weg gewesen. Die Emotionen verschlugen ihr für einen Moment die Sprache.

»Wollen wir uns auf die Terrasse von *Gosch* setzen?«, fragte er. »Oder wolltest du woandershin?«

»Nein, nein. *Gosch* ist prima! Ein Hauch von Sylt.« Sie zwinkerte ihm zu.

Eike zog die Augenbrauen hoch und ließ ihr am Treppenaufgang den Vortritt: »*Who the fuck is Sylt?*«

Sie ergatterten einen Tisch mit Strandkorb, der ihnen einen unverstellten Blick über die Salzwiesen und die lange Seebrücke bis zum Strand bot. Nachdem sie die ausliegende Speisekarte studiert hatten, bestellte Eike ein kühles Bier und Pannfisch mit Senfsoße und Bratkartoffeln. Ilva entschied sich für einen Aperol Maracuja-Spritz und ein Lachsfilet mit Ofenkartoffel und Sour Cream.

»Nicht zu fassen, dass ich schon wieder Hunger habe. Obwohl ich vorhin zwei Portionen vom Gulasch meiner Mutter gegessen habe. Wenn das so weitergeht, krieg ich meine Hosen bald nicht mehr zu.«

»Das macht die gute St. Peteraner Luft. Außerdem siehst du gut aus, wie du bist – und das trainierst du dir doch locker auf dem Fahrrad wieder ab«, entgegnete Eike.

»Ich glaube, ich habe hier in der kurzen Zeit längere Strecken mit dem Rad zurückgelegt als in den ganzen Jahren in Hamburg zusammen. Dort bin ich meistens mit der U-Bahn gefahren.«

»Na bitte. Also kein Grund für eine Diät.« Eine Kellnerin brachte ihre Getränke. Eike hob sein Bierglas. »Dann mal Prost.«

»Prost«, erwiderte Ilva und probierte ihr Getränk durch einen Strohhalm. Sie setzte das Glas auf dem kleinen Holztisch ab und sah Eike an. In ihrem Strandkorb waren sie von anderen Gästen abgeschirmt und hatten dadurch genügend Privatsphäre, um auch brisante Dinge besprechen zu können. »Was ich dich fragen wollte ... wie war es denn heute bei Ernie auf der Wache?«

»Pfft«, machte Eike und zuckte mit den Schultern. »Wie soll es schon gewesen sein?« Er blickte verdrießlich in sein Bierglas. »Ich habe ihm gesagt, dass ich kein Mörder bin, so war es«, erklärte er mit resignierter Stimme.

»Und das ist ja auch die Wahrheit.«

»Sag das mal der Polizei. Für die Wahrheit fehlt mir das Alibi. Solange ich keins habe, stehe ich bei denen doch ganz oben auf der Liste.« Mit unergründlicher Miene schaute er über die Salzwiesen und trank dann einen Schluck Bier.

Aus dem Nachbarstrandkorb erklang lautes Frauengelächter, das so gar nicht zu der gedrückten Stimmung zu passen schien, die bei ihnen herrschte. Ilva neigte leicht ihren Kopf in Eikes Richtung. »Als ich vorhin bei Ernie war, erwähnte er, dass bei Westermanns Obduktion Lungenkrebs in fortgeschrittenem Stadium und eine Vergiftung festgestellt wurden«, erzählte sie im vertraulichen Tonfall.

»Ach was?!« Eike stellte abrupt sein Bierglas auf dem Tisch ab. »Krank sah der Typ gar nicht aus«, sagte er verblüfft.

»Jetzt müssen wir nur noch herausfinden, wie das Gift in seinen Körper gekommen ist«, schlussfolgerte Ilva. »Dann bist du aus dem Schneider.«

»Na, das wird bestimmt ein Klacks, so was herauszufinden.« Eike lachte gequält auf und runzelte dann die Stirn. »Was heißt hier eigentlich ›wir‹?«

»Wir alle eben. Ute, Bernd, ich …«, zählte sie auf.

Die Bedienung kam mit ihrem Essen und stellte die Teller auf dem Tisch ab. »Dann mal guten Appetit!« Ilva wickelte ihr Besteck aus der Serviette und probierte ein Stück Lachsfilet.

»Ebenso.«

»Wir werden Ernie und Fred bei den Ermittlungen unterstützen und wenn nötig einen Schubs in die richtige Richtung geben«, nahm sie kauend den Faden wieder auf.

Eike sah sie mit einer Mischung aus Bewunderung und Belustigung an. »Das hört sich bei dir so an, als wäre es das Einfachste der Welt, Miss Marple.« Er spießte eine Bratkartoffel mit der Gabel auf.

Ilva griff zu ihrem Aperol. »Ist es bestimmt nicht. Trotzdem kann es nicht schaden, wenn mein Bruder und seine Kollegen Verstärkung bei den Ermittlungen bekommen. Im Hintergrund. Undercover sozusagen.«

»Meinst du wirklich, es bringt was, wenn ihr euch da einklinkt?«, fragte er skeptisch. »Nich, dass wir damit noch was schlimmer machen.«

»Ach, Quatsch. Das ist allemal besser, als Ernie und Fred mit Pannenbäcker im Dunkeln tappen zu lassen. Manchmal kommt einem auch Kommissar Zufall zu Hilfe, und plötzlich ist alles erklärbar. Du bist so lange unschuldig, bis dir eindeutig das Gegenteil bewiesen wurde.« Ilva legte das Besteck beiseite und kramte in ihrer Tasche. Und kramte. Und kramte tiefer.

»Suchst du was?«, fragte Eike mit amüsiertem Tonfall.

»Schon gefunden.« Sie legte einen Notizblock auf den Tisch und zückte einen Kugelschreiber. »Fangen wir doch mal damit an, was genau an dem Abend passiert ist.«

»Das habe ich heute früh schon alles deinem Bruder erzählt.«

»Dann erzähl es mir noch mal.« Sie warf ihm einen entschlossenen Blick zu und betätigte mit einem Daumen die Druckhülse des Schreibers.

Eike wollte protestieren, unterließ es aber. »Na gut, Widerstand ist bei dir ja eh zwecklos.«

»So ist es.« Sie lächelte geduldig. »Ich bin ganz Ohr.«

Eike schilderte erneut den vergangenen Abend, und Ilva machte sich dabei fleißig Notizen. Auf ihren Wunsch hin zählte er alle ihm bekannten Personen auf, die bei der Auseinandersetzung im *Beach Club SPO* zugegen gewesen waren. »Die Namen sind aber ohne Gewähr. Der Laden war wirklich rappelvoll. Da waren bestimmt noch andere Leute, die ich im Gewusel einfach nicht gesehen habe.«

»Also, ich habe folgende Leute auf meiner Liste: der Inhaber mit seiner Freundin, Petter Grube und Gertrud Möbius, Brodersen, einige Mitglieder aus der Bürgerbewegung und Westermann. Sind das alle?«

»Ich meine schon.« Er überlegte einen Augenblick, dann hob er einen Finger. »Bert Tölke. Ich meine, der war auch noch da.«

Ilva notierte den Namen. »Wer ist Bert Tölke?«

»Das ist der Inhaber eines Architektenbüros in Garding, der sich damals ziemlich sicher gewesen ist, dass er den

Auftrag für die Planung des *Dünotels* bekommt. Von wegen Regionalbezug und so. Der war ziemlich sauer, dass die Sache an Westermanns Hamburger Büro vergeben wurde.«

»Und du bist dir ganz sicher, dass er da war?«

»Absolut. Er stand abseits, am anderen Ende der Bar. Ich habe ihn nur flüchtig wahrgenommen, weil ich mit meinen Gedanken woanders war, und dann kam auch schon der Zoff mit Westermann.«

»Das ist doch ein interessanter Punkt! Dieser Tölke hätte auf jeden Fall ein Tatmotiv.«

Eike schob die restlichen Bratkartoffeln auf seine Gabel. »Theoretisch schon. Doch ich kann mir nicht vorstellen, dass er Westermann ...« Er schüttelte heftig den Kopf. »Nein. So weit würde er nicht gehen.«

»Was zu beweisen wäre.«

Eike legte seufzend die Gabel auf den Teller. »Ach, Ilva. Ich weiß einfach nicht, wie ich meine Unschuld beweisen soll«, sagte er mit verzweifelter Miene. »Wäre ich doch gestern Abend nicht noch in diesen blöden Pfahlbau gegangen, sondern gleich nach Hause. Das hätte mir viel Ärger erspart.«

»Das konntest du ja nicht ahnen.« Automatisch legte Ilva ihre Hand auf seine. »Ich bin mir sicher, dass die Wahrheit ans Licht kommen wird«, sagte sie zuversichtlich.

14. Kapitel

Zur selben Zeit auf einem Parkplatz an der B202,
irgendwo zwischen Brösum und Martendorf,
bei tief stehender Sonne

Wo blieb er bloß? Sie wartete schon eine gefühlte Ewigkeit auf ihn. Vor einer guten halben Stunde hätte er schon erscheinen müssen. Voller Ungeduld blickte sie auf ihr Handy. Mal wieder keine Nachricht von ihm. Kein: *Ich verspäte mich. Tut mir leid!* Wieder schaute sie zur Parkplatzauffahrt, doch es fuhren bloß vereinzelte Autos auf der Landstraße vorbei. Sie warf einen prüfenden Blick in den Außenspiegel und zupfte sich die Haare zurecht. Dann fischte sie einen Lippenstift aus ihrer Handtasche und malte ihre Lippen in einem kräftigen Burgunderrot nach. Sie blickte auf. Ein Motorengeräusch erklang. Kurze Zeit später fuhr er mit seinem SUV auf den Parkplatz.

»Na endlich!«, empfing sie ihn mit einem strahlenden Lächeln. Ihr Frust über seine Unpünktlichkeit war mit einem Mal verflogen. Das Gefühl der Erleichterung, dass sich ihr Warten gelohnt und er doch gekommen war, überwog.

»Ich habe es nicht eher geschafft. Du weißt ja, wie das bei mir ist.«

»Hauptsache, du bist jetzt da.« Sie ging auf ihn zu und wollte ihn küssen.

Er drehte seinen Kopf zur Seite und ließ seinen Blick über den Parkplatz schweifen. »Wenn uns jemand sieht ...«

Enttäuscht ließ sie von ihm ab. »Hier auf dem Parkplatz? Mitten in der Walachei? Das halte ich für unwahrscheinlich.« Mit einer Hand strich sie über den T-Shirt-Stoff auf der Höhe seiner Brust.

»Der Teufel steckt im Detail«, entgegnete er und schaute sich wieder nervös um. »Gut siehst du aus. Das Kleid mag ich besonders an dir.«

»Deswegen habe ich es angezogen.« Sie drehte sich übermütig einmal um sich selbst. »Hast du es schon gehört? Er ist tot«, kam sie auf den springenden Punkt.

»›Schon gehört‹ ist gut. Der ganze Ort scheint sich nur noch über dieses eine Thema zu unterhalten. Die Polizisten rennen rum wie aufgescheuchte Hühner und befragen allerhand Leute. Mich haben sie auch schon angesprochen. Ob ich was wüsste ...« Fahrig strich er mit einer Hand durch sein Haar. »Ich kann wirklich keinen Ärger gebrauchen.«

»Jetzt entspann dich mal. Wieso solltest du Ärger bekommen? Man hat den Trottel an der Fotodüne gefunden, mit einem eindeutigen Hinweis auf die Ökos.« Sie schenkte ihm wieder ihr strahlendstes Lächeln. »Da fällt der Verdacht doch automatisch auf die Leute, die was gegen das Bauvorhaben haben.«

»Halte die Bullen mal nicht für ganz doof. Die verfolgen nicht bloß Spuren in eine Richtung. Dich werden sie bestimmt bald verhören. Ist sicherlich nur eine Frage der Zeit, bis du vorgeladen wirst.«

»Sollen sie mich ruhig ausfragen. Ich bin in tiefer Trauer und kann seit seinem Tod nicht mehr essen oder schlafen. Schließlich gehöre ich zu den Hinterbliebenen und bin quasi auch ein Opfer.«

»So ist es«, sagte er, wobei sich seine Gesichtszüge etwas entspannten.

Sanft berührten ihre Fingerspitzen seine Hände. »Ich habe meinen Teil der Verabredung erfüllt. Nun ist es an dir, den Rest des Weges für uns freizuräumen.«

»Du glaubst, dass das so einfach ist?« Er zog die Augenbrauen hoch.

Die Stimmung bei ihr schlug um. »Du liebst mich nicht«, sagte sie mit zitternder Lippe, und in ihren Augen schimmerte es verdächtig.

»Hey!« Er fasste an ihre Schultern. »Du weißt ganz genau, dass das nicht stimmt! Du bist meine absolute Traumfrau, und es wäre auch alles anders, wenn ich nicht anderweitig vergeben wäre.«

Sie verschränkte die Arme vor der Brust und blickte grimmig an ihm vorbei. »Aber wie lange soll ich denn noch auf dich warten? Was muss passieren, damit wir endlich zusammen sein können?«

Er ließ von ihr ab. »Die Aufregung um die Leiche muss sich erst mal legen. Im Moment ist es wirklich ungünstig.«

»Das ist es immer.«

»Herrgott! Ich werde sie deswegen bestimmt nicht umbringen. Das wäre eine Tote zu viel in St. Peter-Ording«, redete er sich in Rage.

»Ist ja schon gut.« Sie griff nach seiner Hand und lächelte ihn versöhnlich an. »Lass uns nicht streiten. Dafür ist unsere gemeinsame Zeit zu kostbar.«

»Das stimmt.« Er küsste ihre Hand. »Ich habe übrigens noch was für dich.«

»Für mich?«, fragte sie erfreut. »Aber ich habe doch gar keinen Geburtstag.«

»Dafür musst du nicht Geburtstag haben.« Er griff mit einer Hand in die Hosentasche seiner Jeans und beförderte aus ihr eine flache Schatulle. »Es reicht, dass du so geduldig mit mir bist.«

»Oh!« Sie fasste sich mit einer Hand unter das Schlüsselbein.

Langsam öffnete er das Kästchen. Zum Vorschein kam eine Kette aus Weißgold mit einem Infinity-Anhänger, der mit Diamanten besetzt war. »Ich hoffe, sie gefällt dir.«

»Gefallen?«, rief sie begeistert. »So einen Ewigkeitsanhänger wollte ich schon immer haben.«

Er ging um sie herum und legte ihr die Kette um den Hals. Seine kräftigen Arme umschlangen sie von hinten. »Gib mir noch ein bisschen Zeit, ja? Ich verspreche dir, es wird sich alles zum Besten entwickeln.«

Sie berührte den Anhänger. »Solange die Entwicklung nicht ewig dauert.«

Er drehte sie zu sich herum und strich ihr eine Haarsträhne aus dem Gesicht. »Alles wird zur rechten Zeit kommen. Versprochen.« Flüchtig küsste er wieder ihre Hand. »Ich muss wieder los.«

Sie schaute ihm hinterher, wie er ins Auto einstieg und vom Parkplatz fuhr. Männer!, dachte sie. Ohne uns Frauen wären sie doch heillos verloren. Natürlich hatte er viel um die Ohren und auch einen Ruf zu verlieren, das zweifelte sie nicht an. Doch wie lange sollte sie noch in der Warteschleife hängen? Immerhin wurden sie nicht jünger, und niemand wusste, was die Zukunft brachte. Mit ihm konnte sie sich alles vorstellen: eine Familie zu gründen, ein Haus zu bauen und noch mal ganz neu anzufangen. Ewig wollte sie darauf nicht mehr warten, und schon gar nicht das Schicksal über ihr Leben entscheiden lassen. Selbst war schließlich die Frau. Und sie hatte sogar schon eine vage Idee davon, wie sie die andere dazu bringen würde, von der Bildfläche zu verschwinden.

15. Kapitel

Ute öffnete die Tür und zog Ilva ins Haus. »Gut, dass du gleich vorbeigekommen bist. Bernd ist auch hier.«

»Um was geht es denn? Braucht ihr für den Doppelkopf noch eine siebte Spielerin?«, fragte Ilva.

Ute hatte sie auf dem Handy angerufen, kurz nachdem Eike und sie das Restaurant *Gosch* an der Seebrücke verlassen hatten. Eike war zu seinem Vortrag aufgebrochen, und Ilva hatte eigentlich vorgehabt, zügig nach Hause zu fahren, um den Unterricht für den nächsten Tag vorzubereiten. Doch dann war Utes Anruf dazwischengekommen.

»Ilva, kannst du noch mal zu uns in den Immenseeweg kommen?«, hatte sie gefragt. »Es ist dringend!«

»Sieben sind wir mit dir tatsächlich. Aber der Hauptgrund, warum ich dich angerufen habe, sind natürlich unsere Recherchen im Fall Westermann. Muttis Freundinnen scheinen tatsächlich ein paar Insider-Informationen zu haben. Allerdings wollen sie erst mit der Sprache herausrücken, wenn du dabei bist, damit sie nicht alles zweimal erzählen müssen.«

Sie gingen ins Wohnzimmer. Am Esstisch saß Utes Mutter mit ihrer Nachbarin Alke Claasen, Gertrud Möbius, Bernd und einer Frau mit Hippie-Armbändern, die Ilva nicht kannte. In ihrer Mitte stand eine Platte voller Käsehäppchen mit Trauben und Tomaten sowie zwei Flaschen, deren blutroter Inhalt sich teilweise bereits in Trinkgläsern befand. Das Kartenspiel lag noch unangetastet in einer Pappschachtel in Reichweite. Offensichtlich rechnete niemand der Anwesenden damit, dass an diesem Abend noch Doppelkopf gespielt wurde.

»Moin!«, grüßte Ilva in die Runde und setzte sich auf den freien Stuhl zwischen Ute und Bernd.

»Dann sind wir jetzt vollzählig«, verkündete Gitte Wolters. Sie goss etwas von der roten Flüssigkeit in ein leeres Glas, steckte einen rot-weiß gestreiften Strohhalm hinein und stellte es vor Ilva hin. »Bernd, führst du Protokoll?«

»Kann ich machen.«

Gitte Wolters überreichte ihm einen Notizblock und etwas zum Schreiben. »Ich bin immer noch ganz durcheinander. Aber wenigstens war es niemand aus St. Peter«, sagte sie und steckte sich ein Käsehäppchen in den Mund.

Gertrud Möbius lehnte sich auf ihrem Stuhl zurück. »Ich hab gestern Abend schon zu Petter gesagt, dass der Affentanz erst richtig losgehen wird, wenn Westermann in der Gerichtsmedizin landet.« Sie griff nach ihrem Glas und rührte die Flüssigkeit mit dem Strohhalm um. »Zu viele Streitigkeiten, Ungereimtheiten und Geheimnisse. Das hat noch nie zu einem guten Ende geführt.«

»Vielleicht kommt es gar nicht so, sondern es klärt sich

alles schneller auf, als wir glauben«, sagte Ilva zuversichtlich.

»So?« Gertrud Möbius zog skeptisch die Augenbrauen hoch.

»Es gibt Neuigkeiten von meinem Bruder. Es sind natürlich vertrauliche Informationen, aber wir stehen ja alle auf derselben Seite hier!«

Ute wackelte nervös auf ihrem Stuhl herum. »Mach es nicht so spannend. Was hat Ernie gesagt? Erzähl!«

»Also gut: Bei Westermanns Obduktion wurde fortgeschrittener Krebs und eine Vergiftung festgestellt. Zyankali. Das hat mir Ernie vorhin erzählt.«

»Ach? Dann hat er sich selbst umgebracht?«, wollte Gitte Wolters wissen.

Ilva zuckte mit den Schultern. »Das könnte sein. Aber er könnte auch genauso gut von jemandem vergiftet worden sein. Eike hat den Bert Tölke, diesen anderen Architekten, auch im *Beach Club SPO* gesehen. Er meinte, er wäre ziemlich sauer auf Westermann gewesen, weil der ihm den Auftrag weggeschnappt hat.«

»Tölke habe ich auch bei der Veranstaltung im *Dünen-Hus* gesehen«, merkte Bernd an. »Er stand ziemlich weit hinten. Ich habe mich noch darüber gewundert, dass er da war. Aber wahrscheinlich wollte er bloß wissen, wie das Projekt ohne ihn läuft«, vermutete er.

»Er hat im März auf unserer Mitgliederversammlung getobt, als er mitbekommen hat, dass die Ausschreibung an das Hamburger Büro gegangen ist«, erinnerte sich Ute. »Tölke war sich so gut wie sicher gewesen, dass er die Pla-

nung übernehmen darf, und hat deswegen ein anderes großes Projekt in Husum abgesagt. Schon allein, weil er orts-
kundig ist und die nötigen Kontakte auf Eiderstedt hat, war
die Sache für ihn klar gewesen. Nun kämpft er gegen die be-
rufliche Pleite, weil er alles auf eine Karte gesetzt hat. Das
Hotel war immerhin sein Herzensprojekt. Im Grunde genommen ist Bert Tölke ein guter Typ.« Ute zog ihr Handy aus
einer Umhängetasche, die sie über die Stuhllehne gehängt
hatte, und tippte darauf herum.

»Vor den Trümmern der beruflichen Existenz zu stehen
ist doch ein ganz gutes Mordmotiv?«, fragte die Frau mit den
Hippie-Armbändern.

»Ich weiß nicht, Lilo ... Bert Tölke hat damals den Bau
des Kindergartens geleitet, und zur Eröffnung hat er den
Kindern eine Clowns-Show spendiert. So was macht doch
kein Mörder!«

Lilo hob einen Finger. »Geld und Verzweiflung. Das ist
von jeher eine explosive Mischung gewesen. Tölke wäre
nicht der Erste, bei dem das niedere Instinkte weckt.«

»Wie wäre es denn mit Geld und Neid als Motiv?« Ute
schaute von ihrem Handy hoch.

»Neid ist als Motiv ähnlich stark wie Verzweiflung, wenn
ihr mich fragt«, meldete sich Alke Claasen zu Wort. »Darüber hinaus ist Neid die Nummer sechs der sieben Todsün-
den. Neid frisst seinen eigenen Herrn, wie der Volksmund
sagt.«

Gitte Wolters sah ihre Tochter fragend an. »Aber wie
kommst du auf Neid?«

»Das kann ich dir zeigen.« Ute drehte das Handy so, dass

die Anwesenden einen Blick auf das Display werfen konnten. »Das ist die Seite des Architektenbüros, für das Westermann gearbeitet hat. Als Geschäftsführer wird der Inhaber angegeben. Klickt man auf die Team-Seite, kommt man zur Vita der Mitarbeiter. Der Sohn des Eigentümers ist ebenfalls als Architekt im Büro beschäftigt. Westermann steht als zweiter Geschäftsführer auf der Seite.«

Ilva warf Bernd einen fragenden Blick zu. Doch der zuckte bloß mit den Achseln und machte weiter Notizen. »Du sprichst in Rätseln, Ute.« Ilva roch argwöhnisch an ihrem Getränk.

»Ich war ja auch noch nicht fertig.« Sie tippte einen Menüpunkt auf der Homepage an. »Klickt man auf die Vita von Westermann und dem Sohn des Inhabers, fallen sofort zwei Punkte auf: Erstens sind beide fast gleich alt, und zweitens hat der Sohn des Inhabers wesentlich mehr Qualifikationen vorzuweisen als Westermann. Er ist sogar stellvertretender Vorsitzender im Ausschuss für Bauen, Umwelt, Stadtentwicklung und Verkehr im Rat der Stadt Hamburg.«

»Nicht schlecht«, kommentierte Bernd.

»Eben drum.« Ute klappte das Notebook zu. »Es stellt sich also die Frage, warum Westermann zweiter Geschäftsführer ist ...«

»... und nicht der Sohn des Inhabers«, vervollständigte Ilva den Gedanken ihrer Freundin. »Das riecht in der Tat nach Konkurrenzkampf. Dabei könnte es sich auch um mangelnde Anerkennung des Vaters handeln. Einen ähnlichen Fall hatte ich mal bei einem Schüler: Sein Vater, ein früherer Fußballer, hat die Mannschaft des Sohnes trainiert.

Für jeden Spieler in der Mannschaft hatte er anerkennende Worte, nur für den eigenen Sohn kam ihm kein Lob über die Lippen. Obwohl der Junge ein wirklich guter Spieler war und die Mannschaft oft zum Sieg geschossen hat. Das ging am Ende so weit, dass er irgendwann aus Hilflosigkeit Schlägereien in der Mannschaft angezettelt hat, wenn sein Vater ihn bewusst übersehen hat.«

»Wir sollten den Sohn des Inhabers in die Liste der Verdächtigen aufnehmen«, überlegte Bernd. »Wie alt ist denn der Inhaber des Architektenbüros?«

»68«, kam es von Ute wie aus der Pistole geschossen.

»Na, das passt doch.« Gitte Wolters goss sich und Alke Claasen von dem Getränk nach. »Bestimmt ist der Sohn schon in den Startlöchern, um endlich die Firma zu übernehmen. Doch da steht Westermann im Wege ... oder vielmehr stand er bis gestern im Wege.«

»Da käme ihm Westermanns Tod womöglich nicht ungelegen«, stimmte Lilo zu.

Ute nickte. »Das könnte gut möglich sein. Jedenfalls hätte er ein Tatmotiv.«

Gertrud Möbius seufzte laut auf, schüttelte den Kopf und trank ihr Glas leer. »Seid ihr jetzt fertig?«

»Was denn, Gertrud?« Lilo legte eine Hand auf den Arm der Frau.

»Wie ich bereits sagte: Zu viele Streitigkeiten, Ungereimtheiten und Geheimnisse. Als ob einer dieser werten Architekten als Mörder qualifiziert wäre!« Sie schnaubte verächtlich, als fände sie den Mangel an Erfindergeist inakzeptabel. »Das Offensichtliche liegt dabei doch auf der Hand.«

»Das wäre?« Alke Claasen schaute sie neugierig an.

»Als Petter und ich gestern zum Tatort gerufen wurden, habe ich gleich den Ring an Westermanns Finger gesehen.« Sie machte eine Künstlerpause und blickte in die Runde. »Er war verheiratet.«

»Das sind viele«, antwortete Gitte Wolters wenig beeindruckt. »Immerhin hatte Westermann noch seinen Ring. Wenn ich nur wüsste, wo ich Jeppes hingelegt habe ...«, seufzte sie.

»Herrje, lass mich doch endlich mal zu Ende erzählen, Gitte«, sagte Gertrud Möbius ungeduldig.

»Schon gut.« Gitte Wolters hob ihre Hände.

»Also, Westermann ist verheiratet. Aber was viel interessanter ist, er hat eine Liebschaft.«

»Woher weißt du das denn?«, fragte Alke Claasen verwundert.

»Ganz einfach, weil seine Liebschaft aus St. Peter-Ording kommt und ich Augen im Kopf habe.«

»Das ist ja ein Ding! Ob das wohl seine Frau wusste?«, dachte Ute laut.

Ilva griff zu einem Käsehäppchen. »Dann war es Mord aus Leidenschaft, mit einem durchaus klassischen Motiv: Eifersucht! Eike wäre damit aus dem Schneider.«

»Aber wissen wir denn, ob eine der beiden Damen gestern im Dünen-Hus oder im Pfahlbau anwesend war?«, warf Bernd seine Überlegung ein. »Um jemanden umzubringen, muss der Täter ja mindestens vor Ort gewesen sein. Vor allem stellt sich noch eine entscheidende Frage: Wer ist die Geliebte, Gertrud?«

»Grit Friebe«, sagte Gertrud Möbius emotionslos.

»Bitte?« Gitte Wolters' Augen weiteten sich.

»Deine Krankenschwester?«, fragte Ute ungläubig.

»Und die meiner Mutter.« Ilva war nicht minder überrascht.

»Oje! Und ich ungeschicktes Huhn habe sie heute früh noch auf die Leiche in Ording angesprochen«, jammerte Gitte Wolters. »Das ist mir aber unangenehm. Die Ärmste muss ja völlig durch den Wind gewesen sein.«

Ute legte ihrer Mutter einen Arm um die Schultern. »Das konntest du doch nicht wissen, Mutti!«

»Sie war auf jeden Fall bei der Versammlung im Dünen-Hus dabei und saß sogar neben Westermann«, erinnerte sich Bernd. »Stellt sich aber noch die Frage, wohin sie nach dem Vortrag gegangen ist.«

»Und wo sich Westermanns Frau gestern rumgetrieben hat«, ergänzte Alke Claasen.

Ilva wollte Eikes Unschuld so schnell wie möglich beweisen. Doch wusste sie nicht, ob sie sich wirklich wünschen sollte, dass Grit Friebe als Mörderin überführt würde. Immerhin war sie für die Pflege ihrer und Utes Mutter zuständig. Wer wollte schon von einer Mörderin versorgt werden?

»Das kann ich mir aber beim besten Willen nicht vorstellen.« Gitte Wolters schüttelte den Kopf. »Für Schwester Grit lege ich die Hand ins Feuer. Sie ist eine gewissenhafte Frau, der ihre Patienten sehr am Herzen liegen.«

»Und ich habe schon Pferde vor der Apotheke kotzen sehen«, sagte Gertrud Möbius ungerührt.

»Neben Eike stehen nun drei weitere Verdächtige auf der

Liste. Das hört sich nach viel Ermittlungsarbeit an«, fasste Bernd ihre Ergebnisse zusammen.

»Eike war es mit an Sicherheit grenzender Wahrscheinlichkeit nicht«, bekräftigte Ilva die Unschuld des gemeinsamen Freundes und roch wieder an ihrem Getränk. »Was ist das eigentlich?«

»Erdbeer-Limes. Hat Gertrud selbst gemacht«, erklärte Lilo.

»Aha.« Ilva schaute skeptisch auf das Glas.

»Nicht so zögerlich, junge Dame. Hat viel Vitamin C, und es ist nicht vergiftet.« Ein leichtes Grinsen umspielte Gertruds Mund. »Meine Devise lautet, nich lang schnacken, Kopp in Nacken.«

Ilva atmete tief ein und hob das Glas. »Na, denn ... Prost!« Sie trank einen Schluck und musste sogleich husten. Die Mischung hatte es in sich. Das hätte sie früher nicht schocken können. Vielleicht lag es einfach daran, dass sie viel zu lange aus St. Peter-Ording weg gewesen war und sich erst wieder an die Gepflogenheiten der nordfriesischen Küste gewöhnen musste. In Hamburg hatte sie weitgehend vegan und alkoholfrei gelebt. Sie trank den Rest des Getränks und spürte, wie sich eine wohlige Wärme in ihrem Bauch ausbreitete. »Schmeckt prima!«, sagte sie und griff zu einem Käsehäppchen mit Tomate.

16. Kapitel

Nach Mitternacht in St. Peter-Dorf,
bei wolkenverhangenem Himmel und
vereinzelt durchbrechendem Mondschein

Sie schaltete die Scheinwerfer aus und verließ den Pkw, den sie auf einem Besucherparkplatz an der Dorfstraße abgestellt hatte. Um diese Uhrzeit parkte dort sonst niemand. Im schummrigen Leuchten der Straßenlaternen holte sie einen Weidekorb aus dem Kofferraum. Bedächtig drückte sie die Wagenklappe zu, um laute Geräusche zu vermeiden. Sie blickte sich um. Im Restaurant *Wanlik Hüs* schien man längst Feierabend gemacht zu haben. In dem Lokal brannte kein Licht mehr. Mit einer Hand zog sie die Kapuze ihrer dunkelblauen Jacke über den Kopf, um sich vor möglichen Blicken zu schützen. Sie wollte unerkannt bleiben. Niemand sollte von ihr Notiz nehmen. Ihre Schritte waren kaum zu hören, als sie die nächtliche Dorfstraße entlanglief. Um diese Uhrzeit war keine Menschenseele mehr unterwegs. Noch nicht mal ein Auto kam ihr entgegen. In einem Haus am Dünenweg brannte noch Licht, und der Fernseher lief. Sie zog sich die Kapuze noch ein Stück tiefer ins Gesicht. Unbemerkt erreichte sie schließlich den Gröner Weg. Im Schutz eines hohen Strauchs blieb sie stehen und spähte zu dem Friesenhaus hinüber, das auf dem Grundstück dahinter lag. Auch dort waren sämtliche Fenster dunkel. Eine Weile beobachtete sie ihre Umgebung und lauschte nach auffälligen Geräuschen. Außer dem Rascheln der Blätter im Wind war nichts zu hören. Der Gröner Weg schien sich im Tiefschlaf zu befinden. Sie wusste, dass das Gartentor quietschte. Deswegen stieg sie behände über den kleinen Zaun, der das Grundstück begrenzte. Geduckt lief sie am Rande des Vorgartens bis zu dem Gebäude. Sie umrundete das Haus und stand geduckt auf der Terrasse. Das Mondlicht war die einzige Lichtquelle, die sie hier hatte. Eine Taschenlampe einzuschalten wagte sie nicht. Dafür war das Nachbarhaus zu nah. Ein Lichtkegel in der Nacht war immer verdächtig und zog nicht selten einen Polizeieinsatz nach sich, gerade hier, wo es in den vergangenen Jahren immer mal wieder Einbrüche gegeben hatte. Bedächtig setzte sie einen Fuß vor den anderen, blieb immer wieder stehen und horchte nach Geräuschen, die darauf schließen ließen, dass sie nicht alleine war. Auf der Terrasse standen allerhand bepflanzte Blumenkübel und Kästen herum. Dazu kamen noch Gießkannen und andere Gartenutensilien, die die Hausbesitzerin gerne achtlos herumliegen ließ. Eigentlich war ihr die Ordnung oder Unordnung anderer Leute egal, doch eine aufgeräumte Terrasse hätte ihr Leben gerade etwas leichter gemacht. Mit kleinen Schritten kam sie vorwärts, und nach einer Zeitspanne, die sich wie eine Ewigkeit anfühlte, aber kaum ein Dutzend Herzschläge gedauert hatte, ertastete ihre Hand eine Glasoberfläche. Sie musste vor dem Fenster des Wohnzimmers stehen. Sie tastete sich weiter vor, und auf einmal gab die Glasscheibe unter ihrer Hand nach. Sie strauchelte und wäre fast gestürzt. Leise fluchend fand sie ihr Gleichgewicht wieder. Was für eine dumme Angewohnheit von den alten Leuten, ihre Terrassentüren offen zu lassen. Das war vor 50 Jahren vermutlich schon nicht unbedenklich gewesen, aber heute war es schlicht fahrlässig. Hatten die älteren Herrschaften denn gar keine Angst vor Einbrechern? Mit einer offenen Terrassentür würde sie jedenfalls kein Auge zubekommen. Kopfschüttelnd zog sie die Tür an dem Griff zu sich und schloss sie leise. Es war nicht mehr weit bis zu ihrem Ziel. Wenige Schritte weiter, und ihre Hände ertasteten das Flachbandgeflecht. Sie hatte den Strandkorb erreicht, der neben einem Gartenschuppen stand. Endlich! Aus ihrem Weidekorb entnahm sie einen Champagnerkühler mit einer Flasche Sekt und stellte ihn auf das Sitzkissen. Daneben platzierte sie Petunien in einem Blumentopf. Zum Schluss lehnte sie eine Schachtel Pralinen mit einer Karte an das Rückenkissen und zog die Markise des Oberkorbs, so weit es ging, nach vorne. Herzlichen Glückwunsch zum Geburtstag, dachte sie zufrieden und verließ das Grundstück genauso lautlos, wie sie gekommen war.

17. Kapitel

Mittwochmorgen, um kurz nach neun im Gröner Weg.
Bei Sonnenschein und Morgentau über den Wiesen

Dörte Janson trocknete gut gelaunt ein Kuchengitter ab und legte es auf die Arbeitsplatte neben dem Ceranfeld. Die Küche war erfüllt von Kuchenduft, und aus dem Radio erklang der Oldie *Dolce Vita* von Ryan Paris. Gleich nach dem Aufstehen hatte sie mit dem Backen begonnen, damit sie etwas zum Anbieten hatte, wenn jemand vorbeikäme. Heute war ihr 70. Geburtstag. An solch einem Jubiläum schaute sogar der Pastor auf einen Kaffee vorbei. Da musste alles seine Ordnung haben. Vor einer Woche hatte sie schon mit den Vorbereitungen begonnen, die Gardinen gewaschen und die Fenster geputzt. Sogar die Küche hatte sie abgewaschen und extra die gute Decke auf den Esstisch im Wohnzimmer gelegt. Früher hatte sie den Haushalt, ihre Ehe und die Erziehung ihrer Tochter mit links gewuppt. Doch das war lange her. Seitdem war viel geschehen. Die Scheidung von ihrem Mann lag mehr als 15 Jahre zurück, und ihre Tochter war längst erwachsen. Sie hatte es sich gut in ihrem Leben eingerichtet. Wo war bloß die Zeit geblieben? Sie beugte sich nach vorne und warf einen Blick in den Ofen. Der Teig war goldbraun. Mit einer Hand fasste sie sich ins Kreuz und richtete ihren Oberkörper langsam auf. Da war die Zeit geblieben, dachte sie. Doch im Gegensatz zu anderen in ihrem Alter ging es ihr nicht schlecht. Ein paar Zipperlein waren normal in der dritten Lebenshälfte. An ihre rechte Hand, die seit Kurzem des Öfteren zitterte, wollte sie an ihrem Geburtstag keinen Gedanken verschwenden. Was immer es auch war, es war früh genug, sich am nächsten Tag darüber Sorgen zu machen. Mit dicken Handschuhen zog sie das Kuchenblech aus dem Ofen und stellte es auf das Gitter, damit der Kuchen auskühlen konnte. Zufrieden betrachtete sie ihr Werk. Wie gut, dass sie ein Mai-Kind war. Das fiel mitten in die Rhabarberzeit, und so gab es jedes Jahr an ihrem Geburtstag einen selbst gemachten Rhabarberkuchen. Das Telefon klingelte. Hastig zog sie die Handschuhe aus und hängte sie an einen Haken. Das war bestimmt der erste Gratulant. Wie gut, dass sie das Telefon griffbereit auf den Küchentisch gelegt hatte. Sie drückte auf die Taste mit dem grünen Hörer. »Janson?«

Ihre Tochter Stine meldete sich am anderen Ende der Leitung. »Alles Gute zum Ehrentag, liebe Mutti!«

»Danke, mein Schatz!«, sagte sie erfreut. »Du bist die Erste.«

»Aber sicherlich nicht die Letzte. Du wirst bestimmt von einigen Gäste heute Besuch bekommen.«

»Von dir hoffentlich auch.« Dörte Janson füllte Wasser in eine gläserne Kaffeekanne.

»Ich komme später vorbei.«

»Bringst du Paul mit?«

»Eher nicht.« Stines Stimme klang ein wenig frustriert. »Du weißt ja, wie das bei ihm ist. Seine Gastronomie steht an erster Stelle.«

»Na ja, dann ein anderes Mal vielleicht. Bist du schon auf der Arbeit?«, fragte sie und goss das Wasser in die Kaffeemaschine.

»Ja. Seit sechs Uhr. Habe in dieser Woche Frühschicht an der Rezeption.«

»Wann kommst du denn?« Sie nahm einen Papierfilter aus einem Pappkarton.

»Irgendwann am Nachmittag. Ich muss bis drei arbeiten und danach noch kurz etwas erledigen.«

»Ich bin auf jeden Fall zu Hause.«

»Lass mich raten, du hast schon einen Rhabarberkuchen gebacken.«

Dörte Janson konnte ihre Tochter durch das Telefon lächeln hören. »Selbstverständlich. Kennst mich doch. Wenigstens habe ich nun genügend Zeit, um in aller Ruhe zu frühstücken«, sagte sie und löffelte Kaffeepulver in den Filter.

»Mach das, Mutti! Ich komme nachher vorbei, wenn ich meine Erledigung gemacht habe.«

»Stine?«

»Ja?«

»Kauf mir bloß nichts zum Geburtstag«, sagte sie mit aus Gewohnheit erhobenem Zeigefinger.

Ihre Tochter lachte. »Wie jedes Jahr, Mutti.«

»Eben drum.«

»Ich muss hier mal weitermachen. Zwei Gäste stehen an der Rezeption. Wir quatschen später. Ja?«

»Das machen wir. Dann gibt es Rhabarberkuchen mit einer extragroßen Portion Schlagsahne.« Sie beendete das Gespräch und drückte dann auf den Knopf an der Maschine.

Während der Kaffee durchlief, zog Dörte Janson eine leichte Strickjacke über und ging ins Wohnzimmer. Aus einem Schrank nahm sie eine abwaschbare Tischdecke mit einem floralen Druckmotiv. Zur Feier des Tages wollte sie auf der Terrasse das Frühstück genießen. Sie trat aus dem Haus heraus und legte die Decke auf den Tisch. Die Sonne strahlte vom Himmel, und alles deutete darauf hin, dass dies ein wunderschöner Maitag werden würde. Mit einem Lächeln schaute sie in ihren blühenden Garten und beobachtete eine Möwe, die auf der Lehne einer Holzbank Rast machte. Als ihr Blick auf den Strandkorb neben dem Schuppen fiel, hielt sie plötzlich inne. Was war das denn? Sie ging ein paar Schritte, und ihre Augen weiteten sich. Was für eine Überraschung! Wer hatte ihr denn heimlich Sekt, einen Blumentopf mit Petunien und Pralinen in den Strandkorb gelegt? Neugierig nahm sie die Karte zur Hand, die an der Pralinenschachtel lehnte. Doch dort fand sie bloß einen gedruckten Geburtstagsgruß, aber keine Unterschrift oder einen anderen Hinweis auf den edlen Spender. »Hm. Da macht es aber einer spannend«, murmelte sie und ging in Gedanken alle Leute durch, die für diese Art von Geburtstagsüberraschung infrage kamen. Ihre Tochter schied aus. Stine kam später vorbei. Außerdem würde sie nie eine Geburtstagskarte ohne ihren Namen hinterlassen. Der Pastor war es ebenfalls nicht, und auch sonst fiel ihr niemand ein, der ihr auf solch einem Weg eine Freude machen wollte. Es musste jemand sein, der sich nicht gleich zu erkennen geben wollte, aber dem es wichtig war, ihr eine Freude an ihrem Geburtstag zu machen. Eigentlich war es keine schlechte Idee, diesen besonderen Tag mit einem Glas Sekt zu beginnen, befand sie. Mit 70 konnte man sich das schon mal gönnen. Was hatte man auch davon, jeden Tag bloß gesund, aber ohne Genuss zu leben? Das war doch auf Dauer nix! Beschwingt marschierte sie ins Wohnzimmer und entnahm der Vitrine ein Schaumweinglas in Flötenform, mit dem sie sich in den Strandkorb fallen ließ. Der Korken gab mit einem lauten Knall nach, und ein wenig Sekt schäumte aus der Flasche. Sie goss das Getränk in das Glas und ignorierte dabei das leichte Zittern ihrer Hand. Die Petunien dufteten süßlich. Sie stellte den Blumentopf auf die rechte Seite der Sitzfläche und widmete sich dann den Pralinen. Belgische Meeresfrüchte aus dunkler und heller Schokolade. Für diese Sorte hatte sie eine ganz besondere Schwäche. Mit einem Finger glitt sie über die Seepferdchen, Venus- und Miesmuscheln und Seesterne, griff dann zu einer Wasserschnecke und schob sie sich in den Mund. Genüsslich schloss sie die Augen und ließ die Süßigkeit auf der Zunge zergehen. Die Belgier hatten ein Händchen für Meeresfrüchte. Mit einem Schluck Sekt spülte sie nach und griff gleich zur nächsten Praline. Es wurmte sie, nicht zu wissen, wer hinter der Überraschung steckte. Zumal sie durchaus gelungen war und sie sich doch dafür bedanken wollte. Vielleicht hatte sie einen heimlichen Verehrer, kam es ihr in den Sinn. Vielleicht der nette Bengt Müller aus dem Fitnessstudio? Der hatte sie doch erst letzte Woche auf einen Kaffee eingeladen und sie dabei in ein interessantes Gespräch verwickelt. Sie griff zur dritten Praline. Der war doch bestimmt auch schon seit mindestens fünf Jahren Witwer, überlegte sie. Das war nix für einen Mann. So ganz ohne Frau. Die meisten kamen damit nicht auf Dauer klar. Sie trank das Glas Sekt leer. Sollte Bengt hinter der Überraschung stecken, würde sie es herausbekommen. Der Kaffee war in der Zwischenzeit bestimmt schon durchgelaufen. Mit einem bedauernden Blick schaute sie auf die Pralinenschachtel. Am liebsten hätte sie noch ein paar Meeresfrüchte genascht, aber nun war erst einmal das Frühstück dran. Man musste es ja nicht übertreiben. Ihr Blick fiel erneut auf die Petunien, und sie befühlte mit einem Finger die Erde. Definitiv zu trocken! Sie nahm den Blumentopf und stand auf. Fast wäre sie zurück in den Strandkorb gefallen. Mit der freien Hand hielt sie sich an dem oberen Korb fest. Alles drehte sich, und sie bekam kaum Luft. Was war denn nur plötzlich mit ihr los? Das musste an dem Sekt liegen. An Alkohol auf nüchternen Magen war sie einfach nicht gewöhnt. Sie brauchte dringend eine Tasse Kaffee, dann würde es ihr schnell wieder besser gehen. Bis zur Terrassentür waren es nur zwei Meter. Sie machte einen Schritt nach vorne und spürte, wie sich ihr Magen zusammenkrampfte. Kalter Schweiß lief über ihr Gesicht. Ein lautes Scheppern erklang. Dann wurde es dunkel.

18. Kapitel

Eine gute Stunde später in der Polizeistation im Deichgrafenweg. Kräftiger Landregen hat eingesetzt

Ernie schaute von einer Akte auf, als ein Klopfgeräusch ertönte. »Ja?«

»Moin!« Ein schlanker Mann in den späten Sechzigern lugte ins Büro. An seinem linken Handgelenk trug er eine goldene Armbanduhr, und in der rechten Hand hielt er eine Mappe.

»Moin, Herr Hinrich! Was kann ich für Sie tun?«

Herr Hinrich hob die Hand mit der Mappe. »Eventuell kann ich in meiner Funktion als Notar etwas zum Fall Westermann beitragen.«

»Bitte, setzen Sie sich doch.« Ernie zeigte auf den Stuhl vor seinem Schreibtisch und schaute Herrn Hinrich erwartungsvoll an.

»Moin!« Fred kam zusammen mit Pannenbäcker ins Büro. In einer Hand hielt er einen Autoschlüssel und in der anderen eine Papiertüte von einer Bäckerei.

»Ihr kommt gerade richtig. Herr Hinrich hat da was zum Fall Westermann.«

Fred legte den Schlüssel und die Tüte auf seinem Platz ab und zog seine Jacke aus. »Da sind wir ganz Ohr.«

»Jo.« Pannenbäcker nickte ihm zu.

»Herr Westermann hat mich am 3. Mai aufgesucht, um sein Testament beglaubigen zu lassen und um es in meiner Kanzlei zu hinterlegen.« Der Notar zog ein Schriftstück aus der Mappe und schob es über den Tisch. »Hier, bitte.«

Ernie, Fred und Pannenbäcker beugten sich über das Schriftstück. Ernie las es laut vor.

Testament

Ich, Hagen Westermann, geboren am 16. April 1981 in Quickborn, wohnhaft in Hamburg-Rahlstedt, Wolliner Str. 8c, verfüge folgende Punkte:

1. Mein bisheriges Testament, hinterlegt bei dem Notar Heinrich Mertens in der Kanzlei Mertens und Hellinghorst in Hamburg-Harvestehude, erkläre ich hiermit als ungültig.

2. Meiner Ehefrau Viola Westermann, geboren am 2. Februar 1980, vermache ich unser Reihenhaus in der Wolliner Str. 8c in Hamburg-Rahlstedt sowie 50.000 Euro aus meiner Lebensversicherung. Das Haus sollen später unsere gemeinsamen Töchter, Clara und Sofie, zu gleichen Teilen erben. Den Zeitpunkt bestimmt meine Frau Viola Westermann.

3. Meinem besten Freund Paul Althusen vermache

ich meinen BMW 2002 und meine Platten- und Techniksammlung.

4. Meiner Freundin Grit Friebe, geboren am 23. Oktober 1987, vermache ich meine Wohnung in St. Peter-Ording, Am Deich 16. Die Wohnung habe ich am 26. April 2022 rechtmäßig erworben. Die Schlüssel sind in der Kanzlei des Notars Rasmus Hinrich in St. Peter-Ording hinterlegt. Sie dürfen nur an Grit Friebe persönlich herausgegeben werden.

5. Hiermit erkläre ich mich bei klarem Verstand und vollem Besitz meiner geistigen Kräfte. Das Testament ist nicht anfechtbar.

St. Peter-Ording, den 3. Mai 2022
Unterschrift: Hagen Westermann

Pannenbäcker pfiff durch die Szene. Ernie blickte von Westermanns Letztem Willen auf. »Damit helfen Sie uns in der Tat, in diesem Fall weiterzukommen.« Er warf Fred einen Blick zu.

»Das freut mich.« Herr Hinrich stand auf. »Ich muss wieder zurück in die Kanzlei. Oder haben Sie noch Fragen an mich?«

»Im Moment nicht. Wir melden uns bei Ihnen, sobald sich Fragen ergeben«, sagte Fred.

Nachdem der Notar die Polizeistation verlassen hatte, platzte es aus Ernie heraus.

»Jetzt bin ich platt! Du hattest in allem recht. Der Typ hat nicht nur seine Frau betrogen ...«

»... sondern seiner Freundin eine megateure Wohnung hinterlassen«, vervollständigte Fred Ernies Satz. »In der Lage kostet so eine Hütte doch locker über eine halbe Million.«

»Wenn nicht noch mehr. Kommt auf die Größe und Ausstattung an.«

»Seine Frau und die Kinder so abzuspeisen ... die 50.000 aus der Lebensversicherung sind doch ruckzuck weg. Allein für eine Beerdigung muss man ja schon 10.000 Euro einplanen.« Fred verzog den Mund abfällig. »Unter den Umständen hätte Westermanns Ehefrau definitiv ein Mordmotiv gehabt. Was ein Idiot!«

»Den Namen Grit Friebe kenne ich. Ich komme nur gerade nicht drauf, woher«, dachte Ernie laut.

»Das wird sich bald aufklären«, meinte Fred und dann weiter zu Pannenbäcker: »Können Sie die Dame in die Polizeiwache bestellen? Am besten heute noch? Es ist dringend!«

»Wird gemacht.« Pannenbäcker verließ das Büro und ging zu seinem Arbeitsplatz.

...

Zwei Stunden später stand eine schlanke Frau mit langen blonden Haaren vor dem Büroraum der Dienststelle. Sie wirkte blass, fast ein wenig zerbrechlich und hatte dunkle Schatten unter den Augen. »Guten Morgen«, sagte sie zögerlich und ließ die Hand sinken, mit der sie zuvor an den Türrahmen geklopft hatte. »Ich sollte vorbeikommen. Mein Name ist Grit Friebe.

»Ach, Sie sind das.« Ernie winkte sie herein und deutete auf den Stuhl vor seinem Schreibtisch.

»Danke.« Sie setzte sich, legte ihre Umhängetasche auf den Schoß und faltete die Hände darüber.

»Mir kam Ihr Name gleich irgendwie bekannt vor.« Er deutete auf das Firmenlogo des mobilen Pflegedienstes, das auf ihrem Poloshirt aufgedruckt war. »Sie betreuen doch auch meine Mutter.«

»Das kann sein.« Sie blickte auf ihre Hände.

»Feddersen. Im Gartenweg.«

»Ja, das stimmt. Ihre Mutter wird von mir versorgt, seitdem sie sich den Oberschenkelhals gebrochen hat, nicht wahr?« Sie schaute unsicher zum Flur, aus dessen Richtung Schritte zu vernehmen waren.

»Moin!« Fred kam mit zwei Tassen Kaffee ins Büro.

»Guten Morgen.« Sie nickte ihm zu und senkte den Blick sogleich wieder.

»Das ist Frau Friebe«, klärte Ernie Fred mit vielsagendem Blick auf. »Mein Kollege Kommissar Glabotki. Wir leiten die laufenden Ermittlungen.«

Fred zog die Augenbrauen hoch. »Möchten Sie auch einen Kaffee? Oder ein Glas Wasser?«

»Danke.« Grit Friebe schüttelte den Kopf. »Ich bin nur hier, um Ihre Fragen zu beantworten. Eigentlich bin ich im Dienst. Meine Patienten warten auf mich.«

»Dann fangen wir besser mal an.« Ernie nahm sich etwas

zum Schreiben. »Sie wissen, warum wir Sie hergebeten haben.«

Grit Friebe nickte und wischte sich eine Träne aus dem Augenwinkel. »Wegen Hagens Tod«, sagte sie mit zittriger Stimme.

»In welcher Beziehung standen Sie zu dem Verstorbenen?« Fred öffnete das Papier eines Würfelzuckers.

»Wir waren befreundet.«

»Nur befreundet?« Fred warf das Papier in einen Abfallkorb.

»Gut befreundet.«

»Hatten Sie mit dem Verstorbenen eine Beziehung?«, fragte er direkt heraus und rührte mit einem Löffel den Kaffee um.

Grit Friebe wich Freds Blick aus. »Ja«, sagte sie leise.

»Unser Beileid für Ihren Verlust«, warf Ernie ein, dem die junge Frau, die sich so gut um seine Mutter kümmerte, leidtat.

Sie nickte schwach in seine Richtung.

»Seit wann genau bestand die Beziehung? Und wo haben Sie Westermann kennengelernt?«, fuhr Fred ungerührt fort.

Sie schüttelte den Kopf. »Ungefähr zwei Monate ist das her. Das Datum weiß ich nicht mehr genau. Wir haben uns zufällig bei *Gosch* kennengelernt. Wir wollten dort beide etwas essen. Getrennt voneinander. Es hat an diesem Tag ziemlich heftig geregnet. Drinnen war es dann so voll, dass wir uns einen Tisch teilen mussten. So sind wir ins Gespräch gekommen.«

»Hat Westermann Ihnen gegenüber erwähnt, dass er verheiratet war?«, wollte Ernie wissen.

»Natürlich. Aber eigentlich musste er das gar nicht. Er hat ja seinen Ehering getragen. Von seinen Kindern hat er mir mal Fotos gezeigt.«

Ernie wechselte einen Blick mit seinem Kollegen. »Und trotzdem haben Sie sich auf eine Beziehung mit ihm eingelassen?«

»Ja.« Sie starrte wieder auf ihre Hände.

»Warum?«

»Warum?« Grit Friebe blickte Ernie fragend an. »Ich verstehe die Frage nicht.«

»Wieso haben Sie sich auf einen verheirateten Mann eingelassen?«, konkretisierte er seine Frage.

»Ach so. Entschuldigung, ich bin etwas durcheinander.« Sie strich sich durch das Haar. »Ich weiß, dass das moralisch fragwürdig ist. Aber wir haben uns einfach ineinander verliebt. Da hat sich die Beziehung quasi so entwickelt. Außerdem hat er mir gesagt, dass seine Ehe nur noch auf dem Papier existiert. Er war viel durch die Projekte unterwegs, die er betreut hat. Meistens war er bloß an den Wochenenden zu Hause. Seine Frau und er hatten sich immer mehr auseinandergelebt. Das Einzige, was ihn noch in Hamburg gehalten hat, waren seine Kinder. Die Mädchen waren ihm wichtig. Das hat er jedes Mal betont, wenn er von ihnen geredet hat.«

»Wollte er sich denn von seiner Frau trennen?«, hakte Fred nach, bevor er einen Schluck Kaffee trank.

»Ja.« Grit Friebe schluchzte laut auf.

Ernie nahm ein Paket Taschentücher aus einer Schublade und bot sie ihr an. »Wir müssen Ihnen leider diese Fragen stellen, wenn wir in dem Fall vorankommen wollen.«

»Schon gut.« Sie nahm ein Taschentuch und schnäuzte sich geräuschvoll. Dann fuhr sie fort: »Er hatte sogar schon eine Wohnung in St. Peter-Ording gekauft, die er demnächst einrichten wollte. Mir hat er am letzten Wochenende einen Zweitschlüssel gegeben. Er wollte, dass wir dort zusammenleben und uns eine gemeinsame Zukunft aufbauen.«

»Liegt das besagte Wohnobjekt in der Straße Am Deich?«, erkundigte sich Fred.

»Ja, das stimmt. Woher wissen Sie das?«, fragte Grit Friebe erstaunt. »Er hat die Wohnung erst kürzlich gekauft.«

»Wir haben sein Testament vorliegen«, antwortete Fred sachlich.

»Oh.« Wieder kullerten Tränen über ihr Gesicht.

»Was wir uns fragen, was hat ihn dazu veranlasst, das Testament in seinen letzten Tagen hier in St. Peter-Ording aufzusetzen? Genauer gesagt, vier Tage vor seinem Tod.« Ernie stellte seine Kaffeetasse zur Seite.

»Keine Ahnung.« Sie trocknete ihre Tränen mit einem zweiten Taschentuch. »Sein Leben befand sich gerade im Umbruch. Zufall, vielleicht?«

Ernie verschränkte seine Arme vor der Brust. »Zufälle mag es hin und wieder geben, doch bei dem Verstorbenen sieht es eher nach einem Plan aus. Die Todesursache ist auf eine Vergiftung zurückzuführen.«

»Gift? Wie schrecklich!« Sie hielt sich eine Hand vor den Mund.

»Außerdem hat die Gerichtsmedizin eine Krebserkrankung im fortgeschrittenen Stadium festgestellt. Aber das wissen Sie sicherlich.«

»Nein. Ich hatte keine Ahnung ...« Grit Friebe wirkte schockiert.

»Wann haben Sie denn das letzte Mal mit Hagen Westermann gesprochen?«

»Das war vorgestern. Ich war mit ihm bei der Veranstaltung im *Dünen-Hus*.«

Ernie stand auf und stützte sich mit den Händen auf dem Tisch ab. »Und hat er sich an diesem Abend irgendwie ungewöhnlich verhalten? Oder hat er merkwürdige Andeutungen gemacht, die jetzt vielleicht einen Sinn ergeben könnten? Hat er eventuell davon gesprochen, dass er Feinde hatte?«

»Was für Feinde denn?« Grit Friebe überlegte eine Weile. »Er hat mal von einem Streit mit einem Architekten erzählt, der sich auch um das Hotelprojekt beworben hatte. Aber in letzter Zeit ist von ihm keine Rede mehr gewesen. Hagen fühlte sich eher von den Umweltschützern bedroht. Er sagte, dass er denen alles zutraut.«

»Aha.« Fred horchte auf. »Hat er da einen speziellen Namen genannt.«

»Ja, hat er. Eike Christians. Mit ihm hatte er ja nach der Veranstaltung noch eine Auseinandersetzung.«

»Das wissen wir.« Ernie nickte. »Sonst noch ein Name, der Ihnen spontan einfällt?«

»Nein.«

»Wo waren Sie nach der Veranstaltung im *Dünen-Hus*?«, erkundigte sich Fred.

»Ich bin im Anschluss noch zu einer Patientin gefahren. Beine einreiben und Stützstrümpfe anziehen«, sagte sie mit etwas festerer Stimme.

»Kann die Patientin das bestätigen?« Ernie setzte sich auf die Tischkante.

»Selbstverständlich.«

»Können Sie uns den Namen und die Adresse der Dame geben?« Er nahm wieder den Stift zur Hand.

»Erika Mecking, Theodor-Mommsen-Weg 15.«

Ernie notierte die Daten. »Wir werden mit Frau Mecking Kontakt aufnehmen.«

Fred trank seinen Kaffee aus und stellte die Tasse geräuschvoll ab. »Sagen Sie mal, wo ist eigentlich die Hauptniederlassung des Pflegedienstes, bei dem Sie beschäftigt sind?«

»Im Klinikum Nordfriesland in Tönning. Von dort aus werden wir in verschiedene Gebiete auf Eiderstedt eingeteilt.« Sie knibbelte nervös an einem Fingernagel und warf einen Blick auf die Uhr, die an der Wand hing.

»Sind Sie oft in Tönning?«, führte Fred die Befragung fort.

»Meistens dreimal in der Woche. Für Teambesprechungen. Aber auch, um Pflege- und Hygieneartikel abzuholen, Medikamente, Stützstrümpfe, all das«, gab sie bereitwillig Auskunft.

»Das habe ich mir gedacht.« Fred nickte wissend. »Dann haben Sie doch auch bestimmt ungehinderten Zugang zum Inhalt des Giftschranks im Klinikum.«

»Bitte?« Grit Friebes Augen weiteten sich. »Sie meinen ...

ich soll …? Also …« Sie schluckte, während sich wieder Tränen in ihren Augen sammelten.

»Wir meinen gar nichts, Frau Friebe«, beschwichtigte Ernie sie und warf seinem Kollegen einen mahnenden Blick zu. »Wir fragen bloß nach.«

»Ich muss jetzt wirklich langsam wieder los.«

Ernie legte den Stift auf dem Notizblock ab. »Wir haben auch die wichtigsten Fragen geklärt, Frau Friebe. Sollte Ihnen noch etwas einfallen, können Sie sich immer bei uns melden.« Er übergab ihr eine Visitenkarte.

»Okay.« Sie schulterte ihre Tasche und schaute noch einmal zu der Wanduhr. »Ihre Mutter wartet bestimmt schon auf mich. Ich hätte vor einer Viertelstunde bei ihr sein sollen.«

»Machen Sie sich deswegen keine Gedanken. Bei meiner Mutter legen Sie ab sofort eine Pause ein, solange der Fall nicht geklärt ist. Ich sage in Ihrer Pflegeeinrichtung Bescheid.«

»Wenn Sie meinen …« Sie lächelte gezwungen und verließ dann das Büro.

»Glaubst du der Friebe die Opfernummer?«, fragte Fred, während er am Fenster stand und beobachtete, wie sie in das Dienstfahrzeug des Pflegedienstes einstieg.

Ernie zuckte mit den Schultern. »Glauben tu ich in der Kirche.«

»Für mich war das eindeutig eine Show. Nach zwei Monaten Affäre hier einen auf verwaiste Witwe zu machen und nebenbei eine Wohnung in Bestlage in Ording abgestaubt zu haben, nee, die ist nicht ganz koscher.«

»Das kann sein. Ich halte sie von meiner Mutter besser fern.« Ernie nahm seine Notizen zur Hand. »Wir sollten ihrer Patientin gleich mal einen Besuch abstatten und auch diesen Tölke überprüfen.«

Fred winkte ab. »Der war es bestimmt nicht.«

»Woher willst du das wissen?«

»Marina und ich waren mal bei dem zu einer Besprechung im Büro. Kurz nachdem wir von Gelsenkirchen hier hingezogen sind. Wir wollten das Haus durch einen Anbau vergrößern lassen. Nur für ein Angebot hat diese Rennschnecke schon vier Wochen gebraucht. Und da wundert es mich nicht, dass Westermann den Zuschlag für das Hotel bekommen hat. Der Tölke ist einfach viel zu lahmarschig für seinen Job und für einen Giftmord sowieso. Bevor der jemanden vergiftet hat, ist der schon eines natürlichen Todes gestorben.«

»Mir soll es recht sein.« Ernie griff nach seiner Dienstmütze und richtete seinen Polizeigürtel. »Der sitzt auch schon lockerer. Kein Wunder bei dem Stress hier.«

19. Kapitel

Kurz darauf im Polizeiwagen auf der Höhe Kirchenleye.
Eine frische Brise pustet die Regenwolken weg, und der
blaue Himmel hält wieder Einzug über St. Peter-Ording

»Nein, Muddi! Schwester Grit kommt heute nicht. Ilva ist doch jetzt da. Und Papa. Und ich. Wir kümmern uns zu dritt um dich. Ist doch so auch viel schöner, als immer fremde Leute im Haus zu haben.«

»Schwester Grit ist doch nicht fremd«, protestierte Sybille Feddersen am anderen Ende der Leitung. »Noch dazu ist sie überaus zuverlässig und gewissenhaft in ihrer Arbeit. Ihr könnt euch ja wohl nicht mit einer professionellen Kraft vergleichen.«

Ernie nahm sein Handy ans andere Ohr und blickte aus dem Beifahrerfenster des Autos. Währenddessen bog Fred auf die Eiderstedter Straße ab. »Hör zu, Muddi. Reg dich nicht auf. Wir besprechen das nachher in aller Ruhe, und dann erkläre ich dir alles, ja? Ich muss jetzt Schluss machen. Mein Kollege und ich sind gleich bei einer Zeugin.« Er beendete das Gespräch, bevor seine Mutter ein Veto einlegen konnte, und seufzte.

»So schlimm?«, fragte Fred.

»So was ist nie leicht bei meiner Mutter. Wenn sie jemanden ins Herz geschlossen hat, dann kann sie schlecht Abschiede akzeptieren.«

»Willst du die Friebe denn jetzt ganz loswerden?« Fred hielt vor dem Haus im Theodor-Mommsen-Weg 15.

»Ich habe bei der auch irgendwie ein komisches Gefühl. So wie du. Kann nicht genau sagen, warum, aber da verlass ich mich lieber auf meine Intuition. Wer weiß, wofür es am Ende gut ist.«

Sie stiegen aus und klingelten an der Haustür. Eine Weile später öffnete sich die Tür. Eine alte Dame mit Rollator, schätzungsweise weit jenseits der achtzig, blickte sie verdutzt an. »Oh, die Polizei!« Sie zog mit einer Hand die Strickjacke, die sie trug, über der Brust zusammen. »Habe ich was verbrochen?«

»Moin, Frau Mecking! Nein, nein, keine Sorge.« Ernie sprach etwas lauter als sonst. Das tat er meistens, wenn er es mit älteren Menschen zu tun hatte, weil er aus Erfahrung wusste, dass mit fortschreitendem Alter auch das Gehör nachließ. »Wir möchten Sie nur kurz etwas fragen.«

»Na, dann kommen Sie mal rein.« Sie rollte mit dem Wägelchen zurück, um Platz für Ernie und Fred zu machen. »Muss ja nicht gleich die ganze Straße bei unserem Gespräch zuhören.«

»Danke!« Ernie nahm seine Mütze ab und betrat zusammen mit Fred das Haus.

»Am besten, wir gehen ins Wohnzimmer. Da gibt es ein gemütliches Sofa.« Frau Mecking schob langsam ihren Rollwagen über den gefliesten Boden. Im Wohnraum setzte sie sich in einen geblümten Ohrensessel. »Bitte, nehmen Sie Platz.« Sie deutete auf eine Couch im selben Blumenmuster.

»Der Grund unseres Besuchs ist Frau Friebe vom Pflegedienst«, kam Fred gleich zur Sache, nachdem sie sich auf das Sofa gesetzt hatten.

»Oje! Ist ihr etwa was zugestoßen?«, fragte Frau Mecking besorgt.

»Nein, Frau Friebe geht es gut«, beruhigte Ernie sie sogleich.

»Dann ist ja alles in Ordnung«, sagte die alte Dame erleichtert. »Schwester Grit ist nämlich so ein lieber und herzlicher Mensch. Seitdem sie sich um mich kümmert, fühle ich mich viel sicherer und kann nachts sogar endlich wieder durchschlafen. Das war lange Zeit nicht der Fall, wissen Sie?«

Ernie bedachte die Frau mit einem Lächeln und fragte sich insgeheim, ob er vielleicht nicht doch ein wenig zu übervorsichtig war, was die Pflege seiner Mutter anbelangte. Vielleicht tat er Frau Friebe unrecht, und sie war am Ende vollkommen unschuldig. Na, besser vorsehen als nachsehen, dachte er sich. Laut sagte er: »Das ist schön zu hören. Wir möchten uns erkundigen, ob Frau Friebe vorgestern Abend bei Ihnen war?«

»Natürlich. Wie jeden Abend. Nur ein wenig später als gewöhnlich, weil sie davor noch zu einer Veranstaltung wollte. Ich meine, sie sagte, da wäre eine Versammlung im Dünen-Hus gewesen. Für mich war das überhaupt kein Problem. Ich schaue immer lange fern, und da ist es egal, ob meine Beine eine Stunde früher oder später gemacht werden. Außerdem lief ein spannender Krimi, da habe ich gar nicht gemerkt, dass sich unser Termin verschoben hat.«

Das Diensthandy klingelte. Fred nahm den Anruf entgegen und ging in die Diele, um ungestört sprechen zu können.

»Möchten Sie sonst noch etwas wissen?«, fragte Frau Mecking.

»Eigentlich war es das schon.«

Fred kam zurück zu ihnen. »Das war Pannenbäcker. Wir müssen dringend in den Gröner Weg. Der Notarzt ist da.«

»Wir sind ja auch erst mal fertig.« Ernie lächelte die Dame an. Frau Mecking wollte sich aus ihrem Sessel erheben. Ernie hob die Hände. »Bleiben Sie ruhig sitzen. Wir finden alleine raus. Danke für Ihre Mithilfe.« Er winkte ihr noch einmal zu, bevor er das Wohnzimmer verließ.

...

»Die Friebe scheint ja einen richtigen Fanklub in St. Peter zu haben.« Fred bretterte mit deutlich überhöhter Geschwindigkeit über die Badallee. Das Blaulicht und das Martinshorn waren eingeschaltet.

»Offensichtlich. Besonders unter den Senioren und Architekten.« Ernies Hand umklammerte den Haltegriff über der Tür. »Hat Pannenbäcker sonst noch was gesagt?«

»Nee. Nur Notarzt und Leiche.«

Ernie zuckte zusammen. »Noch eine Leiche?« Er schüttelte den Kopf. »Brennende Mülleimer wären mir lieber gewesen.« Nur wenige Minuten später brachte Fred den Wagen vor einem Haus mit großem Grundstück zum Stehen. Der Krankenwagen parkte in der Einfahrt, und dahinter stand der Wagen eines Pflegedienstes. Fred deutete auf den Pkw. »Das Auto kommt mir ziemlich bekannt vor.«

»Nicht nur dir.«

Die Haustür stand sperrangelweit offen. Ernie und Fred gingen hinein. Ein Rettungssanitäter kam ihnen mit einem Notfallrucksack entgegen. »Da sind Sie ja endlich!«

»Was heißt denn hier ›endlich‹?«, bemerkte Fred kopfschüttelnd.

»Doktor Widmann ist auf der Terrasse.« Er zeigte weiter durch das Haus.

Ernie und Fred gingen durch das Wohnzimmer und traten durch die Tür auf die Terrasse. Auf den Terrassenplatten lag eine alte Dame, die aus einer Wunde am Kopf blutete. Neben ihr lag ein zerbrochener Blumentopf. Die Erde und das Blut hatten sich auf dem Boden zu einem Brei vermischt. Der Notarzt kniete neben der alten Dame und packte das EKG-Gerät zusammen. Daneben stand eine Frau, die ihre Arme um den Oberkörper geschlungen hatte.

»Moin!«, sagte Ernie.

»Na, so was! So schnell sieht man sich wieder«, bemerkte Fred mit einem Blick auf Schwester Grit.

»Moin!« Der Notarzt stellte das EKG-Gerät auf dem Tisch ab. »Gut, dass Sie so schnell gekommen sind.« Er gab ihnen die Hand.

»Was ist denn passiert?«, fragte Ernie.

»Frau Friebe hat uns angerufen, nachdem sie Frau Janson leblos aufgefunden hat. Ich konnte leider nur noch den Tod der Patientin feststellen.«

Ernie beugte sich runter zu der Toten. »Kann man sagen, woran die Frau gestorben ist?«

»Höchstwahrscheinlich durch den Sturz. Der wiederum könnte durch Altersschwäche ausgelöst worden sein«, meinte Doktor Widmann. »Bei Senioren sind Stürze eine häufige Todesursache. Frau Janson scheint schon ein paar Stunden hier zu liegen.«

Fred inspizierte den Strandkorb und entdeckte die Flasche Sekt und das Glas. »Sieht aus, als hätte es was zu feiern gegeben.«

»Heute ist ihr Geburtstag«, schaltete sich Grit Friebe nun ein. »Sonst hat sie nicht getrunken.«

»Geburtstag und Todestag gleichzeitig hat auch nicht jeder«, stellte Fred fest.

Doktor Widmann nahm Frau Jansons Pflegeakte zur Hand, die ebenfalls auf dem Tisch lag. »Darüber hinaus war bei der Patientin eine Herz-Kreislauf-Erkrankung bekannt.«

»Sie hat regelmäßig Medikamente dafür bekommen und war gut eingestellt«, fügte Grit Friebe hinzu.

Der Arzt klappte die Mappe wieder zu. »Leider ist dies auch eine Erkrankung, die häufig zum Tod führt. Trotz guter Einstellung. Und das nicht ausschließlich bei Senioren. Die Patienten werden immer jünger.«

»Gibt es Angehörige, die wir verständigen können?«, fragte Ernie.

»Ihre Tochter, Stine Janson, ist in der Akte als Kontaktperson hinterlegt«, antwortete Grit Friebe.

»Das übernehme ich.« Fred nahm die Akte an sich.

»Du kannst dann auch gleich Petter Grube verständigen«, merkte Ernie an.

»Mach ich.« Fred ging ins Haus.

Doktor Widmann nahm das EKG-Gerät vom Tisch. »Ich hole dann noch schnell einen Totenschein aus dem Auto. Mehr kann ich für Frau Janson leider nicht mehr tun.«

Ernie und Grit Friebe blieben allein bei Frau Janson auf der Terrasse zurück.

»Sie scheinen Tote anzuziehen wie das Licht die Motten«, stellte er fest.

»Das bleibt nicht aus, wenn man in der Altenpflege arbeitet. Damit muss man bei jedem Besuch rechnen, wenn der Patient nach dem Klingeln nicht öffnet.«

»Hatten Sie einen Schlüssel, oder wie sind Sie hier reingekommen?«

Grit Friebe nickte und holte einen Schlüsselanhänger aus ihrer Pflegetasche, an dem ein Namensschild angebracht war. »Einen Zweitschlüssel für Notfälle. Bei manchen Patienten schließe ich nach dem Klingeln sofort auf.«

»Haben Sie von meinen Eltern auch einen Schlüssel?«, wollte Ernie wissen. Er traute seiner Mutter durchaus zu, dass sie dem Pflegedienst einen Haustürschlüssel ausgehändigt hatte.

Grit Friebe schüttelte den Kopf. »Bei Ihren Eltern ist das bisher nicht nötig gewesen. Meistens macht Ihr Vater auf, wenn Ihre Mutter zu langsam ist. Aber viele Patienten sind gesundheitlich zu angeschlagen, um zu öffnen, wenn es klingelt. Jemanden tot aufzufinden kommt da nicht selten vor. Trotzdem tut es mir jedes Mal wieder leid. Ich mag meine Patienten. Arme Frau Janson. Sie war immer so nett und hat alles positiv gesehen. Für sie war das Glas immer halb voll statt halb leer.« Die Krankenschwester blickte zur Terrassentür. »Ich glaube, da kommt jemand.«

»Guten Morgen.« Ein großer Mann mit lichtem Haupthaar trat zu ihnen. Er trug Jeans und ein Kollarhemd. »Ach, ist das traurig. Ich habe es gerade von Doktor Widmann gehört. Eigentlich wollte ich Frau Janson zu ihrem Geburtstag gratulieren. Und jetzt ist sie tot.« Er faltete die Hände und schaute bekümmert auf die Angehörige der Kirchengemeinde.

»Moin, Pastor Freese.« Ernie gab dem Geistlichen die Hand.

Grit Friebe nickte ihm bloß zu.

»Haben Sie Frau Janson gefunden?«, sprach der Geistliche die Krankenschwester an. Sie nickte wieder. »Ein Glück, dass es solche Menschen wie Sie gibt. Viele Verstorbene würden sonst lange unentdeckt bleiben, weil nicht regelmäßig jemand bei ihnen vorbeischaut.«

Noch ein Fan, dachte Ernie. »Mein Kollege informiert gerade den Bestatter und Frau Jansons Tochter.«

»Brauchen Sie mich noch, oder kann ich gehen?«, fragte Grit Friebe ungeduldig. »Ich habe noch weitere acht Patienten auf meiner Liste.«

»Natürlich. Ich weiß ja, wo ich Sie erreichen kann, falls es noch Fragen gibt«, antwortete Ernie ihr.

Grit Friebe nickte eilig und verschwand überstürzt ins Innere des Hauses, wo sie fast in Fred hineingelaufen wäre.

»Immer mit der Ruhe, junge Frau.« Kopfschüttelnd betrat er mit Doktor Widmann im Schlepptau die Terrasse. »Grube und Frau Jansons Tochter sind unterwegs«, verkündete Fred.

Ernie blickte der Krankenschwester mit gerunzelter Stirn hinterher. Dass sie an dem Tag zeitlich im Verzug mit ihrer Arbeit war und es deshalb eilig hatte, war jedoch verständlich. Und dann kam noch der plötzliche Tod einer Klientin hinzu. Grit Friebe schien es gegenwärtig nicht leicht zu haben. Doch weiter kam er nicht mit seiner Grübelei. In nächsten Moment traf eine aufgelöste Stine Janson ein. Beim Anblick ihrer toten Mutter gaben die Beine unter ihr nach, und sie fiel in Ohnmacht.

20. Kapitel

Mittags in Utes Wohnung in der Deichstraße.
Bei nahezu sommerlichen Temperaturen
und geöffnetem Fenster

»Stell dir vor, alle Schüler hatten heute ihre Hausaufgaben. Vollständig sogar«, sagte Ilva und schüttelte ungläubig den Kopf. Nach der Schule war sie noch mit zu ihrer Freundin geradelt, um ein paar Fotos aus ihrer gemeinsamen Schulzeit anzusehen.

»Ist doch super! Im Großen und Ganzen sind die Schüler zuverlässig. Mit den paar Vergesslichen kann man gut leben.« Ute öffnete den Ofen und überprüfte den Bräunungsgrad der Kekse. »Die sind gleich auch so weit.«

»Das ging ja fix.«

»Nervenkekse müssen schnell fertig sein, sonst wären sie ja nichts für die Nerven.« Ute holte das Blech mit dem Gebäck aus dem Ofen.

»Aha, Nervenkekse also«, lachte Ilva. »Davon kannst du mir gleich ein paar einpacken. Die Mördergeschichten machen mich ganz hibbelig.«

»Die Kekse heißen übrigens tatsächlich so. Ist ein altes

Rezept von Hildegard von Bingen und beruhigt zuverlässig das Gemüt.«

Ilva zog eine Augenbraue hoch. »Seit wann hast du denn Probleme mit den Nerven? Du bist doch sonst die Ruhe in Person.«

»Ja, sonst. Aber seitdem Eike verdächtigt wird, ein kaltblütiger Giftmörder zu sein, komme ich nicht mehr zur Ruhe. Ich habe letzte Nacht deswegen kein Auge zugetan und stattdessen den Teig vorbereitet.« Mit spitzen Fingern legte Ute ein paar der dampfenden Plätzchen auf einen Teller. »Die hat meine Oma mir damals immer gebacken, wenn ich vor Klassenarbeiten nervös war.«

»Und? Hat's geholfen.«

»Immer! Erinnerst du dich wirklich nicht?«

Geistesabwesend schüttelte Ilva den Kopf. »Ich glaube nicht, nein.« Sie schaute auf ihr Handy. »Eike hat sich bis jetzt nicht gemeldet.«

»Und Ernie?«

»Auch nicht. Er weiß genau, dass ich ihn nach dem neuesten Stand fragen würde und er am Ende nicht widerstehen könnte, mir alles zu erzählen.« Ilva nahm einen Keks und biss vorsichtig ein Stückchen ab. »Schmeckt ein bisschen nach Honig und Zimt. Aber lecker!«

»Stimmt. Honig und Zimt sind drin.« Ute klappte ihren Laptop auf und begann zu tippen. »Meine Mutter hat sich ja gestern ziemlich auf diesen Tölke als Hauptverdächtigen eingeschossen.«

»So abwegig ist der Gedanke ja auch nicht. Westermann und er hatten Stress. Tölke gibt Westermann die Schuld für seine finanzielle Misere, weil er ihm den Auftrag wegge-schnappt hat. Tölke war am besagten Abend im *Dünen-Hus* und danach im Pfahlbau. Er ist kein schlechter Verdächti-ger«, zählte sie auf.

»Meine Mutter bringt es fertig und fährt mit einer ihrer Freundinnen zu ihm ins Büro nach Tönning, um herauszu-finden, ob sie mit ihrem Verdacht richtigliegt«, sagte Ute kopfschüttelnd.

»Vielleicht war sie längst da, während wir brav in der Schule waren«, warf Ilva ein und musste ein Grinsen unter-drücken, weil es sich doch etwas komisch anfühlte, wieder daheim zu leben und zur Schule zu gehen.

»Nein, heute hat sie keine Zeit. Soweit ich weiß, ist sie mit dem Bus zu einer Freundin nach Ording gefahren. So-lange sie beschäftigt ist, macht sie keinen Blödsinn.«

»Wenigstens etwas.« Ilva zog eine alte Aufnahme aus der Fotokiste. »Das kenne ich ja noch gar nicht.« Sie hielt das Bild ihrer Freundin hin. Es war ein Schnappschuss von ei-nem Schulfest, auf dem Ute und Ilva beim Eierlauf zu sehen waren. Die beiden Mädchen lachten ungehemmt, und ihre sonnengebräunte Haut strahlte. »War das nicht das Som-merfest nach der 6. Klasse?«

»Nach der 5. An dem Tag hat es doch später wie aus Kü-beln gegossen, und wir mussten ganz schnell vom Schulhof in die Aula flüchten.«

»Stimmt! Jetzt fällt es mir wieder ein.« Sie lächelte ihre Freundin an. »Das war eine schöne Zeit.«

»Finde ich auch. Aber wieder zurück zum Thema.« Ute

drehte den Laptop so, dass Ilva das Foto auf dem Bildschirm sehen konnte. »Das ist Tölke.«

»Der?« Ilva legte den Kopf leicht schief. »Den habe ich im *Dünen-Hus* auch gesehen.«

»Was meinst du? Ist er unser heimlicher Mörder?« Ute nahm sich einen Keks.

»Nee. Der war das nie und nimmer. Der Typ gehört doch eher zur Kategorie der Pantoffel-Schluffis als in die Rubrik der heimtückischen Mörder. Außerdem gerät er durch den Streit mit Westermann und insbesondere durch seine Drohung doch automatisch ins Visier der Polizei. Was hätte er davon, einen Mord zu begehen und gleich verdächtigt zu werden? Wenn du mich fragst, hat er Westermann genauso wenig um die Ecke gebracht wie Eike.«

»Dann bliebe noch der Sohn des Eigentümers des Hamburger Architektenbüros.« Ute wedelte mit einer Hand über den Keksen herum, um eine penetrante Fliege zu verjagen, die durch das geöffnete Fenster in die Küche gekommen war.

»Ich weiß nicht, Ute. Er scheint ja auch außerhalb des Architektenbüros seines Vaters ziemlich gefragt zu sein.« Ilva zuckte mit den Schultern. »So jemand hat doch meistens mehr Möglichkeiten, als er wahrnehmen kann. Aber ich denke, dass Ernie und Fred trotzdem nach seinem Alibi fragen werden.«

»Wahrscheinlich hast du recht«, stimmte Ute ihr zu. »Ich habe in der Pause übrigens mit Bernd gesprochen. Wir beide tendieren eher in die Richtung, dass wir den wahren Täter noch gar nicht auf dem Schirm haben.«

»Aha. Du meinst also den großen Unbekannten?«

Ute nickte. »Möglich wäre es immerhin. Wer weiß schon, mit wem Westermann sich sonst noch in den Haaren hatte. Hinter den Kulissen ... im Verborgenen und für Außenstehende nicht nachvollziehbar.«

»Das könnte gut möglich sein. Aber ich verdächtige eher seine Ehefrau.« Ilva zog den Laptop zu sich heran und tippte etwas ein.

»Wie kommst du denn ausgerechnet auf die Ehefrau? Die ist doch bestimmt mit den Nerven völlig am Ende.«

»Ist so ein Gefühl.« Ihre Miene hellte sich auf. »Voilà, ich habe das private Facebook-Profil von Hagen Westermann mit einem Familienschnappschuss gefunden.« Sie drehte den Klappcomputer Ute zu. Das Foto zeigte Westermann mit seiner Frau und den beiden Kindern. Im Hintergrund war ein Tiergehege erkennbar.

»Hübsche Töchter und eine ebenso hübsche Frau. Sieht nach der perfekten hanseatischen Familie aus, wenn du mich fragst«, stellte Ute fest.

»Oft trügt der Schein.«

Ute schob den Computer von sich. »Manchmal kann ich Männer einfach nicht verstehen. Wie kann man sein Glück für eine Affäre aufs Spiel setzen?«

»Und genau das könnte sich doch auch seine Frau gefragt haben, als sie zufällig hinter die Affäre gekommen ist.« Ilva stand vom Tisch auf und begann, in der Küche auf und ab zu laufen. »Stellen wir uns mal Folgendes vor, Frau Westermann wollte Wäsche waschen und hat dabei in seinen Hosentaschen zufällig verdächtige Rechnungen gefunden.

Belege von Restaurantbesuchen, aus denen hervorging, dass eine zweite Person dabei gewesen war. Zunächst hat sie sich dabei nichts gedacht, denn ihr Mann hatte ja bestimmt auch öfter geschäftliche Essen. Doch irgendwann hat sie häufiger solche Quittungen gefunden. Das hat sie misstrauisch gemacht, und bei passender Gelegenheit ist sie ihm heimlich von Hamburg nach St. Peter-Ording hinterhergefahren, um herauszufinden, ob ihr Argwohn begründet ist. Hier hat sie ihn dann auf frischer Tat erwischt und beobachtet, wie er sich heimlich mit Grit Friebe getroffen hat.«

Ute schaute Ilva aus großen Augen an. »Das klingt wie in einem Krimi.«

Ilva lehnte sich an die Fensterbank und verschränkte die Arme. »Es sind natürlich bloß Vermutungen, die meiner Fantasie entsprungen sind, aber so in etwa könnte es rein theoretisch abgelaufen sein. Die Entdeckung des Betrugs und die daraus resultierenden Rachegefühle ... außerdem scheint Grit Friebe auch um einiges jünger zu sein als Frau Westermann. Da könnte sie rotgesehen haben, und, zack, ist es 21 Uhr, und der treulose Ehemann liegt tot in der Fotodüne.«

»Dann war das Plakat bestimmt eine bewusste Ablenkung, damit niemand Verdacht schöpft, dass die eigene Ehefrau hinter dem Mord stecken könnte«, spann Ute den Gedanken weiter. »Ziemlich clever.«

»Ungefähr so könnte es sich de facto abgespielt haben.« Ilva nahm sich noch einen Keks, der inzwischen etwas abgekühlt war.

Ute betrachtete erneut die Familienaufnahme. »Sie sehen ziemlich wohlhabend auf dem Foto aus. Allein der Goldschmuck von Frau Westermann hat bestimmt schon ein Vermögen gekostet. Wer weiß, was sie nun alles erbt.«

»Das habe ich mir auch schon überlegt. Es hört sich jetzt vielleicht ein wenig merkwürdig an, aber ich finde, dass Westermanns Tod eindeutig eine weibliche Handschrift trägt. Für einen männlichen Mörder ist sein Ableben viel zu elegant und unblutig über die Bühne gegangen. Das Vorgehen hat fast schon Stil und ist auf eine bestimmte subtile Art geschehen, die nur von einer Frau kommen kann.«

Ute nickte. »Damit wäre der Fall gelöst. Jetzt müssen wir nur noch Frau Westermann überführen.«

Ilva setzte sich wieder zu Ute an den Tisch und stützte ihr Kinn auf eine Hand. »Das ist doch für uns ein Klacks. Immerhin haben wir damals auch rausbekommen, dass der mysteriöse Nussdieb im Garten in Wirklichkeit ein Eichhörnchen auf Räubertour war.«

...

Eine halbe Stunde später schloss Ilva die Tür zu ihrem Elternhaus auf. Sofort stieg ihr der Mittagessensgeruch in die Nase. Sie hängte den Schlüssel an ein Brett und zog ihre Turnschuhe aus.

Die Küchentür öffnete sich, und ihre Mutter erschien. »Bist du da, Ilva?«

»Bin ich, Muddi.« Sie stellte die Schuhe auf eine Matte und schlüpfte in bequeme Hauslatschen.

»Dann habe ich ja doch richtig gehört.« Sybille Feddersen trocknete sich die Hände an einem Küchentuch ab. »Komm in die Küche, das Mittagessen steht gleich auf dem Tisch.«

»Ach, Muddi. Eigentlich wollte ich mir was in meiner Wohnung kochen«, protestierte Ilva schwach.

»Du und kochen?« Ihre Mutter winkte ab. »Das Spielchen kenne ich. Für mehr als Spiegeleier oder eine Tiefkühlpizza hast du doch gar keinen Nerv.«

Ilva stellte ihre Ledertasche auf der ersten Treppenstufe ab und folgte ihrer Mutter in die Küche. Am Tisch saßen bereits ihr Vater und Ernie. »Moin, ihr zwei.« Sie setzte sich zu ihnen. »Hast du eigentlich kein Zuhause, Ernie?«

»Wieso? Ich bin doch hier zu Hause!«

»Weiß Heike das?«

»Heike ist auf Sylt. Tagesausflug mit ihrer besten Freundin.« »Da bleibt die Küche heute kalt«, schaltete sich Werner Feddersen ein und zwinkerte Ilva zu.

»Was gibt es denn eigentlich?« Erst jetzt bemerkte Ilva, dass sie großen Hunger hatte. In der Schule war sie nicht zum Essen gekommen, weil sie sich in den Pausen um die kleinen Notfälle des Schulalltags gekümmert hatte. Und Utes Kekse waren bloß etwas für den hohlen Zahn gewesen.

»Hähnchenbrust mit Currysoße und Ananas. Dazu wie immer Reis und Erbsen mit Möhren«, sagte Sybille Feddersen mit gut gelaunter Stimme.

»Oh, lecker! Das habe ich seit einer Ewigkeit nicht mehr gegessen. Das grenzt ja fast schon an Nötigung.«

Ihr Vater beugte sich zu ihr. »Was meinst du, warum deine Mutter und ich schon so lange verheiratet sind?«

»Werner! Also wirklich!«, rief Sybille Feddersen, und im nächsten Moment flog ein Topflappen gegen seinen Kopf.

»Ich mach doch bloß Spaß!« Er warf ihr eine Kusshand zu, was Sybille Feddersen mit einem Kopfschütteln quittierte.

Ilva grinste ihren Bruder an. Sie stand vom Tisch auf und ging zu ihrer Mutter. »Warte, ich helfe dir.«

Ein paar Minuten später aßen sie gemeinsam zu Mittag. Früher, als Ilva und Ernie noch zur Schule gegangen waren, hatten sie jeden Tag zusammen gegessen. Ihr Vater konnte in seinem Hausmeisterjob flexible Pausen einlegen, und ihre Mutter hatte morgens eine halbe Stelle in einem Hotel gehabt, sodass sie zur Mittagszeit wieder zu Hause gewesen war. Es fühlt sich wie früher an, dachte Ilva, und ein heimeliges Gefühl breitete sich in ihr aus. Es war eine Mischung aus Geborgenheit und der Gewissheit, dass in diesem Moment nichts Schlimmes passieren konnte. Die Welt war in Ordnung, das Leben war schön. Da erschienen die Ereignisse der vergangenen Tage fast wie ein schlechter Traum.

»Hast du schon gehört, dass dein Bruder Schwester Grit untersagt hat, weiterhin Hausbesuche bei uns zu machen?«, unterbrach Sybille Feddersen die friedvolle Stimmung.

»Hast du?«

»Hab ich«, antwortete er knapp und schob sich ein Stück Fleisch in den Mund.

Sybille Feddersen hob ihre Gabel. »Ohne mir eine Begründung abzugeben. Dabei wollte sie mich nachher zur Physiotherapie begleiten.«

»Das kann ich doch machen«, bot Ilva an.

»Es ist eine laufende Ermittlung, Muddi. Da gibt's nie Begründungen«, erklärte Ernie.

»Ja und? Ich bin schließlich deine Mutter«, protestierte sie, ohne auf Ilvas Angebot einzugehen.

Werner Feddersen guckte seine Frau an und zuckte ungerührt mit den Schultern. »Du wolltest, dass unser Sohn zur Polizei geht. Das hast du jetzt davon.«

»Was hat das denn damit zu tun? Und vor allem, was hat Schwester Grit mit irgendwelchen Ermittlungen zu tun? Sie ist eine Krankenschwester. Dazu noch eine sehr gute!«

»Ja doch.« Ernie verdrehte die Augen. »Schwester Grit hatte aber was mit Westermann.«

Sybille Feddersen guckte ihren Sohn irritiert an. »Ja und? Darf sie als Krankenschwester keine Beziehung haben?«

»Natürlich darf sie das. Aber nicht mit Westermann.«

»Seit wann bist du denn so zimperlich? Wer ist überhaupt dieser Westermann? Muss ich den kennen?«

»Die Leiche«, rutschte es Ilva raus.

»Ich verstehe nur Bahnhof.«

»Westermann ist die Leiche. Die, die wir an der Fotodüne in Ording gefunden haben«, erklärte Ernie.

»Das ist ja unappetitlich.« Sybille Feddersen legte ihr Besteck auf dem Teller ab.

»Also, mir schmeckt's«, sagte Werner Feddersen und nahm sich mit einem Löffel Reis aus der Schüssel.

»Die Beziehung hatte sie natürlich nicht mit der Leiche, sondern mit Westermann, als er noch lebte«, fügte Ernie erklärend hinzu.

»Ich wollte schon sagen ...« Sybille Feddersen nahm ihr

Besteck wieder zur Hand. »Trotzdem verstehe ich nicht, warum sie nicht mehr vorbeikommen kann.«

»Es ist noch nicht klar, wer der Mörder ist, Mama. Erst heute früh ist eine ältere Dame, die ebenfalls von Frau Friebe versorgt wird, tot aufgefunden worden. Deine Krankenschwester kommt mir ein bisschen zu häufig mit dem Sensenmann in Kontakt.«

»Ach, Ernilein. Manchmal glaube ich, du bist einfach viel zu sensibel für deinen Job«, sagte Sybille Feddersen mit einem wohlwollenden Lächeln. »Dass jemand, der in der Alten- und Krankenpflege tätig ist, es auch häufiger mit Verstorbenen zu tun hat, ist doch nicht verwunderlich. Wäre sie Pastorin, würde man sie öfter auf Beerdigungen antreffen als den Sensenmann selbst.«

»Oder Bestatter«, warf Werner Feddersen ein. »Was soll ein Petter Grube denn sagen? Der Tod ist nun mal sein Geschäft. Trotzdem denkt niemand, dass er ein Mörder ist.«

»Das ist auch was ganz anderes. Westermann wurde vergiftet, und Grit Friebe ist in dem Zusammenhang nicht ganz unverdächtig. Zumal wir Westermanns Testament von seinem Notar ausgehändigt bekommen haben, sobald der von Westermanns Tod erfahren hatte. Darin vermacht er Frau Friebe eine Wohnung Am Deich, die er erst vor ein paar Tagen gekauft hat.«

»Was?« Ilva traute ihren Ohren nicht. »Das ist aber ziemlich frech. Wenn das seine Frau rausbekommt, dann weint sie ihm bestimmt keine Träne mehr nach. Betrogen zu werden ist das eine, aber seiner Geliebten so eine teure Immobilie zu vermachen, ist das andere.« Sie fühlte sich in ihrer Theorie bestätigt. Frau Westermann hatte eindeutig das beste Motiv von allen für einen Mord. An ihrer Stelle hätte sie Westermann auch am liebsten den Hals umgedreht. Doch ihre Gedanken behielt sie besser für sich. Nach dem Essen musste sie diese Neuigkeit unbedingt Ute und Bernd erzählen – und außerdem musste sie dringend mit Eike sprechen. »Möchte noch jemand etwas trinken?«

»Ich, bitte«, meldete sich Ernie.

Sie stand auf, ging zum Kühlschrank und nahm eine Flasche mit Sprudelwasser heraus. Während sie das Wasser in zwei Gläser goss, fragte sie sich schaudernd, ob bald ein weiterer Mord geschehen und die nächste Leiche dann Grit Friebe heißen würde?!

21. Kapitel

Zwei Stunden später Am Deich.
Hinter dem Seedamm schweben bunte Drachen
durch die Lüfte, und an der Haltestelle Ordinger Deich
wartet eine Menschentraube auf den Ortsbus

Er bog langsam rechts in den Kölfhamm ein und stellte seinen Wagen am Rande eines Hotelparkplatzes ab. Bevor er ausstieg, setzte er eine Schirmmütze auf und verbarg seine Augen hinter einer getönten Sonnenbrille. Zu guter Letzt zog er die Kapuze seines Sweatshirts über den Kopf. Er wollte von niemandem erkannt oder angesprochen werden. Da kam es ihm nur recht, dass an diesem Tag viele Touristen zu Fuß unterwegs waren und er sich einfach unter sie mischen konnte, ohne großartig aufzufallen. An einem rot geklinkerten Reetdachhaus mit weißen Sprossenfenstern klingelte er an einer Schelle ohne Namen. Sogleich ertönte der Türsummer. Er ging die Treppen zur Wohnung im ersten Stock hinauf.

»Herzlich willkommen zu Hause.« Sie lächelte und zog ihn in die Wohnung. »Was sagst du?«

»Aber hallo, sage ich.« Er nahm die Sonnenbrille ab und guckte sich um. »Nicht schlecht, die Butze.«

»Warte mal ab, bis du die Aussicht siehst.« Sie sprang aufgeregt wie ein kleines Mädchen vor ihm her und öffnete die Balkontür. »Tadaaa!« Sie machte eine präsentierende Handbewegung. »Ist das der Knaller, oder ist das der Knaller?«

Er trat auf den Balkon. Sein Blick wanderte über den Deich und die Dünen. »Wirklich Wahnsinn! Man kann ja bis zum Meer gucken. Ich muss schon sagen, der Alte hatte Geschmack. Du hast ganz schön abgestaubt.«

»Wir haben abgestaubt«, sagte sie und schmiegte sich zärtlich an ihn. »Außerdem habe ich mir das auch verdient.«

»Das hast du.« Er legte einen Arm um sie. »Was willst du nun mit der Wohnung machen?«

»Na, einziehen, was sonst?«

»Verkaufen könntest du sie auch«, entgegnete er. »Dafür würdest du ein hübsches Sümmchen bekommen. Die Lage ist fast unbezahlbar.«

»Verkaufen kann ich immer noch.« Sie löste sich aus seiner Umarmung und lehnte sich mit dem Rücken an das Balkongeländer. »Du könntest hier mit mir zusammenwohnen. Platz ist genug für zwei.«

Er lachte auf. »Schöne Vorstellung, aber so weit sind wir längst noch nicht.«

»Warum?«

Er zog seine Kapuze vom Kopf und runzelte die Stirn. »Stine dreht völlig am Rad, wegen des Todes ihrer Mutter. Mein Handy stand den ganzen Tag nicht still. Vorhin hab ich ihr gesagt, dass ich nach Husum zum Einkaufen fahre, und hab es seitdem auf lautlos gestellt. Durch den Tod ihrer Mutter wird sie mir bestimmt gar nicht mehr von der Seite weichen.«

Sie verdrehte genervt die Augen. »Ja, es ist natürlich tragisch, wenn die Mutter verstirbt. Aber sie war eben schon älter, da passiert so was. Hat Stine keine Geschwister? Oder wenigstens Freunde, die sie belagern kann?«

»Keine Geschwister und ja, ein paar Freundinnen. Die haben allerdings genug mit ihren eigenen Familien zu tun. Also muss sie an mir kleben.«

»Mach Schluss mit ihr!«, forderte sie.

»Was? Bist du nun komplett übergeschnappt?«

»Warum? Nun ist der ideale Zeitpunkt dafür.«

Er schüttelte lachend den Kopf. »Das kann nicht dein Ernst sein.«

»Sogar mein voller Ernst!«

»Nee, so eine Nummer werde ich nicht mit ihr abziehen. Sie nervt mich zwar kolossal, aber so viel Anstand habe ich schon, ihr nicht gleich nach dem Tod ihrer Mutter den Laufpass zu geben. Ich habe viele Fehler in meinem Leben gemacht, aber auf jemanden zu treten, der schon am Boden liegt, das ist nicht mein Stil.«

Sie seufzte und umarmte ihn. »Wo soll das alles hinführen? Wir sind wie die zwei Königskinder, die nicht zueinanderfinden.«

»So dramatisch würde ich es nicht sehen. Es ist nur eine Frage der Zeit, bis sich alles so fügt, wie es sein soll. Das letzte Stück schaffen wir auch noch. Du weißt, wie sehr ich dich will.«

Sie schaute zu ihm auf, und er küsste sie sanft auf die

Lippen. »Wie du meinst«, sagte sie lächelnd und ging zur Fensterbank, wo eine Schachtel lag. »Dann nimm Stine doch die Pralinen mit als kleinen Seelentröster.« Sie hielt ihm die bunte Pappschachtel hin. »Schokolade hilft ja bekanntlich bei Kummer. Ich habe nur drei Pralinen aus der Packung genascht. Den Rest kann Stine haben.«

»Danke.« Er nahm die Schachtel an. »Soweit ich weiß, steht sie total auf diese belgischen Meeresfrüchte. Die werden nicht schlecht werden.«

»Dann soll es so sein.« Wieder schenkte sie ihm ein strahlendes Lächeln.

»Aus dir werde ich manchmal nicht schlau«, sagte er mit skeptischem Gesichtsausdruck.

»Auch das wird sich klären, wenn die Zeit dafür reif ist.«

Er nickte. »Sorry, aber ich muss zurück in den Pfahlbau. Wahrscheinlich steht der Laden kopf um die Uhrzeit.«

»Ist gut. Ich bringe dich noch eben runter.«

Vor der Haustür blieben sie stehen.

»Sei nicht traurig, dass es jetzt noch nicht mit uns klappt«, sagte er und strich mit einer Hand über ihren Kopf.

»Manchmal passieren Dinge schneller, als man glaubt«, erwiderte sie.

»Vergiss nie, egal, was kommt, du bist meine Traumfrau.« Er nahm ihr Gesicht zwischen seine Hände und küsste sie lang und innig zum Abschied. Langsam löste er sich wieder von ihr, setzte die Sonnenbrille auf und zog die Kapuze über den Kopf.

Gitte Wolters' freudiges Lächeln erstarb. Sie nahm die Hand

runter und wandte sich um. Verwundert blickte sie dem jungen Mann hinterher. Ohne ein Wort war er an ihr vorbeigegangen. Keines Blickes hatte er sie gewürdigt. Sonst hatte Paul Budde, der nette Inhaber vom *Beach Club SPO*, sie doch stets gegrüßt. Sogar eine Tasse Kaffee gratis hatte er ihr mal spendiert, als sie in seinem Lokal ein Stück Kuchen gegessen hatte. Doch nun schien es fast so, als würde er sie nicht mehr kennen. Gitte Wolters ging kopfschüttelnd zur Haltestelle und setzte sich auf einen freien Sitz. Was sollte sie davon halten? Einige Minuten später bog der Bus um die Ecke. Sie zeigte beim Einsteigen dem Fahrer ihr Ticket vor und suchte sich einen freien Sitzplatz. Von dort aus schaute sie noch einmal zu dem rot geklinkerten Reetdachhaus, aus dem Paul zuvor gekommen war. Als ihre Augen die Fassade hochwanderten bis zum oberen Fenster, trafen sie den Blick einer blonden Frau.

22. Kapitel

Zur selben Zeit auf dem Parkplatz
vor der *Dünen-Therme* in St. Peter-Bad.
Immer noch heiterer Sonnenschein und
frühsommerliche Temperaturen

»Das hättest du wirklich nicht tun müssen«, sagte Sybille Feddersen zum wiederholten Male. »Die Krankenkasse zahlt auch ein Taxi.«

»Das kannst du von mir aus noch fünfzigmal sagen. Es ändert nichts daran, dass ich heute ohnehin hierhergefahren wäre, um Schullektüre bei *Tewes* abzuholen. Der Laden ist zu Fuß zwei Minuten von der *Dünen-Therme* entfernt. Man könnte ja fast meinen, dir wäre es unangenehm, dass ich dich zur Therapie begleite.« Ilva kurvte über den Parkplatz von *Maleens Knoll* und hielt nach einer freien Parkbox Ausschau. Ihr Auto hatte sie in der Garage gelassen. Stattdessen chauffierte sie ihre Mutter im Wagen ihres Vaters. Der war komfortabler und größer als ihr altes Möhrchen.

»Mir ist das überhaupt nicht unangenehm. Ich will dir nur nicht zur Last fallen«, verteidigte sich Frau Feddersen.

»Tust du nicht, das weißt du doch.« Sie hatte eine Parklücke gefunden.

213

»Was liest du denn mit deinen Schülern?«, wechselte ihre Mutter das Thema.

»Der *Kaufmann von Venedig*. Von Shakespeare.« Sie zog die Handbremse an.

»Deine Schüler freuen sich bestimmt darauf, ein gutes Buch zu lesen.«

»Na, und wie! Besonders, wenn es von Shakespeare ist. Das sorgt jedes Mal aufs Neue für wahre Begeisterungsstürme im Englisch-Leistungskurs«, sagte sie in ironischem Ton.

»Die Jugend von heute kann man auch mit gar nichts mehr begeistern. Dabei ist es doch wirklich nett von dir, dass du die Bücher für den Kurs besorgst. Eigentlich müssten deine Schüler das eigenständig machen.«

Ilva lächelte ihre Mutter an. »Dann lese ich das Buch nie mit meinem Kurs. Alles Erfahrungswerte. Deswegen bestelle ich die Lektüre, hole sie ab, leiste Vorkasse und schleppe sie zur Schule. Dann weiß ich, dass alle das Material haben.« Ilva hängte sich ihre Tasche um, stieg aus und öffnete die Beifahrertür. Sie hielt ihrer Mutter beide Hände entgegen. »Auf geht's!«

»Ilva! So weit kommt es noch. Wie bei alten Leuten ...«, empörte sich Frau Feddersen. Energisch drückte sie Ilvas Hände zur Seite und hievte langsam ein Bein nach dem anderen eigenständig aus dem Auto. Dann zog sie sich mit einer Hand am Haltegriff hoch, mit der anderen stützte sie sich auf dem Sitz ab und fand langsam ihr Gleichgewicht. »So!«, sagte sie und straffte die Schultern. »Ganz ohne

Hilfe!« In ihrer Stimme schwang eine Mischung aus Stolz und Genugtuung mit.

»Prima! Dann hole ich jetzt fix den Rollator aus dem Kofferraum. Für alle Fälle.« Ilva machte einen Schritt von ihr weg, da hörte sie schon ihre Mutter.

»Nix holst du! Die paar Meter bis zur *Dünen-Therme* schaffe ich auch ohne den Rentnerporsche«, wiegelte sie ab. »Der Arzt im Krankenhaus hat gesagt, dass man sich nicht allzu sehr auf den Hilfsmitteln ausruhen sollte. Das macht einen faul, und am Ende kommt man gar nicht mehr in Schwung. Wenn alle Stricke reißen, halte ich mich einfach an dir fest.«

»Ist gut, Muddi.« Ilva schulterte die Sporttasche ihrer Mutter. Langsam gingen sie über den Parkplatz, hinter dem das Gesundheitszentrum lag. Kurz bevor Ilva mit ihrer Mutter den Eingang erreicht hatte, vibrierte ihr Handy. Sie zog es aus dem Vorderfach ihrer Umhängetasche und wischte mit einem Finger über das Display. Die Nachricht kam von Eike. Das wurde auch Zeit! Sie überflog die Nachricht:

Ahoi!
Sorry für meine späte Antwort.
Ich hatte viel um die Ohren.
Seminarvorbereitungen, Teambesprechung etc.
Gehe gleich surfen, damit der Wind meinen Kopf
wieder freipustet.
Gibt es was Neues?
LG
Eike

»Musst du telefonieren?«, wollte ihre Mutter wissen und schielte in Richtung des Displays.

»Nein, war nur eine Nachricht. Jetzt bist du erst einmal an der Reihe, und alles andere kommt später.« Ilva steckte das Handy zurück. Sie betraten das Gesundheitszentrum. Sybille Feddersen meldete sich an der Rezeption an und durfte dann im Wartebereich Platz nehmen.

»Wann kann ich meine Mutter denn ungefähr wieder abholen?«, erkundigte sich Ilva.

Die Frau warf einen Blick auf den Computerbildschirm. »Heute ist Ihre Mutter im Meerwasserbewegungsbad. Die Therapie wird bestimmt eine gute Stunde dauern.«

»Danke.« Ilva stellte die Sporttasche neben dem Stuhl ihrer Mutter ab. »Oder soll ich besser hier auf dich warten?«

»So ein Quatsch! Hast doch gehört, dass ich eine gute Stunde beschäftigt bin. Hier bin ich gut versorgt. Bei dem schönen Wetter solltest du lieber an den Strand gehen. Bist ja ganz blass um die Nase.«

Ilva nickte. »Gute Idee. Dann bis nachher.« Sie gab ihrer Mutter einen Kuss auf die Wange und verließ das Gesundheitszentrum wieder. Auf dem Weg zur Promenade tippte sie eine Antwort an Eike.

Aloha!
Surfen? Das trifft sich gut.
Bin gerade auf dem Weg zum Strand.
Komme dich besuchen und erzähle dir alle
Neuigkeiten.
Ilva

PS: Ist heute nicht ein büschen wenig Wind für
Wellen?

Seine Antwort kam postwendend.

Wo ein Wille, da eine Welle.
Bis gleich!

Ilva musste lachen und schickte ihm als Antwort ein Surfer-Emoji zurück. Bei *Crema Gelato* machte sie halt. Sie kaufte vier Kugeln Vanilleeis im Becher und setzte ihre Sonnenbrille auf, die sie griffbereit in ihrer Umhängetasche hatte. Wie bei dem schönen Wetter nicht anders zu erwarten gewesen war, herrschte Hochbetrieb auf der Seebrücke. In ihrer Kindheit war es dagegen beschaulich und fast ein wenig bieder in St. Peter-Ording zugegangen. Überwiegend ältere Kurgäste hatten das Bild des Ortes geprägt. Hinzu kamen die Camper und die Touristen, die in Pensionen ein Zimmer gemietet hatten. Doch diese Zeiten gehörten längst der Vergangenheit an. Ihr Heimatort hatte sich von einem ehemals angestaubten Kurbad zum regelrechten Kultort an der Nordseeküste gemausert, der jedes Jahr mehr Urlauber anzuziehen schien. Sie musste zugeben, dass ihr die Entwicklung gefiel: Besonders die vielen verschiedenen Restaurants und schicken Boutiquen machten St. Peter-Ording zu einem idealen Kompromiss zwischen Idylle und Komfort. Als Teenager hatte sie sich hier oft wie am Ende der Welt gefühlt und sich nichts sehnlicher gewünscht, als in Hamburg zu leben – oder wenigstens in Husum. Jetzt war es genau umgekehrt.

Sie war froh, endlich wieder hier zu sein, und fühlte sich mittendrin im Geschehen. Kurz vor dem Ende der Seebrücke warf sie den leeren Eisbecher in einen Mülleimer und zog ihre Stoffturnschuhe aus. Sie lief barfuß durch den warmen Sand, bis sie den Meeressaum erreicht hatte. Die kühle Brandung überspülte ihre Füße, und sie sackte Stück für Stück im Sand ein. Eine Weile blieb sie so stehen und genoss die Aussicht auf das Meer und das Gefühl, als eine Böe ihr Haar durcheinanderwirbelte. Tatsächlich war es windiger, als sie vermutet hatte. Sie schob sich die Brille in die Haare und schirmte ihre Augen mit einer Hand gegen das Sonnenlicht ab, um besser sehen zu können. Ein Krabbenkutter fuhr im gemächlichen Tempo Richtung Büsum an ihr vorbei. Nordwärts konnte sie die bunten Segel einiger Windsurfer ausmachen. Bestimmt war Eike unter ihnen. An diesem Strandabschnitt war er schon früher immer mit seinem Board unterwegs gewesen. Sie schlenderte durch die Brandung, bis sie die Stelle erreicht hatte, an der die Surfer über die Wellen glitten. Lange musste sie nicht suchen, bis sie Eike entdeckt hatte. Nach ein paar Sprüngen fuhr er eine Halse und steuerte sein Bord Richtung Strand. Er kam direkt auf sie zu. »Moin!«, rief er und stieg vom Brett ab.

»Hast du mich etwa gesehen?«, fragte Ilva und musterte ihn möglichst unauffällig in seinem Neoprenanzug. Sie hatte seine sportliche Figur schon immer gemocht und stellte fest, dass sich daran nichts geändert hatte.

»Jap.« Er nickte und schleppte das Bord mit dem Segel an den Strand. »Wie könnte ich dich übersehen?«

Sie ging hinter ihm her. »Ich dachte, du meldest dich nicht mehr bei mir.«

»Wie kommst du denn darauf?«

»Na ja, du hast dir mit deiner Nachricht schon Zeit gelassen ...«

»Mir schwirrt gerade echt der Kopf. Die alltäglichen Sachen, der Job und dann noch das Theater wegen Westermann.« Er fuhr mit einer Hand durch sein nasses Haar. »Mich macht das alles verrückt. Deswegen habe ich das Handy einfach mal ausgestellt, um ein wenig Ruhe zu finden. Außerdem versuche ich, mich abzulenken, um nicht ganz durchzudrehen.«

»Kann ich verstehen.«

»Du hast geschrieben, es gibt Neuigkeiten?«

»Ja, die gibt es.«

Er legte den Kopf schräg und grinste sie verschmitzt an. »Lass mich raten, du hast den Fall inzwischen gelöst, und es war wieder das Eichhörnchen.«

»Nicht ganz.« Ilva berichtete, was sie in den vergangenen zwei Tagen herausgefunden hatte. Je mehr sie erzählte, desto erstaunter guckte Eike. »Es stehen also Tölke, Westermanns Ehefrau, Grit Friebe und der große Unbekannte auf der Liste der Verdächtigen. Dass der Architekten-Sohn etwas mit der Sache zu tun hat, halte ich eher für unwahrscheinlich«, schloss sie ihren Bericht.

»Das mit dem Testament ist wirklich krass! Vielleicht ist Tölke doch unschuldig«, überlegte er.

»Jemandem zu drohen ist was anderes, als jemanden tatsächlich um die Ecke zu bringen. Ich glaube nicht, dass er der Täter ist, nach dem wir suchen.«

»Sondern? Eine Frau etwa?«

Ilva nickte. »Und zwar nicht irgendeine, sondern Westermanns Ehefrau.«

Eike zog die Augenbrauen hoch und pfiff durch die Zähne. »Du meinst, aus Eifersucht?«

»Man muss alles in Betracht ziehen.«

Er schaute sie zweifelnd an. »Also, ich weiß nicht ... die eigene Ehefrau soll ihn vergiftet haben? Dann müsste sie ja an dem Abend im Pfahlbau gewesen sein.«

»War sie vielleicht auch. Sie könnte sich im Hintergrund gehalten und auf eine günstige Gelegenheit gewartet haben. Als du mit Westermann aneinandergeraten bist, hat sie den Moment genutzt und ihm das Gift in sein Getränk geschüttet. Er hat doch etwas getrunken, oder?«

»Ich meine, ein Bier.«

»Na also. Sie vergiftet sein Bier und verlässt dann unbemerkt den Pfahlbau. Alle waren durch euren Streit abgelenkt, und niemand wird auf sie geachtet haben.«

»Hm«, machte Eike. »Das wäre theoretisch möglich. Ich weiß gar nicht, wie seine Frau aussieht. Westermann habe ich in St. Peter-Ording nie in Frauenbegleitung gesehen. Auch nicht mit seiner Geliebten.«

»Ich habe im Internet ein Foto von ihm und seiner Familie gefunden. Das schicke ich dir nachher mal.«

»Ist gut.«

Ilva zuckte mit den Schultern. »Ich muss mich leider wieder auf den Weg zurück zur *Dünen-Therme* machen. Meine Mutter von der Therapie abholen.«

»Kein Problem. Ich wollte ja auch noch ein paar Wellen reiten.« Er hob das Board und das Segel wieder hoch. »Danke, Ilva. Für alles.« Er lächelte sie an.

Sie erwiderte sein Lächeln. »Da nicht für.«

»Wir hören voneinander.«

»Ganz bestimmt.«

Einen Moment schauten sie einander bloß an. Keiner von ihnen sagte etwas. Das war auch nicht nötig. Sie verstanden sich ohne Worte. Zwischen ihnen war das von Anfang an so gewesen, solange Ilva zurückdenken konnte. Manchmal hatte sie den Eindruck gehabt, sie wäre mit Eike auf eine gewisse Weise telepathisch verbunden. Was immer an diesem Abend geschehen war: Tief in ihr gab es die unumstößliche Gewissheit, dass Eike nie jemanden umbringen würde.

»Bis dann«, sagte sie und lief durch die Brandung zurück zur Strandpromenade.

...

»Bestell dir doch schon mal einen Kaffee.«

»Und was ist mit dir? Willst du nichts?« Sybille Feddersen sah von der Speisekarte des Eiscafés an der belebten Straße Im Bad auf.

»Ich hatte vorhin schon ein Eis, aber eine Apfelschorle wäre nicht übel.« Ilva holte einen Jutebeutel aus ihrer Umhängetasche hervor. »Ich flitze eben bei *Tewes* rein und hole die Bücher ab, ja? Bis gleich!«

Der Buchladen befand sich in unmittelbarer Nähe des Eiscafés. Früher hatte es eine zweite Buchhandlung in St. Peter-Dorf gegeben. Aus Altersgründen hatte die Inhaberin das Geschäft vor einiger Zeit aufgegeben. Seitdem spielte sich das literarische Geschehen ausschließlich bei *Tewes* ab.

Ilva sprach die Dame an der Kasse an. »Guten Tag. Ich habe 22 Exemplare der Schulbuchlektüre *The merchant of Venice* für die Nordseeschule bestellt und Bescheid bekommen, dass ich die Bücher abholen kann.«

»Für die Bestellungen ist meine Kollegin zuständig. Ich sage ihr eben Bescheid. Einen Moment bitte.« Die Buchhändlerin ging zu einer Frau, die Bücher aus Warenkisten in Regale einräumte. Kurz darauf kam sie zu Ilva zurück. »Sie geht gleich ins Lager und holt die Bücher.«

»Vielen Dank.« Ilva stellte sich abseits der Kasse hin, um niemanden, der zahlen wollte, zu behindern. An einem Drehständer schaute sie Kalender an, die alle das Thema Nordsee oder speziell St. Peter-Ording hatten.

»Mama!«, rief ein Mädchen mit schwedenblonden Locken, das zusammen mit einer kleineren Version von sich vor einem Ständer mit Postkarten stand. »Guck mal!« Sie hatte eine Postkarte mit einer Robbe aus einer Halterung genommen und schwenkte sie durch die Luft.

Eine ebenfalls blonde Frau kam zu den Mädchen. »Was hast du denn?«

»Guck mal, die Robbe. Ist die nicht süß? Die können wir doch der Oma schicken.«

»Und für Opi nehmen wir die hier«, sagte das kleinere Mädchen, das eine Karte mit einem Krabbenkutter ausgesucht hatte.

Ilva musste lächeln. Die beiden Mädels waren wirklich zu niedlich. Wie alt mochten sie wohl sein? Die Größere sah nach einem Grundschulkind aus. Vielleicht dritte oder vierte Klasse. Die Kleinere mochte vielleicht fünf oder höchstens sechs Jahre alt sein. Die Mutter der Mädchen strich sich eine Haarsträhne aus dem Gesicht und schaute für einen Augenblick in Ilvas Richtung. »Das ist eine sehr gute Idee von euch, meine Süßen. Darüber werden sich die Omi und der Opi bestimmt freuen.«

Ilva stutzte. Die Frau kam ihr irgendwie bekannt vor, aber sie konnte nicht einordnen, woher. Wahrscheinlich hatte sie die beiden Mädchen zusammen mit ihrer Mutter mal irgendwo im Ort gesehen und brachte es nur nicht wieder zusammen.

»So, da haben wir Ihre Bücher. Genau 22 Exemplare.« Die Buchhändlerin war neben Ilva aufgetaucht. Sie trug einen braunen Pappkarton in der Hand, in dem sich die englischen Lektüren befanden.

»Vielen Dank. Das ist prima.« Sie folgte der Mitarbeiterin des Buchladens zur Kasse.

»Werden gerade die Klassiker am Nordsee-Gymnasium gelesen?«, erkundigte sich die Buchhändlerin.

»Genau. Die 12. Klasse im Englisch-Leistungskurs ist mit Shakespeare dran.«

Die Buchhändlerin grinste vielsagend und kassierte den

Betrag. »Soll ich Ihnen die Bücher in eine Tüte packen, oder gehen die so im Karton mit?«

»Danke, das geht so mit.« Ilva klemmte sich den Karton unter den Arm und schaute sich nach den beiden Mädchen und ihrer Mutter um. Die Schwestern folgten ihrer Mutter die Treppe hoch, die zur Kinder- und Jugendbuchabteilung in der ersten Etage führte.

»Dann noch einen schönen Tag und viel Spaß mit Shakespeare.« Die Buchhändlerin lächelte sie freundlich an.

»Ja, danke. Ebenfalls noch einen schönen Tag.« Ilva verließ die Buchhandlung und ging zurück zum Eiscafé.

»Beeil dich, die Eiswürfel in der Apfelschorle sind fast geschmolzen«, empfing sie ihre Mutter gut gelaunt. Neben einer Tasse Kaffee stand ein Eisbecher mit frischer Sahne und Erdbeeren, den sie sich schmecken ließ.

Ilva stellte den Karton auf einem leeren Stuhl ab und setzte sich ihrer Mutter gegenüber. »Na, du lässt es dir ja gut gehen.« Sie nahm einen Schluck von ihrem Getränk.

»Das habe ich mir ja auch verdient! Ich war durch diesen blöden Unfall viel zu lange nicht mehr in einem Eiscafé. Dein Vater bleibt ja am liebsten zu Hause, und Eis holt er sich meistens aus der Tiefkühltruhe.«

»Papa schätzt eben die einfachen Dinge im Leben und ist äußerst praktisch veranlagt.«

»Das bin ich doch auch. Und gerade deswegen habe ich mir gedacht, wenn ich schon mal hier bin, kann ich gleich bei *Eggers* nach Sommerschuhen schauen. Wer weiß, wann ich das nächste Mal die Gelegenheit dazu habe.«

»Spätestens zu deiner nächsten Therapiesitzung«,

meinte Ilva amüsiert. Die Bewegung im Meerwasserbecken hatte ihrer Mutter sichtlich gutgetan. Sie wirkte entspannter und energiegeladen.

»Oder ist dir das mit den Büchern zu anstrengend?« Sie deutete auf den Karton. »Sieht schwer aus.«

»Schon gut, Muddi. Bis *Eggers* ist es ja nicht weit.«

...

Eine gute Stunde später waren sie wieder zu Hause im Gartenweg. Ilva war hoch in ihre kleine Wohnung gegangen. Kater Kuschel lag lang ausgestreckt auf der Tagesdecke, die über ihrem Bett lag. Er schlief tief und fest, dabei schnarchte er leise. Durch das geöffnete Fenster drangen das leise Zirpen von Grillen und der Duft von Frühlingsrosen. Ilva saß an ihrem Schreibtisch mit Blick auf den Garten und bereitete den Unterricht für den kommenden Tag vor. Schräg vor ihr stand ein Glas Wasser mit einer Limettenscheibe, daneben das aufgeklappte Notebook. Sie klebte Haftstreifen an die richtigen Stellen in Büchern und verfasste dazu kleine Unterrichtsnotizen in Stichpunkten, die sie vorne in die Schulbücher legte. Aus dem Garten erklangen die Stimmen ihrer Eltern. Bestimmt saßen sie bei dem schönen Wetter gemeinsam auf der Terrasse. Ihre Mutter war glücklich gewesen. Sie hatte ein paar luftige Sandalen mit Fußbett bekommen und der Verkäuferin obendrauf einen Rabatt von 15 Prozent abgeschwatzt. Den Rollator hätten sie getrost in der Ecke der Diele stehen lassen können, wo er sich nun wieder befand. Glücklicherweise verlief die körperliche Regeneration ihrer Mutter positiv. Vielleicht war sie in einem Jahr wieder so weit, dass der Rollator ganz verschwinden konnte. Ilva klappte das Schulbuch zu und wandte sich dem Kater zu, der im Traum hin und wieder die Zähne fletschte. Katze müsste man sein, dachte sie lächelnd und griff nach ihrem Handy, das noch in dem vorderen Fach ihrer Tasche steckte. Sie schuldete Eike noch das Foto von Westermann und seiner Familie. Besser, sie schickte es ihm jetzt, bevor sie es vergaß. Nach ein paar Klicks kam sie auf das Profil des verstorbenen Architekten in einem sozialen Netzwerk. Sie öffnete das Foto und hatte schlagartig ein Déjà-vu. Wie vom Donner gerührt starrte sie auf den Schnappschuss, von dem die beiden Mädchen aus der Buchhandlung und ihre Mutter lachten. Das Foto war noch keine drei Wochen auf der Homepage! Perplex lehnte sie sich auf ihrem Stuhl zurück. Das konnte doch nicht wahr sein! Vorhin war sie tatsächlich der Familie Westermann begegnet. Das bedeutete, dass ihre Hauptverdächtige im Fall Hagen Westermann tatsächlich vor Ort war. Natürlich konnte sie nicht wissen, seit wann Frau Westermann mit ihren Töchtern in St. Peter-Ording war. Aber allein die Tatsache, dass sie es war, stimmte Ilva zuversichtlich, was die Richtigkeit ihrer Theorie anbelangte. Doch irgendetwas an dem Gesehenen schien nicht ins Bild zu passen. Ilva konnte ihr Gefühl zuerst nicht einordnen, doch ein paar Sekunden später fiel dann endlich der Groschen bei ihr. Natürlich! Für eine trauernde Witwe mit ihren Töchtern hatten sie viel zu unbekümmert, ja, fast schon fröhlich gewirkt. War es nicht so, dass der Tod des Ehemanns und Familienvaters zumindest eine gewisse Trauer auslöste? Das Verhalten von Frau Westermann und ihren Kindern erschien ihr ziemlich verdächtig. Sie warf noch einmal einen Blick auf das Foto, doch eine Verwechslung war ausgeschlossen. Statt Eike wie versprochen das Bild zu schicken, wählte sie Utes Nummer. Nach dem dritten Klingeln meldete sich ihre Freundin.

»Hi, Ute, hier ist Ilva. Du glaubst nicht, was mir vorhin passiert ist!«

23. Kapitel

Nach 21 Uhr bei Dämmerung am Strandübergang
Köhlbrand im Ortsteil Ording

Tränen liefen über Stine Jansons Gesicht. Sie konnte einfach nicht aufhören zu weinen. Nach ihrem Ohnmachtsanfall war sie in der Notaufnahme des Krankenhauses aufgewacht. Dort wurde ihr eine Infusion verabreicht. Der behandelnde Arzt hatte ihr angeraten, eine Nacht zur Beobachtung zu bleiben. »Wir wollen sichergehen, dass Ihr Kreislauf nur kurzfristig Probleme gemacht hat«, hatte er gesagt. »Sie sind psychisch in einem instabilen Zustand, vielleicht tut es Ihnen gut, mal eine Nacht außer Haus zu sein.« Sein Ratschlag war sicherlich gut gemeint gewesen, aber sie hatte ihn nicht befolgt. Auf eigenes Risiko war sie kurze Zeit später mit dem Taxi nach Hause gefahren. In ihren eigenen vier Wänden war es dann richtig schlimm geworden. Die Ruhe in Kombination mit der Gewissheit über den Tod ihrer Mutter hatte sie fast verrückt werden lassen. Unzählige Male hatte sie Paul angerufen, ihm später auf die Mailbox gesprochen, nachdem er nicht mehr drangegangen war, und auf einen Rückruf gehofft. Doch er hatte sich nicht mehr bei ihr zurückgemeldet. Auto zu fahren traute sie sich nicht zu. Dafür war ihr Nervenkostüm zu flatterig. Kurzerhand hatte sie sich zu Fuß auf den Weg nach Ording gemacht. Ihr war es egal, wie lange sie laufen musste. Sie wusste nur eins: Sie wollte und konnte nicht alleine sein. Nicht heute. Er war doch ihr Verlobter. Als sich am menschenleeren Strand der Pfahlbau dunkel vor der untergehenden Sonne abzeichnete, schrie sie fast ihren Schmerz heraus. Sie begann zu rennen. Er war jetzt ihr einziger Lichtblick. Ihre Schritte hallten auf dem Bohlenweg nach. Der Strand lag in gelb-blaues Licht getaucht vor ihr, das der gesamten Szenerie etwas Unwirkliches verlieh. Sie konnte hinter den Fensterscheiben des Pfahlbaus sehen, dass noch Licht brannte. Das letzte Stück bis zum Beach Club SPO lief sie durch knöcheltiefen Sand. Sie versuchte, schneller zu gehen, und wäre dabei fast gefallen. Als sie keuchend die Treppe zum Pfahlbau erreichte, schluchzte sie laut auf. Das Herz schlug ihr bis zum Hals. Sie zitterte. Ob ihr kalt oder warm war, konnte sie nicht beurteilen. Mit letzter Kraft schleppte sie sich die Treppen hoch und warf sich gegen die Tür. Sie war verschlossen. Wie von Sinnen hämmerte Stine mit den Fäusten gegen den Eingang. »Lass mich rein!«, schrie sie außer sich und schlug nun mit der flachen Hand gegen die Tür.

Ein Schlüssel wurde von innen im Schloss gedreht, und da stand Paul endlich vor ihr.

»Was machst du denn für einen Terror?« Über seiner Schulter hing ein Küchentuch. »Wenn dich jemand so sieht, wirst du in die Geschlossene eingewiesen.« Er schob sie in das Lokal und verschloss wieder die Tür.

»Mir geht es so schlecht«, heulte sie und warf sich an seinen Hals.

»Es tut mir leid, dass ich es noch nicht geschafft habe, mich um dich zu kümmern. Aber jetzt habe ich Feierabend.« Er bugsierte sie zur Bar und setzte sie auf einen Hocker.

»Meine Mutter ist tot. Dabei hat sie heute Geburtstag. Ich wollte nachmittags bei ihr vorbei, ich hab sie überhaupt nicht mehr gesehen.« Sie atmete immer schneller und wurde von heftigem Weinen geschüttelt.

Er nahm ihre Hand. »Also, das kann ich mir nicht mit ansehen. Das ist zwar kein Mittel für immer, aber: Du brauchst dringend etwas zu trinken.« Er drehte sich um und nahm aus einem Regal eine Flasche Whisky. Wortlos füllte er Eis in ein Glas. Darüber goss er die Spirituose, bis sie fast den Rand des Trinkgefäßes erreicht hatte. Er schob das Glas über den Tresen und stellte die Flasche daneben. »Trink, soviel zu willst. Das beruhigt die Nerven und hilft dir, wieder ein bisschen ruhiger zu werden.«

»Mir hilft gar nichts! Meine Mutter ist tot!« Schluchzend warf sie sich mit dem Oberkörper auf die Bar und vergrub den Kopf in ihren Armen.

»Das wird schon wieder. In ein paar Tagen sieht die Welt wieder besser aus«, versuchte er, sie zu beruhigen.

»Ich wünschte, ich wäre auch tot!«, sagte sie stattdessen mit erstickter Stimme und blickte ihn aus geröteten Augen an. »Es ist alles sinnlos!«

»So was darfst du nicht einmal denken!«

»Ich denke noch ganz andere Sachen!«

Er seufzte und nickte. »Es wird bestimmt wieder besser.

Nicht heute, nicht morgen und vielleicht auch nicht übermorgen. Doch die Sonne wird bald auch für dich wieder scheinen. Das verspreche ich dir.«

»Ich bin mit den Nerven völlig am Ende!«

Ein leichtes Lächeln umspielte seinen Mund. »Ich glaube, dafür habe ich genau das Richtige.« Aus einer Schublade nahm er eine bunte Pralinenschachtel und stellte sie vor Stine auf der Bar ab. »Man sagt doch immer, Schokolade ist Nervennahrung.«

»Meeresfrüchte. Das sind meine Lieblingspralinen. Und die von meiner Mutter.« Sie schluchzte auf. Mit zitternden Händen nahm sie eine Muschel aus der Packung. »Da fehlen drei Stück.«

»Ja, ich weiß.« Er machte eine ausholende Handbewegung. »Die Nachricht vom plötzlichen Tod deiner Mutter ist auch an mir nicht spurlos vorbeigegangen. Da brauchte ich auf die Schnelle was Süßes.«

»Wirklich?« Sie blickte ihn mit großen Augen an. »Und ich dachte, dir ist ihr Tod egal.«

»Natürlich ist mir das nicht egal.«

»Und ich dachte schon ...«, begann sie den Satz, brach ihn aber ab.

»Glaub nicht immer alles, was du denkst.« Er schenkte ihr ein aufmunterndes Lächeln.

Sie nickte. »Du hast recht. Ich werde versuchen, mich zu beruhigen.« Sie schob sich die Praline in den Mund und spülte mit Whisky nach.

»Sag ich doch.«

»Danke, Paul. Ich wüsste gar nicht, was ich ohne dich tun sollte.«

»Ach was.« Er machte eine wegwerfende Handbewegung und kratzte sich am Hinterkopf. »Weißt du was? Ich muss hier noch ein bisschen aufräumen. Ich beeile mich, und dann fahren wir zu dir. Okay?«

»Ja.« Stine griff nach der nächsten Praline.

»Schmecken sie denn?« Er reinigte mit einem Tuch die Arbeitsfläche.

»Sehr gut sogar. Ist eine teure Marke. Original aus Belgien«, bemerkte sie mit Kennerblick. Stine genehmigte sich die dritte Praline und trank im Anschluss das Glas in einem Zug leer. Ihre Tränen waren versiegt. Der Whisky verfehlte seine Wirkung nicht. Eine wohlige Wärme machte sich in ihrem Bauch breit, und sie spürte eine angenehm aufkommende Taubheit in ihrem Gesicht, die ihre Trauer wie eine warme Decke einhüllte. Sie wollte zur Whiskyflasche greifen, wäre dabei aber fast vom Barhocker gefallen. Alles drehte sich plötzlich. Sie bekam Schweißausbrüche und akute Atemnot. »Mir ist auf einmal ganz kodderig«, brachte sie mit letzter Kraft hervor, bevor sie fiel. Sie schlug wie ein nasser Mehlsack auf dem harten Boden auf, dann wurde ihr schwarz vor Augen. Die Dunkelheit zog sie immer weiter mit sich fort.

24. Kapitel

Am nächsten Tag gegen Mittag
in Gitte Wolters' Küche im Immenseeweg

Gitte Wolters setzte ihre Lesebrille auf und ging zu dem Familienkalender an der Wand, den sie Ende letzten Jahres in der Apotheke geschenkt bekommen hatte. Sie lebte zwar allein, doch waren die großen Notizfelder ideal, um Termine einzutragen. Mit einem Finger fuhr sie die Tage entlang, bis sie beim aktuellen Datum angekommen war. *13 Uhr, Bio Frost kommt*, stand da. Na, so was! War heute nicht auch der Termin bei der Fußpflege? Gut, dass sie sich eine Notiz gemacht hatte, sonst wäre sie vielleicht nicht zu Hause gewesen, und der nette Verkäufer wäre umsonst gekommen. Bei der Fußpflege war sie in der kommenden Woche angemeldet, stellte sie fest.

Kopfschüttelnd ging sie in die Diele, wo ihr Einkaufsbeutel hing, und öffnete ihr Portemonnaie. Nach Geldscheinen hielt sie vergeblich Ausschau. Nur Klimpermünzen, mit denen sie noch nicht einmal auf fünf Euro kam, wenn sie sie zusammenkratzte. Auch das noch! Sie steckte die Geldbörse zurück in die Tasche. Notfalls musste sie ihre Nachbarin fragen, ob sie ihr aushelfen könnte. Doch dieser Gedanke behagte ihr nicht wirklich. Andere Leute anpumpen, so weit kam es noch – sie hatte das noch nie leiden können. Sie stemmte die Hände in die Hüften und dachte angestrengt nach. Plötzlich hatte sie eine Idee. Zurück in der Küche, nahm sie eine Trittleiter zur Hand und stellte sie vor ein Regal. Sie stieg auf die mittlere Stufe und angelte einen Zinkbecher vom Wandregal. Ihre Miene hellte sich auf: Einige zusammengerollte Geldscheine und Münzen befanden sich darin, die sie dort für Notfälle deponiert, aber an die sie nicht gleich gedacht hatte. Vorsichtig stieg sie die Stufe wieder hinunter und setzte sich an den Küchentisch, um das Geld zu zählen. Sie zog die Scheine heraus und kippte die Geldmünzen auf die Tischplatte. Ihre Augen weiteten sich. »Das gibt's ja nicht!«, murmelte sie erstaunt. Zwischen den Geldstücken lag der Trauring ihres verstorbenen Mannes. Mit zitternder Hand nahm sie den goldenen Ring und drückte ihn ans Herz. Endlich hatte sie ihn wiedergefunden! Sie konnte ihr Glück gar nicht fassen! Aus dem Wohnzimmer ertönte das Klingeln des Telefons und riss sie aus ihren Gedanken. Schnell legte sie den Ring in den Zinnbecher zurück und nahm das Gespräch entgegen.

»Wolters?«

»Ich bin's, Muddi«, meldete sich Utes Stimme.

»Ach, Utchen!«, sagte sie erfreut. »Hast du schon frei?«

»Noch nicht ganz. Eine Stunde Kunst noch, aber dann. Sag mal, kommt heute nicht der *Bio Frost* zu dir?«

»Der kommt um 13 Uhr. Wieso? Willst du auch was haben?«

»So ist es. Wenn du für mich eine Packung Rahmspinat kaufen würdest, wäre ich dir sehr dankbar!«

Gitte Wolters wechselte den Hörer ans andere Ohr und griff zu einem Kugelschreiber, der neben dem Telefon lag. »Aber natürlich.« Sie schrieb Utes Bestellung auf einen Zettel. Sicher war sicher! »Sonst noch was?«

»Höchstens noch ein Paket von dem Sommergemüse, falls der Verkäufer das auf dem Wagen hat.« Im Hintergrund ertönte die Schulglocke. »Muddi, ich muss los zum Unterricht, die Pause ist zu Ende. Nach Schulschluss komme ich gleich bei dir vorbei, ja?«

»Ist gut. Ich muss dir dann dringend was erzählen. Etwas Erfreuliches!«

»Das klingt gut. Bis nachher!«

»Bis gleich.« Gitte Wolters beendete das Gespräch und setzte das Sommergemüse noch auf die Liste. Höchste Zeit, dass sie sich überlegte, was sie eigentlich einkaufen wollte. Sie ging zurück in die Küche und nahm den Katalog der Tiefkühlfirma zur Hand. Doch kaum hatte sie sich gesetzt, klingelte es schon an der Haustür. Der Verkaufsfahrer schien überpünktlich zu sein. Es war erst kurz nach 12. Sie öffnete die Tür. Vor ihr stand Schwester Grit. »Ach, Sie sind es! Kommen Sie rein.«

»Guten Tag, Frau Wolters. Wen haben Sie denn erwartet? Sie gucken so überrascht.«

»Ach, ich war mit meinen Gedanken ganz woanders.« Sie ließ die Krankenschwester ins Haus. »Stellen Sie sich vor, ich habe den verschollenen Ring wiedergefunden!«, platzte es aus ihr heraus.

»Wirklich? Das ist ja toll.« Schwester Grit stellte ihre Pflegetasche auf dem Küchentisch ab und schlug die Patientenakte auf.

»Gott sei Dank hatte ich ihn nur verlegt. Ich wäre nicht mehr froh geworden, wenn er nicht mehr aufgetaucht wäre.« Gitte Wolters setzte sich auf einen Stuhl.

»Das kann ich mir gut vorstellen.« Grit Friebe lächelte. »Wo war er denn?«

»In einem Becher. Wie er dahingekommen ist, weiß ich allerdings nicht mehr.«

»Was sagt denn heute der Blutzucker?«, erkundigte sich die Pflegerin.

Gitte Wolters zuckte mit den Schultern. »Habe ich noch nicht gemessen.«

Grit schüttelte scherzhaft mahnend den Kopf. »Dann holen wir das schleunigst nach.« Die junge Frau bereitete einen Teststreifen vor.

Die alte Dame beobachtete ihre Pflegerin. Sollte sie sie auf den Tod ihres Freundes ansprechen? Oder es lieber bleiben lassen? Sie bewunderte Schwester Grit für ihre Haltung. Sie wirkte so tapfer. Nie wäre sie darauf gekommen, dass die junge Frau einen Todesfall verkraften musste. Sie entschied sich, es ruhen zu lassen. Am Ende riss sie mit ihrer Beileidsbekundung nur eine Fassade ein und richtete mehr Schaden als Nutzen an.

»Jetzt piks es kurz.« Die Krankenschwester entnahm mit einer feinen Lanzette einen Tropfen Blut aus der Fingerspitze.

»Ich habe gar nichts gemerkt.«

»Sie sollen nicht lügen«, lachte die Jüngere und brachte den Blutstropfen auf den Teststreifen. Diesen führte sie in das Blutzuckermessgerät ein. »Einen Moment, gleich haben wir das Ergebnis.«

»Wenn ich mich pikse, dann spüre ich jedes Mal einen Stich. Und bei Ihnen gar nichts.« Gitte Wolters drückte mit einem Taschentuch auf die Stelle der Blutentnahme.

»Das freut mich.« Die Krankenschwester blickte auf das Blutzuckermessgerät. »Oh, was haben Sie denn gemacht? Der Wert ist ja total hoch. Da müssen wir sofort mit Insulin ran.«

»Ja? Ist er?«, wunderte sich Gitte Wolters. »Dabei fühle ich mich heute besonders gut.«

Schwester Grit legte das Messgerät an die Seite und bereitete das Insulin vor. »Das ist schön. Und damit das so bleibt, gibt es eine Insulineinheit.«

»Was würde ich nur ohne Sie machen?« Gitte Wolters zog ihren Rock ein Stück hoch, nahm dann den Pen an und setzte ihn senkrecht auf den Oberschenkel. Für sie stand fest, dass Schwester Grit nie und nimmer etwas mit dem Mord an dem Architekten zu tun hatte. Sie war genauso ein Opfer wie Westermann. Es traf doch immer die Falschen, dachte sie und drückte das Insulin durch die Spritze.

»Danke.« Die junge Frau nahm den Pen entgegen und verstaute ihn in einer Tasche. Sie notierte etwas in Gitte Wolters' Patientenakte. »Dann sind wir für heute fertig«, verkündete sie.

»Warten Sie, ich bringe Sie noch zur Tür.« Sie begleitete

die Pflegerin nach draußen und verabschiedete sich von ihr. »Bis demnächst!«

»Tschüss!« Grit Friebe winkte ihr aus dem Auto zu.

Als Gitte Wolters die Tür wieder geschlossen hatte, ging sie zurück in die Küche, um endlich die Liste für den Verkaufsfahrer von *Bio Frost* zu Ende zu schreiben. Als sie zum Stift griff, entglitt er ihr jedoch, und sie bemerkte, dass sie mit einem Mal stark schwitzte. Deswegen stellte sie die Doppelfenster in der Küche auf Kipp. Ihr Puls raste. Verwirrt setzte sie sich wieder an den Tisch. Was war nur mit ihr los? Sie nahm den Stift wieder zur Hand, um eine Packung Erbsen auf die Einkaufsliste zu setzen. Doch mittlerweile zitterte sie so doll, dass der Stift ihr aus der Hand fiel. Den Katalog, der vor ihr auf dem Tisch lag, sah sie doppelt. Ihre Kehle fühlte sich staubtrocken an. Sie brauchte dringend ein Glas Wasser. Mit wackeligen Knien stand sie auf und machte zwei Schritte. Weiter kam sie nicht. Sie spürte, wie ihre Beine wegsackten. Ein Paket Rahmspinat für Ute, war das Letzte, das ihr durch den Kopf ging.

25. Kapitel

Zur selben Zeit vor der Nordseeschule
an der Pestalozzistraße

Schüler und Lehrer strömten aus dem Gebäude, das sich nach Schulschluss nun eilig leerte. Unter ihnen waren auch Ilva, Ute und Bernd. Sie standen mit entschlossenen Mienen bei ihren Fahrrädern.

»Um Westermanns Frau weiter beschatten zu können, müssen wir herausfinden, wo sie mit ihren Töchtern abgestiegen ist«, sagte Ilva.

»Das dürfte nicht mal besonders schwer sein«, merkte Bernd an und löste sein Fahrradschloss von dem Ständer. »Ich kann mal bei einer Freundin anrufen, die in der Tourismus-Zentrale arbeitet. Und außerdem sitzen an den meisten Rezeptionen in St. Peter ehemalige Schüler von uns, wenn wir ehrlich sind.«

»Das klingt nach einem Plan«, fand Ilva.

»Lasst uns das doch später genau besprechen. Meine Mutter wartet mit einem Paket Rahmspinat auf mich«, schlug Ute vor.

»Na dann.« Bernd lachte und setzte sich einen Helm auf.

»Von mir aus können wir nachher gleich ein wenig recherchieren. Je früher, desto besser.«

»Prima, das machen wir.« Ilva schob ihr Rad aus dem Ständer.

»Dann bis später.« Ute schwang sich in den Sattel, und Ilva radelte hinter ihr her. Bernd fuhr in die entgegengesetzte Richtung nach Böhl, wo er mit seiner Frau und seinen Kindern ein hübsches Einfamilienhaus bewohnte.

»Kommst du auf einen Abstecher zu Muddi mit?«, fragte Ute über ihre Schulter.

»Na sicher. Vielleicht hat deine Mutter für mich auch ein Paket Rahmspinat übrig.«

Ute schüttelte lachend den Kopf. »Wieso das denn?«

»Weil in meinem Kühlschrank und im Gefrierfach gähnende Leere herrscht. Ich bin bis jetzt nicht zum Einkaufen gekommen und schnorre mich bei meinen Eltern durch. Ich fühle mich echt wieder wie 17, abgesehen von den Rückenschmerzen«, scherzte Ilva.

»Bald ist Wochenende. Dann schaffst du es bestimmt in den Supermarkt.«

»Ein Glück, dass man in St. Peter auch sonntags einkaufen gehen kann!« Das war auch nicht immer so gewesen, erinnerte sich Ilva und fuhr ihrer Freundin nach.

Ein paar Minuten später bogen sie in den Immenseeweg ein. Vor dem Haus von Utes Mutter stand der Transporter von *Bio Frost*. »Guck, Ilva, da kommen wir ja gerade richtig. Du kannst sofort mit dem Einkaufen starten«, rief Ute lachend.

»Halleluja!«

Sie stiegen von den Rädern und schoben sie die restlichen Meter bis zum Haus.

»Moin!«, begrüßte Ute den Verkaufsfahrer, der vor der Haustür stand.

»Tach.« Er nickte ihnen zu. »Scheint keiner da zu sein.«

»Wie? Keiner da?« Ute stellte ihr Rad ab und ging zu ihm. Ilva folgte ihr.

Er hob die Schultern. »Ich habe schon fünfmal geklingelt, aber es macht keiner auf. Sonst ist Frau Wolters immer da, wenn ich komme.«

»Das kann gar nicht sein, dass sie nicht da ist. Ich habe vorhin noch mit meiner Mutter telefoniert und sie gebeten, für mich bei Ihnen mit einzukaufen.« Ute musterte den Mann, eine Spur Nervosität lag in ihrem Blick.

»Vielleicht ist sie eingeschlafen und hört die Klingel nicht?«, vermutete Ilva.

Ute drückte zweimal auf den Klingelknopf. »Die Muddi hat nicht so einen tiefen Schlaf. Und hören tut sie noch gut. Außerdem ist der Klingelton so laut, dass die ganze Straße was davon hat.«

Ilva hob die Hände, langsam war sie auch besorgt. »Ich will ja nicht den Teufel an die Wand malen, aber sie könnte gestürzt sein. Wie meine Mutter. Vielleicht liegt sie irgendwo und kommt nicht mehr hoch.«

»Das werden wir gleich sehen.« Ute beförderte einen Schlüsselbund aus ihrer Tasche und schloss auf. »Bitte warten Sie einen Moment«, wandte sie sich an den Verkäufer, bevor sie eilig im Haus verschwand.

Er nickte und blieb vor der Tür stehen. Alles war still. Ilva warf einen Blick in die Küche. »Meine Güte, Frau Wolters!«, rief sie und stürzte auf die alte Dame zu, die bewusstlos auf dem Küchenboden lag.

»Um Gottes willen! Muddi!« Ute fühlte den Puls der alten Dame und sprang gleich wieder auf. »Ich rufe den Rettungsdienst.«

»Was hat sie nur? Sie schwitzt ja, als wäre sie in der Sauna.« Ilva nahm ein Sitzkissen vom Stuhl und legte es unter Gitte Wolters' Kopf.

»Kann ich vielleicht helfen?« Der Verkaufsfahrer lugte vorsichtig um die Ecke.

»Nein.« Ilva schüttelte den Kopf. »Oder doch! Haben Sie Eis im Wagen?«

»Kiloweise.«

»Bitte holen Sie was davon. Vielleicht können wir sie ein wenig abkühlen.«

»Ist gut.« Der Verkäufer verschwand, und Ute kam zurück. »Sie sind unterwegs«, murmelte sie und trat an den Tisch.

»Was machst du da?«, fragte Ilva.

Ute nahm einen Teststreifen und ein Messgerät aus der Tischschublade. »Wir müssen ihren Blutzucker überprüfen. Sie hat doch Diabetes.«

Der Fahrer kam mit einem Beutel Eiswürfel zurück. »Ein Glück, dass wir so was auch im Programm haben.«

Ilva räumte ihren Platz an Gitte Wolters' Seite, um im Gäste-WC ein Handtuch zu holen, das sie um die Eiswürfel wickeln konnte. Zumindest die Stirn konnte sie der Mutter ihrer besten Freundin kühlen.

Als sie zurück in die Küche kam, hatte Ute eine Messung durchgeführt. »Kein Wunder, dass sie bewusstlos ist. Der Blutzucker liegt weit unter dem Schwellenwert.«

»Wie kann das denn passieren?«, fragte Ilva verständnislos. Sie konnte sehen, dass ihre Freundin kurz vor einem Nervenzusammenbruch stand – auch wenn Ute versuchte, das zu verbergen.

Vor dem Haus ertönten die Sirenen des Rettungswagens.

»Ich gehe raus und lotse den Notarzt zu Ihnen.« Der Verkaufsfahrer verschwand aus der Küche.

»Das passiert, wenn man eine Überdosis Insulin verabreicht«, sagte Ute verzweifelt und streichelte die Hand ihrer Mutter.

»Meinst du, *sie* hat sich mit der Menge vertan?«

»Nein, sie war das auf keinen Fall. So tüdelig ist meine Mutter nicht – die lebt doch nicht seit gestern mit der Krankheit. Die Überdosis geht unter Garantie auf das Konto von Grit Friebe.« Utes Stimme bebte vor Aufregung. »Ilva, das kann alles kein Zufall mehr sein!«

. . .

Ilva ließ die Infobroschüre zum Thema »Herz-Kreislauf-Erkrankungen« zurück auf den kleinen Tisch fallen, der neben ihrem Platz stand, und warf einen Blick zu der Uhr, die über der Anmeldung mit den gläsernen Schiebefenstern hing. Eine geschlagene Stunde harrten sie nun schon im Wartebereich der Notaufnahme des Krankenhauses aus. Keine Neuigkeiten über Gitte Wolters' Zustand.

»Nein, es braucht niemand zu kommen. Meine Mutter ist jetzt in der Notaufnahme, das hatte ich Ihnen doch bereits erklärt«, wiederholte Ute sichtlich genervt.

Ilva beobachtete ihre Freundin, wie sie mit dem Handy am Ohr auf und ab lief. Sie hatte Ute kurz entschlossen ins Krankenhaus begleitet, nachdem der Notarzt ihre Mutter im Rettungswagen mitgenommen hatte. Sie waren mit den Rädern zu Ute nach Hause geradelt. Dort hatte sich Ilva hinter das Steuer des Pkw ihrer Freundin gesetzt und war mit ihr zur Klinik nach Husum gedüst. Ute stand viel zu sehr unter Schock und konnte unmöglich Auto fahren. Zusammen mit ihr ins Klinikum zu fahren war das Mindeste, was sie für ihre Freundin zu konnte.

»Nein, sie ist nicht zu Hause. Deswegen möchte ich ja den Pflegedienst abbestellen. Frau Friebe braucht nicht zu kommen.« Ute hörte geduldig zu, was am anderen Ende der Leitung gesagt wurde, dann nickte sie. »So ist es. Ich melde mich bei Ihnen, wenn ich weiß, ab wann meine Mutter wieder Unterstützung braucht. Danke und noch einen schönen Tag.« Sie beendete das Gespräch und kam zu Ilva. »Entweder hat die Mitarbeiterin vom Pflegedienst mich nicht richtig verstanden, oder sie wollte es nicht. Was ist daran so schwer zu begreifen, dass eine Patientin im Krankenhaus ist und vorübergehend keine Pflege benötigt?« Ute setzte sich auf den freien Platz neben Ilva.

»Vielleicht hatte die Frau einfach einen schlechten Tag«, vermutete Ilva. »Erst verstirbt Frau Janson, nun liegt deine

Mutter im Krankenhaus. Das geht an den Leuten vom Pflegedienst auch nicht spurlos vorbei.«

Ute schüttelte den Kopf. »Wie dem auch sei. Dass ich Grit Friebe erst mal zur Sicherheit nicht mehr in der Nähe meiner Mutter haben will, habe ich erst gar nicht erwähnt. Wahrscheinlich hätte die Information nur zu unnötigen Diskussionen geführt.« Ute blickte nun ebenfalls zur Uhr. »Warum dauert das so lange?«

»Mach dir keine Sorgen.« Ilva legte einen Arm um ihre Freundin. »Die Ärzte nehmen sich wahrscheinlich einfach nur ausreichend Zeit für deine Mutter. Das ist doch gut.«

»Ja, schon ... aber mich macht die Warterei ganz verrückt.«

»Mach dir nicht so große Sorgen. Es war ein großes Glück, dass wir deine Mutter gefunden haben und sie so schnell ins Krankenhaus gekommen ist«, versuchte Ilva sie zu beruhigen.

»Das schon, aber ich mache mir wirklich Vorwürfe.« Utes Wangen glühten vor Aufregung. »Hätte ich doch bei meiner Mutter genauso konsequent reagiert wie Ernie mit eurer! Dann hätte Grit Friebe keinen Schritt mehr in unser Haus gemacht, und das mit dem Insulin wäre Muddi erspart geblieben.«

»Na komm, noch steht nix fest, und du konntest das wirklich nicht vorhersehen.«

»Aber ich hätte vorsichtiger sein müssen. Es wäre schließlich nicht zu viel verlangt gewesen, wenn ich mich als

Tochter um meine Mutter gekümmert hätte. Das machst du doch schließlich auch.«

»Na ja ... Meine Mutter braucht nicht regelmäßig Insulin«, gab Ilva zu bedenken. »Für uns ist es schon auch leichter gewesen, das zu kompensieren. Momentan hinkt die Muddi ein wenig durch die Weltgeschichte und braucht ab und an einen Fahrdienst zu ihren therapeutischen Terminen. Das ist nicht die Welt. Ich weiß nicht, ob ich mir das mit der Insulingabe zutrauen würde.«

»Das ist gar nicht so schwer, wenn man weiß, worauf zu achten ist. So viele Diabetiker machen das täglich in Eigenregie. Sogar Kinder können das.«

»Du scheinst dir, was Grit Friebe anbelangt, ziemlich sicher zu sein«, stellte Ilva fest.

Ute blickte Ilva an und nickte. »Das bin ich – einfach, weil ich weiß, dass es auf keinen Fall meine Mutter selbst war«, sagte sie mit finsterer Stimme.

Ilva zögerte. »Während du telefoniert hast, habe ich kurz mit Bernd geschrieben.«

»Und?«

»Ich habe ihm von dem Vorfall mit deiner Mutter berichtet und Bescheid gesagt, dass wir im Krankenhaus sind. Er fängt nachher ohne uns mit der Recherche wegen Frau Westermann an und lässt gute Besserung ausrichten.«

»Der gute Bernd.« Ute rang sich ein leichtes Lächeln ab.

Die Tür des zweiten Behandlungsraumes öffnete sich, und ein junger Arzt im weißen Kittel erschien. »Frau Wolters?«

Ute sprang auf. »Ja? Das bin ich!«

»Sie können jetzt zu Ihrer Mutter. Kommen Sie.« Er drückte die Tür weiter auf, damit sie ins Behandlungszimmer eintreten konnte.

»Darf meine Freundin auch mit rein? Sie gehört dazu.«

Der Arzt nickte. »Natürlich.«

Gitte Wolters lag auf einer Behandlungsliege und sah ihnen entgegen. In ihrer Hand hielt sie ein Käsebrötchen. »Utchen, Ilva ... da seid ihr ja. Ich kann mich gar nicht mehr daran erinnern, wie ich hierhergekommen bin.«

Ute ging zu ihr und griff nach ihrer Hand. »Das musst du auch nicht, Muddi.«

»Sie waren bewusstlos«, fügte Ilva erklärend hinzu.

»Sie haben etwas zu viel Insulin gespritzt bekommen. Das hatte ich Ihnen ja vorhin schon erklärt«, erinnerte sie der Arzt.

»Stimmt, ja.« Gitte Wolters biss von dem Brötchen ab.

Er berührte die ältere Dame an der Schulter und schenkte ihr ein aufmunterndes Lächeln. »Aber jetzt geht's ja schon wieder, nicht wahr?«

»Also ist die Bewusstlosigkeit tatsächlich auf die Insulingabe zurückzuführen?«, wandte Ute sich an den Mann.

»Daran besteht gar kein Zweifel. Die Untersuchungsergebnisse sind eindeutig.« Er schaute auf den Bildschirm seines Computers. »So wie es aussieht, hat Ihre Mutter die doppelte Dosis verabreicht bekommen. Das hat zu einer schweren Unterzuckerung geführt und hätte, unter uns gesagt, ziemlich ins Auge gehen können. Sie hat von mir eine Glucagon-Injektion bekommen. Das ist ein natürliches Hormon der Bauchspeicheldrüse, das den Blutzucker erhöht. Wer hat denn das Insulin bei Ihrer Mutter gespritzt?«

»Grit Friebe, das ist die Dame vom Pflegedienst«, meldete sich Gitte Wolters zu Wort.

»So?« Der junge Arzt hob die Augenbrauen. »Normalerweise müssten Fachkräfte routiniert in der Insulingabe sein. Das gehört in der Alten- und Krankenpflege zum Standard.«

»Ich habe schon mit dem Pflegedienst telefoniert und die Dame abbestellt. Einen Wechsel in der Versorgung werde ich zeitnah in die Wege leiten, damit sich so etwas nicht wiederholt. Also auch wenn Schwester Grit gerade viel um die Ohren hat – das hätte einfach nie passieren dürfen.«

»Das sollten Sie. Keiner kann garantieren, dass Ihre Mutter ein zweites Mal so ein Glück haben wird.«

»Muss sie denn erst mal im Krankenhaus bleiben?«, fragte Ute den Arzt.

»Normalerweise nicht. Wenn Ihre Mutter das Brötchen aufgegessen hat, führen wir noch eine Kontrollmessung durch. Sollten die Werte okay sein, dann darf sie wieder nach Hause.«

»Das sind doch gute Nachrichten.« Ilva lächelte Ute und deren Mutter aufmunternd an.

»Gott sei Dank!« Es war offensichtlich, wie erleichtert Ute war.

»Ich gebe einer Kollegin Bescheid. Sie übernimmt die Testung.« Der Arzt verließ den Behandlungsraum.

»Du machst vielleicht Sachen, Muddi.«

»Ich kann mich nur daran erinnern, dass mir in der Küche auf einmal ganz kodderig war. Und plötzlich war alles zappenduster.« Sie aß den Rest des Brötchens auf. »Aber jetzt fühle ich mich schon wieder viel besser«, sagte sie kauend.

»Ich bin so froh!«

»Utchen, du zerquetschst mir gleich die Hand«, protestierte Gitte Wolters und entzog sich dem Griff ihrer Tochter.

»Entschuldigung.«

Gitte Wolters winkte ab. »Ich kann gar nicht glauben, dass ich nun hier liege. Dabei war ich mir sicher, dieser Tag würde ein richtig guter werden. Stell dir vor, ich habe Papas Ehering wiedergefunden.«

»Wie schön!«, freute sich Ute. »Wo war er denn?«

»Im Regal in der Küche. In einem Zinkbecher. Wie er da hingekommen ist, ist mir allerdings schleierhaft.«

»Ist doch egal, Hauptsache, er ist wieder da«, fand Ute.

»Das stimmt. Ach, Ilva?«

»Ja, Frau Wolters?«

»Ich habe eine Bitte an dich. Die Angelegenheit ist mir ein wenig unangenehm.«

»Worum geht es denn?«

»Ich war wegen des Ringes bei deinem Bruder auf der Polizeistation und habe eine Anzeige erstattet, weil ich dachte, er wäre gestohlen worden.« Sie blickte Ilva verschämt an und raunte. »Bitte sage ihm nichts davon. Sonst denkt der Kommissar noch, ich bin mit Mitte siebzig schon tüdelig.«

. . .

Nachdem sie zuerst Gitte Wolters und dann Ute daheim abgeliefert hatte, war Ilva mit dem Rad zurück zu ihrem Elternhaus gefahren. In der Küche empfing sie Kater Kuschel, der sich an ihre Beine schmiss. Sie zog ihre Schuhe aus und nahm Kuschel auf den Arm. Auf der Arbeitsplatte fand sie eine Notiz vor:

Wir sind spontan nach Husum gefahren.
Im Kühlschrank steht Tortellini-Auflauf.
Muss nur im Ofen kurz warm gemacht werden.
10 Minuten reichen.
Bis später!
Mama und Papa

Ilva musste grinsen. Womit ihre Mutter es wohl geschafft hatte, ihren Vater in die von Theodor Storm besungene »graue Stadt am Meer« zu locken? Sie würde es bestimmt erfahren. Spätestens, wenn ihre Eltern wieder nach Hause kamen. Ilva packte den Auflauf in den Ofen und versorgte Kuschel mit frischem Katzenfutter, das er bloß argwöhnisch beschnupperte, um dann mit hoch erhobenem Schwanz die Küche zu verlassen. »Die Sorte ›Maus‹ ist aus, du kleiner Halunke«, sagte Ilva kopfschüttelnd und nahm einen Topflappen vom Haken, legte ihn aber gleich wieder hin, weil ihr Handy klingelte. »Hi Bernd!«, grüßte sie ihren Kollegen.

»Was gibt's Neues? Seid ihr noch im Krankenhaus?«, fragte er.

»Nein, Utes Mutter ist wieder zu Hause.« Ilva brachte ihn auf den aktuellen Stand der Dinge. »Deswegen darf Grit

Friebe nun auch Frau Wolters nicht mehr versorgen«, schloss sie ihren Bericht.

»Es häufen sich, seit du wieder da bist, eine Menge kurioser Dinge in St. Peter-Ording«, antwortete Bernd mit neckendem Unterton.

»Hör bloß auf!«, schnaubte sie. »Hast du was rausbekommen?«

»Hab ich.«

»Wow! Das ging schnell. Hast du gezaubert?«

»Tja, wer kann meiner charmanten Art schon widerstehen?« Bernd lachte.

»Lass das nicht deine Frau hören.«

»Ach was! An meine Frau kommt doch keine andere ran.«

»Nun denn, schieß los!«, forderte sie ihn auf, musste dabei aber grinsen.

»Also, pass auf. Ich musste nicht lange nachforschen. Paula, eine ehemalige Schülerin von mir, arbeitet bei der Tourismus-Zentrale und hat für mich einen Blick in die Registrierung der Gästekarten geworfen.«

»Und?«, fragte Ilva ungeduldig.

»Dort ist eine Frau Westermann aus Hamburg, zusammen mit ihren Töchtern, registriert. Im *Aalernhüs* sind sie abgestiegen.«

»Wenn das kein Volltreffer ist!«

»Und es kommt noch besser! Sie hat sogar schon einen Tag, bevor Westermann ermordet wurde, in der noblen Hütte eingecheckt! Was sagst du nun?«

»Ha! Habe ich doch gleich gesagt, dass Westermanns

Frau da mit drinhängt!« Ilva sah sich in ihrem Verdacht bestätigt. »Ich muss sofort meinen Bruder anrufen.«

»Mach das.«

»Danke, Bernd!«

»Da nicht für. Hauptsache, Eike wird am Ende entlastet.«

»Ganz bestimmt!« Ilva beendete das Gespräch und holte den inzwischen gut gebräunten Auflauf aus dem Ofen. Sie schaltete den Backofen aus und wählte mit klopfendem Herzen Ernies Handynummer.

26. Kapitel

Später am Nachmittag in der Polizeistation
im Deichgrafenweg. Vor dem Bürofenster kreischt eine
Möwe,
in der Teeküche gluckert die Kaffeemaschine

»Das hält man ja im Kopf nicht aus!« Ernie schloss geräuschvoll das Fenster und warf der Möwe, die auf dem Geländer vor der Polizeidienststelle hockte, einen bösen Blick zu. Doch daran störte der Vogel sich nicht im Geringsten. Fred kam ins Büro. In seinen Händen hielt er drei Tassen mit frisch aufgebrühtem Kaffee. Auf dem Stuhl vor Ernies Schreibtisch saß Tetje Brodersen, der Bürgermeister von St. Peter-Ording.

»Bitte schön.« Fred stellte Ernie und Brodersen einen Pott Kaffee vor die Nasen und nahm sich Zucker.

»Danke.« Der Bürgermeister nickte Fred zu. »Es tut mir wirklich leid, dass ich es nicht früher in die Polizeistation geschafft habe. Aber meine Termine auf der Tourismus-Messe konnte ich nicht absagen«, entschuldigte er sich zum wiederholten Mal. Brodersen war es sichtlich unangenehm, dass er mit Verspätung seine Zeugenaussage zu Protokoll gab.

»Schon gut. Das grobe Geschehen ist uns ja bereits bekannt«, meinte Fred.

»Ist Ihnen sonst eine Person aufgefallen, die sich in der Nähe von Hagen Westermann aufgehalten oder ihn beobachtet hat?«, führte Ernie die Befragung fort, während Fred mit der einen Hand einen Löffel hielt und seinen Kaffee umrührte, und mit der anderen die Aussagen des Bürgermeisters protokollierte.

»Was soll ich dazu sagen? Wir standen alle in der Nähe von irgendwem. War ja ziemlich voll in der Hütte an dem Abend. Zwischen halb acht und neun ist da Prime Time.« Brodersen überlegte einen Moment, schüttelte dann aber den Kopf. »Tut mir leid. Nicht, dass ich wüsste. Ehrlich gesagt ist der Abend ziemlich verschwommen bei mir – ich gehe ja auch nicht jeden Tag bei Schlägereien dazwischen.«

»Ihnen ist auch keine Frau aufgefallen, die Westermann eventuell begleitet hat?«, fragte Ernie nach.

»Frauen? Puh, nee, nicht, dass ich mich erinnern könnte.«

Ernie nickte. »Was ist denn mit Tölke? Dem Architekten.«

»Stimmt. Er war da.«

»Wann war er da?«

»So wie ich. Von nach acht bis vielleicht halb zehn. Als wir gegangen sind, war Westermann schon längst weg.« Brodersen legte nachdenklich die Stirn in Falten. »Aber was soll Tölke mit der Sache zu tun haben?«

»Er und Westermann sollen sich im Vorfeld ziemlich in den Haaren gelegen haben, wegen der Auftragsvergabe für

das *Dünotel*. Gab es an dem Abend vielleicht einen besonderen Kontakt zwischen den beiden? Ein kleines Streitgespräch oder dergleichen?«, versuchte Fred der Erinnerung
des Bürgermeisters auf die Sprünge zu helfen.

Aber Brodersen winkte bloß ab. »Für Tölke lege ich
meine Hand ins Feuer. Der ist ein feiner Kerl. Mit der Angelegenheit hat er nichts zu tun. Außerdem war er an dem
Abend mit einem gemeinsamen Skatbruder von uns im Lokal – also ich kenn den gut, und ich kann definitiv sagen,
dass er nicht in Kontakt mit Westermann war an dem
Abend.«

»Aber er hat doch finanzielle Schwierigkeiten, seitdem
Westermann ihm den Auftrag weggeschnappt hat. Und Dro-
hungen gab es ja auch …«

»Nee, Feddersen. Da sind Sie auf dem Holzweg. Klamm
ist Tölke schon lange nicht mehr. Die Information ist Schnee
von gestern. Kurz nach dem geplatzten Hotel-Deal hat er
den Zuschlag für ein geplantes Shopping-Center in Husum
bekommen. Viel lukrativer für ihn und vor allem keine Um-
weltsünde, die ihm die Einheimischen ein Leben lang nach-
getragen hätten. Im Endeffekt war er froh, dass er sich deswegen nicht mit halb St. Peter-Ording anlegen musste.« Brodersen trank von dem Kaffee. »Von einer Drohung weiß ich
nichts.«

Ernie und Fred tauschten Blicke aus. »Kann ihr gemein-
samer Skatbruder das Alibi für Tölke bestätigen?«

»Selbstverständlich. Ich schreibe Ihnen gleich seinen
Namen und die Telefonnummer auf.«

Fred schob dem Bürgermeister Papier und Bleistift rüber

und nippte an seiner Tasse. »Wie geht es denn jetzt eigentlich mit dem geplanten Hotel weiter?«

»Eine gute Frage. Durch Westermanns Tod ruht das Projekt bis auf Weiteres. Soweit mir bekannt ist, hat noch niemand die Fortführung der Planung übernommen.« Brodersen schob die Notiz zurück zu Fred. »Ist bestimmt nicht das Schlechteste, wenn erst ein wenig Gras über die Sache wächst, bevor es weitergeht.«

»So, wie Sie es sagen, hört es sich für mich nicht so an, als wenn Sie ein großer Fan des Bauvorhabens wären«, stellte Ernie fest.

Brodersen hob die Schultern. »Och ... was heißt Fan? Das Hotel würde dem Tourismus zugutekommen, und St. Peter-Ording hätte mit einem Schlag eine Menge zusätzlicher Betten im Angebot. Die Nachfrage der Leute wird doch von Jahr zu Jahr größer, und es sieht nicht aus, als würde sich das wieder ändern. Theoretisch wären wir auch ausgebucht, wenn wir vier neue Hotels bauen würden. Gestern habe ich noch zu meiner Frau gesagt, dass wir eigentlich zwei St. Peter-Ordings bräuchten, um jedem Urlauber gerecht zu werden. Von daher sehe ich den Neubau unter rein praktischen Aspekten. Aber ein Fan bin ich nicht, nein. War ich nie.« Der Bürgermeister trank den Rest seines Kaffees aus und schaute auf seine Armbanduhr. »Entschuldigung, aber ich bin etwas in Eile. In einer halben Stunde muss ich bei einer Sitzung sein.«

»Wir sind auch so weit fertig.« Ernie stand von seinem Stuhl auf. »Danke, dass Sie sich die Zeit genommen haben.«

Brodersen strich eine Fluse von seiner Krawatte. »Das ist

doch selbstverständlich. Hoffentlich wird Westermanns Tod bald aufgeklärt. Falls ich mir noch eine persönliche Bemerkung erlauben dürfte ... ich denke nicht, dass Christians etwas mit dem Fall zu tun hat. Er hat das Lokal gleich verlassen, nachdem ich ihn dazu aufgefordert hatte. Darüber hinaus fehlt mir die Fantasie, ihn in Verbindung mit einem Tötungsdelikt zu sehen. Er ist zwar manchmal ein wenig hitzköpfig, doch das macht ihn noch lange nicht zu einem Mörder.« Brodersen verabschiedete sich und verließ die Polizeistation.

...

Ernie warf einen Blick auf Freds Protokoll und auf seine Notizen. Mit einem Kugelschreiber strich er das Ausrufezeichen hinter dem Namen des Architekten auf seinem Zettel durch und ersetzte es durch ein Fragezeichen. »Mit dem Alibi des Skatbruders wäre Tölke so gut wie raus aus der Geschichte.«

»Genau wie Westermanns Witwe und seine Geliebte«, fasste Fred den Stand der Ermittlungen zusammen und nahm ein Fax zur Hand. »Viola Westermann saß zwischen acht und zehn abends mit ihren beiden Töchtern an Tisch 12 bei dem Hotelkonzert. Das Hotel hat vorhin eine detaillierte Aufstellung der Getränke und Gerichte geschickt, die Westermanns Witwe für sich und die Kinder an dem Abend bestellt hat. Sie kann nichts mit Westermanns Tod zu tun haben.«

Ernie brummte. »Meine Schwester war schon überzeugt,

den Fall gelöst zu haben.« Er studierte die Auflistung. »Kabeljaufilet mit gegartem Spargel, Estragon, Himbeeren und Nussbutter?«, las er vor. »Die Westermann hat beim Essen einen guten Geschmack, das muss man ihr lassen.«

»Da ist mir die Manta-Platte lieber«, entgegnete Fred trocken.

»Manta-Platte? Was soll das denn sein?« Ernie gab Fred die Auflistung zurück.

»Currywurst, begleitet von Ketchup und Mayonnaise an Pommes. Ein wahres Gedicht!« Fred küsste hingebungsvoll seinen Daumen und Zeigefinger. »Am liebsten vom Curry Heinz in Beckhausen und dann mit Blick auf den Emscherstrand genießen. Mehr geht nicht!«

Ernie schüttelte bloß den Kopf. »Du Kulturbanause!«

»Das nennt man Pott-Romantik«, lachte Fred und trank aus seiner Schalke-04-Tasse. »Die vergeht nie. Selbst nach fast zwei Jahren Dienst in St. Peter träume ich noch von Verfolgungsjagden auf der A42.«

»Sag mir lieber, was wir als Nächstes machen. Alle haben Alibis, die Ehefrau, die Geliebte, der Architekt – selbst dieser angebliche Rivale in Westermanns Architekturbüro scheidet aus, weil er in der Tatnacht ganz gemütlich auf einem Kreuzfahrtschiff war.« Ernie schnaufte. Alibis von Verdächtigen empörten ihn.

»Westermanns Laptop muss ausgewertet werden. Vielleicht findet sich darauf der entscheidende Hinweis.«

»Jo. Ein zweiter Abschiedsbrief«, sagte Ernie trocken. »Na, denn man tau.« Er ging mit Fred in das benachbarte kleine Büro, in dem ihr Kollege vom Bäderersatzdienst seinen Schreibtisch hatte. »*Time to say goodbye*, Pannenbäcker. Das Notebook geht jetzt raus an die Spezialisten.«

»Ich bin doch längst drin.« Pannenbäcker drehte mit einem triumphierenden Grinsen den Klappcomputer zu ihnen um.

»Wie jetzt?«, fragte Ernie verwundert. »Ich dachte, das Ding wäre durch ein Passwort geschützt.«

»War es auch. Hat mich ganze zehn Minuten gekostet, um es zu knacken.«

»Wieso hast du nicht gleich Bescheid gesagt?«

»Weil ihr den Bürgermeister befragt habt?«, erinnerte er Ernie. »Elbphilharmoniehamburg2016 ist übrigens für einen Hamburger Architekten nicht besonders kreativ. Wahrscheinlich war das ein heimliches Wunschprojekt von ihm oder so«, vermutete der junge Kollege unverhohlen zufrieden mit sich selbst. »Da habe ich schon weitaus kompliziertere Kennwörter geknackt.«

»Pannenbäcker, unser Hacker.« Fred klopfte dem jungen Kollegen anerkennend auf die Schulter. »Und? Schon einen sachdienlichen Hinweis gefunden?«

Pannenbäcker wiegte den Kopf von einer Seite auf die andere. »Ob es ein Hinweis ist, der zum Mörder führt, weiß ich nicht. Aber es könnte ein interessanter Anhaltspunkt in dem Fall sein.«

»Ach was!« Ernie und Fred tauschten überraschte Blicke aus.

Pannenbäcker tippte auf der Tastatur des Laptops. »Hier ist eine Mail, die euch interessieren dürfte. Das Konto war übrigens durch dasselbe Passwort geschützt. Nicht sehr einfallsreich.«

Ernie und Fred beugten sich vor, um den Inhalt der E-Mail besser lesen zu können.

»Herr Westermann,

Ihre Weigerung anzuerkennen, dass es Wichtigeres gibt als Profit, wird nicht ohne Konsequenzen bleiben, das müssen Sie doch verstehen. Unsere Kinder engagieren sich für den Naturschutz. Wie ich hörte, sind auch Sie Vater von zwei Töchtern. Sind Sie wirklich bereit, gegen alle Widerstände ein Projekt durchzudrücken, das empfindlich in den Artenschutz eingreift? Wie wollen Sie Ihren Kindern später einmal erklären, dass Sie mitverantwortlich für eine der größten Umweltsünden von St. Peter-Ording sind? Noch haben Sie die Chance, alles abzublasen und auf die gute Seite zu wechseln. Westermann, ich beschwöre Sie: Tun Sie das! Sollten Sie sich nicht einsichtig zeigen, werde ich andere Wege finden, um Sie und Ihren Irrsinn zu stoppen. Sie lassen mir keine andere Wahl!«, las Fred laut aus der Nachricht vor.

»Das ist eine glasklare Drohung.« Pannenbäcker hatte sich auf seinem Stuhl zurückgelehnt und die Arme vor der Brust verschränkt. »Besonders interessant ist der Absender der E-Mail an Westermann.« Mit zufriedener Miene beobachtete er Ernies und Freds Reaktion, während ihre Augen nach oben wanderten.

»Kerle Kiste!« Ernie schnappte nach Luft. »Die Nachricht kommt ja von Eike!«

»Sie ist vom 8. Mai«, stellte Fred fest. »Und Westermann hat nicht darauf geantwortet.«

»Der 8. war doch der Sonntag. Ein Tag vor der Versammlung im *Dünen-Hus*.«

»Ein Tag vor Westermanns Tod«, brachte Fred die Problematik auf den Punkt.

»Puh!« Ernie stützte sich mit einer Hand auf der Tischplatte von Pannenbäckers Arbeitsplatz ab. Ihn nahm die neue Entwicklung im Fall Westermann sichtlich mit. Er schaute seine Kollegen an. »Kann man sich denn so viele Jahre in einem Menschen täuschen?«

»Kann, muss aber nicht«, sagte Pannenbäcker sachlich.

Ernie blickte Fred nachdenklich an. »Hältst du Eike tatsächlich für den Mörder?«

»Weiß ich nicht«, sagte Fred schulterzuckend. »Ich weiß nur, dass jetzt Panhas am Schwenkmast ist!«

27. Kapitel

Am frühen Abend in der Hollywoodschaukel
auf der Terrasse von Ilvas Eltern.
Der Duft von Blumen und Bienensummen
liegt in der Luft

Ilva hatte die Beine angezogen. Mit einem roten Stift korrigierte sie Vokabeltests aus der sechsten Klasse. Neben ihr lag das Handy, und auf einem Gartenstuhl döste Kuschel. Ihre Eltern waren noch nicht aus Husum zurückgekommen. Dafür hatte Ute angerufen und erzählt, dass es ihrer Mutter wieder besser ging. Trotzdem wollte sie über Nacht bei ihr bleiben. »Vorsicht ist besser als Nachsicht«, hatte Ute gewohnt pragmatisch gesagt.

Dem konnte Ilva nur zustimmen, und sie hatte Ute nebenbei auf den aktuellen Stand von Bernds Nachforschungen gebracht. Gleichzeitig empörte sie sich über Ernie, den sie zuvor gelöchert hatte. »Ein Alibi hat Westermanns Frau! Zusammen mit ihren Kindern war sie angeblich am besagten Abend bei einem Konzert, das im *Aalernhüs* stattgefunden hat. Ich meine, ja, und? Das riecht doch förmlich nach einer Lüge!«

»Was hat Ernie dazu gesagt?«, hatte Ute wissen wollen.

»Mein Bruder scheint keinen Zweifel an dem Alibi zu haben. Ich dafür umso mehr. Deswegen habe ich ihn beschworen, das Alibi noch einmal zu überprüfen. Aber Pustekuchen! Mein Bruder sagt, ihm liegt seit Kurzem eine Getränke- und Speisenauflistung des Hotels vor. Das reicht aus.«

»Was hast du jetzt vor?«

»Da die Polizei nicht auf unserer Seite ist, müssen wir uns eben auf die Lauer legen und das Gegenteil beweisen. Du, Bernd und ich. Dieser lustigen Witwe werden wir schon auf die Schliche kommen! Dann ist Eikes Unschuld auch bewiesen!«

Ute hatte ihr zugestimmt und vorgeschlagen, am nächsten Tag zusammen mit Bernd einen Schlachtplan zu entwerfen. Damit war Ilva einverstanden gewesen und hatte sich nach dem Telefonat wieder ihrer Arbeit gewidmet.

Sie schrieb *Sehr gut plus* und *Weiter so!* unter einen Test und malte einen lachenden Smiley daneben. Die Vokabelüberprüfung war bisher erfreulich gut ausgefallen, was sich mit ihrem positiven ersten Eindruck deckte. Noch keine Woche war sie nun an der Schule, aber die Schülerinnen und Schüler hatten es klaglos akzeptiert, dass sie einen Überraschungstest mit ihnen durchgeführt hatte, und lieferten die Hausaufgaben zuverlässig ab. Ilva beobachtete dieses Verhalten mit einer Art wohlwollendem Misstrauen. Es war fast ein bisschen zu schön, um wahr zu sein. Andererseits: In St. Peter-Ording tickten die Uhren eben anders, und das war auch gut so. Statt eines Tickens ertönte ihr Handy. Sie nahm den Anruf entgegen. »Moin!«

»Moin!«, meldete sich die Stimme ihres Bruders. »Ich muss mit dir reden.«

»Tust du doch gerade.« Sie legte die Vokabeltests mit dem Stift auf den Gartentisch und schaukelte auf der überdachten Sitzbank vor und zurück. »Ist das Alibi von Westermanns Frau nun doch nicht wasserdicht?«, fragte sie hoffnungsvoll.

»Der Verdacht gegen Eike hat sich erhärtet«, kam Ernie ohne Umschweife zur Sache.

Ilva unterbrach das Schaukeln und setzte sich gerade hin. »Wie bitte?«

»Wir haben eine E-Mail auf Westermanns Laptop gefunden, in der Eike ihm eindeutig droht. Langsam wird es eng.«

»Eike war es nicht«, platzte Ilva heraus.

»Und wenn doch?«, konterte Ernie. »Verstehe mich nicht falsch, aber solange wir Westermanns Mörder nicht haben, können wir das nicht ausschließen.«

»Du verfolgst die falsche Spur«, sagte Ilva eindringlich. »Ich weiß das!«

»So, wie du auch wusstest, dass Westermanns Frau die Mörderin ist, obwohl sie mit ihren Töchtern zur Tatzeit bei einem Konzert war?«

Sie biss sich auf die Unterlippe. »Ernie ...«

»Ilva, jetzt hör mir mal zu!« Aus Ernies Tonfall klang eine Mischung aus Besorgt- und Entschlossenheit. »Eigentlich darf ich dir das alles gar nicht erzählen. Aber du bist meine Schwester, und ich möchte dich nicht als Nächste an der Fotodüne finden. Versprich mir, dass du dich von Eike fernhältst. Wenigstens so lange, wie die Ermittlungen laufen und wir den Mörder noch nicht dingfest gemacht haben.«

Ilva fasste sich mit einer Hand an die Stirn. »Ernie ... das ist doch absurd!«

»Versprich es mir einfach.«

Sie schüttelte den Kopf. »Das kann ich nicht.«

»Mensch, Ilva, sei doch vernünftig. Wenigstens einmal in deinem Leben!«

»Ich bin die Vernunft in Person. Gerade deswegen sage ich es noch einmal, Eike ist unser Freund. Er ist unschuldig, und ich werde es dir beweisen.«

»Du musst nicht meinen Job machen«, widersprach ihr Bruder. »Du sollst mir gar nichts beweisen, sondern einfach Fred und mich machen lassen.«

Stimmen erklangen aus dem Haus, und kurz darauf erschienen ihre Eltern auf der Terrasse. »Ernie, ich muss Schluss machen. Mama und Papa sind aus Husum wieder da.« Sie beendete das Gespräch, bevor ihr Bruder etwas erwidern konnte, und rief ihren Eltern zu: »Meine Güte, wart ihr lange weg! Habt ihr Husum leer gekauft?«

»Dein Vater hat sich für den Sommer neu eingekleidet, und ich habe auch ein paar schicke Teile gefunden«, erklärte ihre Mutter gut gelaunt und nahm den schläfrig blinzelnden Kater auf den Arm.

»War es denn schön?«, erkundigte sich Ilva bei ihrem Vater.

»Schön war es schon. Doch hat mir die Einkauferei erst mal wieder gereicht, obwohl wir viele Pausen gemacht haben. Vor dem nächsten Herbst muss ich da nicht wieder hin.« Werner Feddersen setzte sich auf einen Gartenstuhl und faltete die Hände hinter dem Kopf. »So lange bleibe ich einfach hier sitzen und genieße die Ruhe.«

»Musst du noch arbeiten?« Ihre Mutter deutete auf den Stapel mit den Vokabeltests.

»Nein, für heute bin ich fertig. Ich fahr gleich noch mal mit dem Rad los.« Sie steckte ihr Handy in die Hosentasche ihrer Jeans, nahm die Tests und den Stift. »Der Auflauf war übrigens sehr lecker. Bis später!«, sagte sie, bevor sie ins Haus ging.

Ilva fuhr von der Straße Am Deich auf den Norderdeich, vorbei am *Hotel Zweite Heimat* und dem *Campingplatz Biehl*. Bevor sie losgefahren war, hatte sie Eike eine Sprachnachricht geschickt, um ihr Kommen anzukündigen. Allerdings, ohne den Grund ihres Besuchs zu verraten. Wäre ja noch schöner, wenn sie jetzt plötzlich anfinge, auf Ernie zu hören.

Alles klar! Streiche gerade den Gartenzaun. Kann Verstärkung gut gebrauchen, hatte er ihr geantwortet.

Eikes Wohnung lag direkt am Deich, in der urigen Fischerkate, schräg gegenüber vom Strandübergang Hungerhamm. Sie sah ihn schon von Weitem. Mit einem Pinsel bewaffnet, strich er den weißen Holzzaun des Vorgartens. Neben ihm stand ein Farbeimer, und daneben lagen ein Haufen Zeitungspapier und noch mehr Pinsel. Sie stieg vom Rad und schob es die letzten Meter zu ihm.

Er unterbrach seine Arbeit, als er sie bemerkte. »Moin!«

»Bist ja ganz schön fleißig.« Sie blieb neben ihm stehen und begutachtete sein Werk.

»Und du bist zu spät«, sagte er gespielt vorwurfsvoll. »Ich bin so gut wie fertig mit dem Zaun.«

»Ein Glück!«, lachte Ilva. »Hab nämlich keine Malersachen an.«

Er wischte den Pinsel an einem Lappen ab und legte den Kopf leicht schräg. »Gibt es einen besonderen Grund für deinen Besuch, oder warst du zufällig in der Nähe?«

»Ich muss was mit dir besprechen.«

Er nickte. »Gut. Ich wasche mir eben nur die Hände und hol uns was zu trinken. Du kannst dein Rad neben der Haustür abstellen.« Eike verschwand mit dem Farbeimer und dem Pinsel im Haus.

Ilva lehnte das Rad gegen die rot verklinkerte Hauswand. Eike bewohnte den Bereich in der ersten Etage, im Parterre lebte ein ehemaliger Leuchtturmwärter mit seiner Frau, denen die Kate gehörte. Sie musste lächeln. Ernie würde vermutlich einen Herzinfarkt bekommen, wenn er wüsste, dass sie, statt sich von Eike fernzuhalten, direkt zu ihm gefahren war.

»Wieso grinst du so?« Eike war zu ihr gekommen und drückte ihr eine Saftschorle in die Hand. Er hatte sich schnell andere Jeans und ein frisches T-Shirt angezogen.

»Ach, nichts. Ich musste gerade nur an etwas denken«, antwortete sie vage.

»Wie sieht's aus? Gehen wir Leuchtturmgucken, oder bist du in Eile?«

»Prima Idee! Für heute ist Feierabend«, sagte Ilva erfreut. »Das habe ich ja schon ewig nicht mehr gemacht.«

»Dann komm!« Eike ergriff ihre Hand und zog sie zur

Treppe, die auf den Deich und zum Strandübergang Hungerhamm führte. Ihr Weg führte sie über einen Holzsteg und durch eine sanft geschwungene Dünenlandschaft, hinter der sich der Strand in einer schier endlosen Weite auftat. Die Sicht war klar, und in der Ferne blinkte in regelmäßigen Abständen das Leuchtfeuer des Westerhever Leuchtturms.

»Wie schön das ist! Und es ist hier noch genauso ruhig, wie es immer war.« Ilva blickte sich um. Eine Spaziergängerin mit einem Hund schlenderte am Meeressaum entlang. »Wir haben den Strand quasi für uns allein.«

Eike ging in die Hocke, nahm etwas Sand in eine Hand und ließ ihn durch seine Finger rieseln. »Das ist der Grund, warum es so wichtig ist, die Natur zu schützen. Würde sich niemand darum kümmern, diese Gebiete so zu erhalten, wie sie vom Ursprung her sind, würde hier wahrscheinlich längst eine Bettenburg stehen.«

Ilva vergrub die Hände in ihren Hosentaschen und schaute zu Eike hinab. »Hör mal ...«, begann sie zögerlich. »Was ich dir sagen wollte ...«

Eike stellte sich gerade vor sie hin. »Ja?«

Ilva verzog den Mund. »Ernie und sein Kollege haben Westermanns Laptop konfisziert. In seinem Postfach haben sie eine verdächtige E-Mail gefunden. Von dir.«

»Mist!« Eike fuhr sich mit einer Hand durch die Haare. »Ich bin so ein Idiot!«

»Die E-Mail ist also von dir?«

»Hör zu, ich habe das nicht so gemeint, was ich da geschrieben habe.« Er machte eine ausholende Handbewegung. »Ich war emotional und wütend und habe, ohne nachzudenken, Dinge geschrieben, die ich so nicht hätte schreiben sollen«, versuchte er, sich zu rechtfertigen. »Die E-Mail war eine blöde Aktion von mir.«

»Eine saublöde sogar, wenn du mich fragst«, stimmte sie ihm zu.

»Wahrscheinlich habe ich mich dadurch noch verdächtiger gemacht, oder?« Mutlos ließ er die Schultern hängen und blickte verzweifelt zu Boden. »Was würde ich dafür geben, wenn ich diesen Abend ungeschehen machen könnte.«

»Hey!« Ohne eine Sekunde zu zögern, legte Ilva tröstend ihren Arm um seine Schultern. »Ich bin felsenfest von deiner Unschuld überzeugt«, beteuerte sie.

»Sag das mal der Polizei.«

»Das habe ich. Ernie kennt meine Meinung. Ich weiß, dass er dich auch für unschuldig hält – auch, wenn er das nicht so offen sagt. Als Polizist braucht er eben für alles Alibis und Beweise.« Ilva verdrehte die Augen.

»Schon gut.« Eike lächelte gequält. »Das heißt dann wohl, dass ihr dem gemeinen Eichhörnchen noch nicht auf die Schliche gekommen seid.«

»Was nicht ist, kann noch werden.« Ilva verlieh ihrer Stimme einen optimistischen Klang.

Eike nickte und brummte: »Am Ende wird alles gut.«

»Und wenn es nicht gut ist, dann ist es nicht das Ende«, vollendete sie das Zitat. Sie schaute rechts über seine Schulter. Mittlerweile stand die Sonne tiefer, und das Blinken des Leuchtturms war deutlicher zu erkennen. »Früher waren wir oft zusammen hier.«

»Daran musste ich auch gerade denken.« Er schaute sie mit einem ernsten Gesichtsausdruck an.

Ihr Arm lag immer noch um seine Schultern. Er zog sie näher zu sich heran, und Ilvas Herz schlug höher.

»Eike …« Sie schluckte.

Behutsam legte er einen Finger an ihre Lippen. »Sag jetzt nichts.«

Als seine Lippen ihre berührten, schloss sie die Augen. Es fühlte sich an wie damals. So richtig, so gut, so vertraut. In dem Moment wurde ihr klar, wie sehr er ihr in Wirklichkeit all die Jahre gefehlt hatte.

Die Straßenlaternen brannten schon, als sie sich mit ihrem Rad auf den Rückweg nach St. Peter-Dorf machte. Ihr Herz schlug noch immer höher, und das Kribbeln, das sich in ihr ausbreitete, sobald sie an den Kuss zurückdachte, zog sich bis in ihre Zehenspitzen. Wenn das Ernie wüsste! Seine Schwester und der Hauptverdächtige Nummer eins knutschen am Hundestrand. Wahrscheinlich hätte Ernie sie in Handschellen abgeführt, um sie vor Eike, dem *Most-wanted*-Mörder, zu schützen. Bei dem Gedanken musste sie lachen.

Der Abend war ruhig, und die Luft strich warm über Ilvas Haut. Etwa hundert Meter vor ihr bog ein SUV von der Straße, auf der sie fuhr, auf einen Parkplatz vor einem Haus ab. Als die Fahrerin ausstieg, bremste Ilva instinktiv ab und suchte Schutz hinter einem Holunderstrauch. In sicherer Entfernung blieb sie stehen und vergewisserte sich, ob sie richtig gesehen oder ihre Augen ihr einen Streich gespielt hatten. Als die Frau kurz in ihre Richtung schaute, bestätigte sich ihr erster Eindruck. Es war Westermanns Witwe. Was machte sie so spät noch in Ording? Ohne ihre Töchter? Das *Aalernhüs* war gute zweieinhalb Kilometer entfernt. Sie beobachtete, wie Viola Westermann zu dem Haus ging, klingelte und kurz darauf im Flur verschwand. Was hatte das zu bedeuten? Ilva schob ihr Rad bis zum Nachbargrundstück und stellte sich in den Schutz eines Baums, um unauffällig das Haus beobachten zu können. Plötzlich machte es bei ihr Klick. Natürlich! Sie befand sich in der Straße Am Deich und vermutlich direkt vor dem Gebäude, in dem sich Grit Friebes frisch geerbte Wohnung befand. In ihr flackerte eine unschöne Ahnung auf. Konnte es sein, dass ihr ursprünglicher Verdacht doch berechtigt gewesen war? Hatten die beiden Frauen gemeinsame Sache gemacht? Ilva wartete geräuschlos im Schatten des Baums und wagte kaum zu atmen.

28. Kapitel

Zur selben Zeit in dem rot verklinkerten Haus.
Der Schein der Straßenlaternen fällt in den Flur,
außer dem leisen Geräusch eines Fernsehers
im Parterre ist nichts zu hören

Grit Friebe öffnete die Tür und erschrak, als sie sah, wer die Treppen in den ersten Stock hochkam. »Was wollen Sie hier?«, zischte sie.

»Sie scheinen ja immerhin zu wissen, wer ich bin.« Viola Westermann blieb vor der Wohnungstür stehen. »Sollen wir das etwa hier im Hausflur besprechen, damit die Nachbarn alles mithören können?«, fragte sie mit spöttischem Unterton.

Grit Friebe machte einen Schritt zurück und öffnete die Tür weit. »Bitte.«

Viola Westermann betrat die Wohnung und blickte sich interessiert um. »Ah, wie ich sehe, sind Sie schon dabei, sich häuslich einzurichten. Das ging schnell.« Abfällig deutete sie auf die vielen Umzugskartons, die in der gesamten Wohnung verteilt herumstanden. »Alles von dem Geld meines Mannes, wie unschwer zu erkennen ist.«

Grit Friebe stemmte die Hände in die Hüften. »Was wollen Sie von mir?«

»Ich? Was soll ich schon wollen?« Sie ging ins Wohnzimmer und blickte durch das Balkonfenster. »Also wirklich, in der ersten Reihe zum Strand. Sehr schön! Das muss ich meinem Mann lassen, gekleckert hat der nie. Die Wohnung muss ihn ein Vermögen gekostet haben.«

»Frau Westermann, was wollen Sie?«, wiederholte die Jüngere die Frage in einem schärferen Tonfall.

Viola Westermann drehte sich zu ihr um. »Ich will das, was mir zusteht.«

»Das wäre?«

»Zunächst einmal will ich nicht, dass die heimliche Geliebte und Mörderin meines Mannes ihre Umzugskartons in meiner Wohnung abstellt.« Sie war dicht an Grit Friebe herangetreten und drückte ihren Zeigefinger gegen das Brustbein der Krankenschwester.

»Fassen Sie mich nicht an!« Grit Friebe schlug den Finger der anderen Frau empört weg. »Sie sind doch völlig durchgeknallt!«

»Geben Sie es doch zu! Ihre schauspielerischen Fähigkeiten sind so schlecht, die reichen noch nicht mal für ein Dorf-Theater!«

»Also gut.« Grit Friebe strich sich eine Haarsträhne hinters Ohr. »Ja, es stimmt. Hagen und ich waren ein Paar. Wir waren glücklich miteinander. Er hat mich geliebt und wollte sich von Ihnen trennen. Die Wohnung hat er für uns und unser gemeinsames Leben gekauft.«

»Lügnerin!« Viola Westermann packte die Krankenschwester am Kragen und schleuderte sie gegen eine Wand. »Sie haben meinen Mann kaltblütig ermordet, um sich dadurch das Erbe zu erschleichen! Was bilden Sie sich ein, Sie furchtbare Person! Ist Ihnen klar, dass ich Kinder habe? Hagens Kinder?«

Grit Friebe stieß Westermanns Witwe mit aller Kraft von sich. »Ich habe mir gar nichts erschlichen. Akzeptieren Sie gefälligst, dass Ihr Mann andere Pläne hatte. Ohne Sie! Inzwischen verstehe ich auch, warum!«

Viola Westermann zog ihr Oberteil glatt. »Sie händigen mir jetzt die Schlüssel aus und verlassen auf der Stelle *meine* Wohnung!«, schrie sie. »Das bereits von meinem Mann erhaltene Geld bringen Sie mir morgen vorbei. Ich habe alle Kontoauszüge überprüft und weiß, was hier gelaufen ist.«

Grit Friebe schüttelte den Kopf und lachte laut auf. »Meine Güte, Sie müssen ja wirklich ziemlich verzweifelt sein! Was denken Sie denn, was hier passieren wird?«

»Ich werde Sie bei der Polizei anzeigen!«, drohte Westermanns Frau.

»Tun Sie, was Sie nicht lassen können«, sagte die Krankenschwester ungerührt. Sie klopfte eine Zigarette aus der Schachtel, zündete sie an und nahm einen langen Zug. Sie musterte ihr Gegenüber und sagte langsam und deutlich: »Jetzt hören Sie mir zu. Ich habe genügend Fotos, Sprachnachrichten und E-Mails, deren Inhalt Sie sich vielleicht denken können. Die feine Hamburger Gesellschaft stürzt sich doch gerne auf Skandale. Eine Nachricht an Ihre manierlichen Golffreunde aus dem Klub, und schon sind Sie bloßgestellt bis auf die Knochen.«

Viola Westermann wurde blass. »Das wagen Sie nicht! Erst schmeißen Sie sich an meinen Mann ran, und dann wollen Sie mich auch noch erpressen?«

»Viola Westermann, die abservierte Ehefrau.« Grit nahm einen tiefen Zug von ihrer Zigarette. »Da werden bestimmt einige Mitleid mit Ihnen haben. Aber ob das dann noch ausreicht, um in den schicken Kreisen weiterhin zu verkehren?« Sie rümpfte die Nase. »Man weiß es nicht.«

»Sie sind ja völlig krank. Ich werde Sie anzeigen!«

»Das werden Sie nicht, und das wissen Sie so gut wie ich«, sagte Grit Friebe in bedrohlich ruhigem Ton. »Wer würde Ihnen schon glauben? Wo es doch Hagens Testament gibt, in dem er mich bedacht hat.« Sie kam auf Viola Westermann zu. »Es ist doch ganz einfach. Sie ziehen Ihre Forderungen zurück und zahlen mir die Hälfte der Summe aus Hagens Lebensversicherung aus. Als kleines Schmerzensgeld sozusagen. Dann wäre ich bereit, Ihren unerfreulichen Besuch zu vergessen.«

Viola Westermann schnappte nach Luft. »Einen Teufel werde ich tun. Ihre Erpressungsversuche können Sie bei jemand anderem versuchen. Aber nicht bei mir!«

»Gut. Wie Sie meinen.« Sie blies der Witwe Rauch ins Gesicht. »Dann werde ich Ihren Töchtern wohl oder übel reinen Wein über ihren treulosen und mausetoten Vater einschenken müssen. Was sie wohl dazu sagen werden, wenn sie die Wahrheit über ihren Papi erfahren?«

»Das wagen Sie nicht«, keuchte Viola Westermann fast tonlos. Aus ihrem Gesicht war jegliche Farbe gewichen.

»Das liegt ganz bei Ihnen. Ich bin ein äußerst friedliebender Mensch und möchte nur meine neue Wohnung beziehen, die mir Hagen rechtmäßig in seinem Testament hinterlassen hat«, wiederholte Grit Friebe den Hinweis auf Westermanns Letzten Willen. »Dazu gehören übrigens auch die monatlichen Zahlungen, die er an mich per Dauerauftrag überwiesen hat. Sie entscheiden, wie Ihr Leben weitergeht. Sind Sie vernünftig, werde ich Ihnen nicht weiter in die Quere kommen.« Sie traf den Blick der anderen, zog noch mal an der Zigarette und drückte sie in einer leeren Tasse aus. »Und nur fürs Protokoll: Sie haben mich hier heute so überfallen – ich wollte von Ihnen eigentlich überhaupt nichts. Das war ganz allein Ihre Entscheidung.«

Das Schließen der Wohnungstür hallte im Flur nach. Viola Westermann musste sich am Geländer festhalten, als sie langsam die Stufen aus dem ersten Stock herunterwankte. An der zweiten Treppe bleib sie stehen. Ihr Magen krampfte sich zusammen, und sie fühlte sich einer Ohnmacht nahe. Doch am schlimmsten war das Gefühl der Scham. Noch nie war sie in ihrem Leben so gedemütigt worden. Sie schämte sich dafür, die betrogene Witwe zu sein, die der Geliebten ihres Mannes nichts entgegenzusetzen hatte und am Ende auf all ihre Forderungen eingegangen war. Erst als die Abendluft ihr ins Gesicht schlug, mischte sich ein anderes Gefühl unter die brennende Scham. Lodernder Hass.

29. Kapitel

Wenig später vor dem Haus.
Kühler Wind weht vom Meer aufs Festland,
die Abendsonne steht tief über der Nordsee.
In der Nachbarschaft bellt ein Hund

Ilva rieb sich fröstelnd mit beiden Händen ihre nackten Arme. Sie trug bloß ein T-Shirt zu ihren Jeans. Sie hatte nicht damit gerechnet, dass sie so lange unterwegs sein würde, vermisste ihren Pulli nun allerdings schmerzlich – dennoch wollte sie ihren Beobachtungsposten auf keinen Fall aufgeben.

Da wurde ihre Geduld belohnt: Plötzlich nahm sie eine Bewegung wahr. Die Haustür öffnete sich, und Viola Westermann trat ins Freie. Ilva kniff die Augen zusammen, doch ihr erster Eindruck hielt sich: Die Witwe schwankte. Sie hielt eine Hand vor ihr Gesicht, und ihr Körper wurde durch heftiges Weinen geschüttelt. Leicht schwankend ging sie zu ihrem Auto, musste davor in die Hocke gehen, weil sie den Schlüssel hatte fallen lassen. Man musste kein besonders guter Beobachter sein, um zu erkennen, dass Westermanns Frau völlig durch den Wind war. Und in dem Zustand wollte sie sich hinters Steuer setzen? Keine gute Idee, wie Ilva fand.

Doch Viola Westermann stieg ein und zog die Fahrertür zu. Das Geräusch des Motors erklang, und der Wagen rollte zurück.

Instinktiv schwang sich Ilva auf den Sattel ihres Fahrrads. Sie wusste, dass die Chance für sie äußerst gering war, mit dem SUV mithalten zu können, doch sie wollte wenigstens versuchen, ihr zu folgen. Nicht auszudenken, wenn die Frau in ihrem Zustand einen schweren Unfall verursachte und niemand zur Stelle war, um Hilfe zu holen. Der SUV fuhr die Straße Am Deich in südlicher Richtung entlang. Ilva trat kräftig in die Pedale und wünschte sich in diesem Moment nichts sehnlicher als ein modernes Trekkingbike mit Gangschaltung. Der Abstand zwischen ihr und dem SUV wurde stetig größer. Fast wollte sie schon das Handtuch werfen und aufgeben, als das Auto, ohne vorher einen Blinker gesetzt zu haben, rechts auf den Strandweg abbog. Die Straße führte, wie der Name schon vermuten ließ, direkt zum Strand. Dort konnte Westermanns Witwe nicht unendlich weit fahren, das wusste Ilva, und sie war äußerst dankbar dafür. Sie war mächtig aus der Puste, als sie die steile Auffahrt vom Strandweg gemeistert hatte. Aber ihre Anstrengung wurde belohnt. Wenige Meter weiter entdeckte sie den SUV rechter Hand auf dem Pkw-Parkplatz. Und auch Viola Westermann konnte sie nun ausmachen: Sie war zu Fuß dem Weg in Richtung Wasser gefolgt.

Ilva stieg vom Rad ab, um es zu schieben. Dabei versuchte sie, schneller zu gehen als die andere Frau, um sie bei Bedarf einholen zu können. Als sie fast zu ihr aufgeschlossen hatte, konnte sie lautes Schluchzen vernehmen. Die Gattin des Architekten war vor dem ehemaligen Mutter-Kind Kurheim *Köhlbrand* stehen geblieben. Sie schien so sehr mit sich und ihrem Leid beschäftigt zu sein, dass sie Ilva nicht bemerkt hatte.

Unschlüssig blickte Ilva sie von der Seite an. Obwohl es schon dämmerig war, konnte sie sehen, dass das Gesicht der anderen Frau gerötet war und die Tränen ihr über die Wangen liefen. Viola Westermann war offenbar völlig aufgelöst und wirkte auf den ersten Blick hilflos auf sie.

Ilva fasste sich ein Herz. »Entschuldigung«, sagte sie behutsam.

Ihr Gegenüber zuckte zusammen und schaute entgeistert auf. »Ja?« Mit einer Hand wischte sie sich schnell die Tränen aus dem Gesicht. »Ich dachte, ich wäre alleine«, sagte sie fast entschuldigend.

Ilva hob eine Hand. »Es tut mir leid, wenn ich Sie erschreckt haben sollte. Das wollte ich nicht.«

»Schon gut.«

Ilva stand mit ihrem Rad neben der Witwe. »Ich war auf dem Weg zum Strand und habe Sie weinen hören. Kann ich Ihnen vielleicht irgendwie helfen?«

Statt einer Antwort brach Frau Westermann erneut in Tränen aus. Ilva zuckte zusammen unter dem Gefühlssturm der anderen. Zögerlich tätschelte sie deren Ellbogen, während sie mit der anderen Hand nach einem Taschentuch in ihrem Beutel tastete.

»Mein Mann ist tot«, brachte Viola Westermann schließlich von Schluchzern geschüttelt hervor.

»Oh ... das tut mir wirklich sehr leid«, erwiderte Ilva

betroffen. Natürlich war die Information nicht neu für sie, aber das konnte sie schlecht zugeben. Habe ich die Frau die ganze Zeit zu Unrecht verdächtigt?, schoss es ihr durch den Kopf. Viola Westermann machte jedenfalls nicht den Eindruck, als hätte sie kürzlich ihren untreuen Ehemann aus Rache ins Jenseits befördert. Vielmehr sah Ilva eine gebrochene Frau vor sich, die in ihrer Trauer versunken war. Diese Frau schien nichts mit derjenigen zu tun zu haben, die Ilva kürzlich mit den Mädchen in der Buchhandlung *Tewes* gesehen hatte. Wie hatte ihr Eindruck sie nur so täuschen können?

Für Ilva stand fest, dass sie Viola Westermann in diesem Zustand nicht einfach sich selbst überlassen konnte. »Am Strand gibt es ein Restaurant in einem Pfahlbau. Ich lade Sie gerne auf ein Getränk ein, wenn Sie möchten. Vielleicht geht es Ihnen danach ein bisschen besser«, bot sie ihr deswegen an.

Frau Westermann schüttelte verwundert den Kopf. »Aber Sie kennen mich doch gar nicht.«

»Das muss ich nicht. Ich weiß, dass es Ihnen schlecht geht. Das genügt.«

Die Witwe lächelte sie dankbar an. »Okay. Aber mein Getränk möchte ich selbst bezahlen.«

Ilva hatte ihren Drahtesel auf dem Fahrrad-Parkplatz am Strandübergang abgestellt. Sie waren schweigend über den Bohlenweg und das letzte Stück durch den Sand bis zum Treppenaufgang des Pfahlbaus gegangen. Hier blies der Wind noch frischer als hinter dem Deich.

»Möchten Sie am Fenster sitzen?«, fragte Ilva, als sie das Restaurant betreten hatten. Ihr fiel auf, dass der Typ hinter der Bar sie musterte. Als er Ilvas Blick traf, rückte er seine Baseballkappe zurecht und vertiefte sich in die Arbeit an der Zapfanlage. Seit dem Inhaberwechsel vor rund einem Jahr war sie nicht dort gewesen. Die Einrichtung war gleich geblieben, aber den Mann hinter der Theke kannte sie nicht.

»Am Fenster wäre schön«, stimmte Frau Westermann zu.

Sie suchten sich einen mittleren Tisch aus. An dem Abend war das Lokal nur mäßig besucht, was den Vorteil hatte, dass sie zügig von einer jungen Servicekraft bedient wurden. Ilva bestellte einen Tee. Viola Westermann entschied sich für einen schweren Rotwein. Normalerweise hätte Ilva ihr einen Hinweis darauf gegeben, dass Alkohol hinterm Steuer keine gute Idee war, doch in dieser speziellen Situation verkniff sie sich ihre Belehrung. »Nochmals mein aufrichtiges Beileid«, sagte sie stattdessen.

»Danke. Das ist sehr nett von Ihnen.« Die Witwe drehte das Weinglas auf dem Tisch und schaute dabei niedergeschlagen auf ihre Hände.

»Das ist bestimmt nicht leicht für Sie.« Ilva warf einen Blick zum Nachbartisch, an dem der Typ von der Bar die Tischplatte mit einem feuchten Lappen säuberte.

»Nein, ist es nicht.« Erneut kamen ihr die Tränen. »Es ist ein Albtraum.«

Ilva reichte ihr ein Papiertuch aus einem Serviettenspender. »Ich bin zwar nicht verheiratet, also kann ich nur ahnen, was dieser Verlust für Sie bedeuten muss.«

»Ach, wissen Sie, wenn es nur der Verlust wäre. Ich meine, wenn ich gewusst hätte, dass ich ihn nicht mehr lebend sehen würde, hätte ich noch vieles mit ihm besprochen. Es gibt Dinge, die nun für immer ungesagt bleiben werden. Das ist das Schlimmste. Ich werde nie richtig mit seinem Tod abschließen können.«

Ilva blickte sie betroffen an. »Das muss schrecklich sein.«

»Es ist eine völlig vertrackte Situation.« Viola Westermann putzte sich ihre Nase. »Mein Mann hat hier in St. Peter-Ording als Architekt gearbeitet und sollte das neue Hotel am Köhlbrand bauen.« Sie zeigte mit einem Finger in die Richtung des ehemaligen Kurheims.

»Von dem Hotelprojekt habe ich gehört«, sagte Ilva wahrheitsgemäß.

»Er war oft beruflich unterwegs. Doch in letzter Zeit kam er so gut wie gar nicht mehr nach Hause. Das hat mich stutzig gemacht«, sprudelte es auch ihr heraus. »Wir haben zwei Töchter, und die haben natürlich gefragt, wann der Papa endlich wiederkommt. Zuerst dachte ich noch, ich sehe Gespenster, aber das Gefühl, etwas könnte nicht stimmen, wurde immer stärker.« Sie griff nach einer zweiten Serviette, schnäuzte sich und fuhr fort: »Irgendwann habe ich die Mädchen zu meinen Eltern gebracht und bin meinem Mann nach St. Peter-Ording gefolgt. Hier habe ich ihn und seine Freundin in flagranti erwischt.« Sie schnäuzte sich erneut die Nase. »Ich habe meinen Mann zur Rede gestellt, und er hat mir beteuert, die Sache zu beenden. Er hat mir versichert, dass das alles ein Riesenfehler war, er sich schäbig gefühlt habe, weil er selbst nicht hundertprozentig hinter dem Projekt gestanden und unter dem Druck wahnsinnig gelitten habe.« Ihre Stimme bebte, doch ihr Blick war fest, als sie sich zu Ilva beugte und sagte: »Ich weiß, dass mein Mann dieser anderen Frau den Laufpass gegeben hat, aber sie wollte das nicht akzeptieren. Als eine Art Abfindung hat er ihr sogar Geld gezahlt. Sie hat damit gedroht, ihn in unserem Umfeld unmöglich zu machen, wenn er sie finanziell nicht aushält. Stellen Sie sich das mal vor!«

»Das ist ja wirklich schrecklich«, sagte Ilva mitfühlend. Sie war völlig fassungslos, wie anders die Sachlage mittlerweile zu sein schien. Warum hatte ihr Ernie nichts davon erzählt?

»Es ist der blanke Horror. Dabei dachte ich, wir hätten das Schlimmste überstanden, und es wäre wieder alles gut in unserer Ehe. Er wollte mir und den Kindern St. Peter-Ording zeigen. Deswegen bin ich mit meinen Töchtern hierhergekommen. Doch bevor er zu uns ins Hotel kommen konnte, hat man ihn tot aufgefunden«, erzählte sie verzweifelt.

»Ich weiß gar nicht, was ich sagen soll, Frau …«

»Westermann. Viola Westermann.«

»Frau Westermann.« Ilva nickte. »Ich heiße Ilva Feddersen.« Sie lächelte der Witwe zu.

»Es tut so gut, mit jemanden darüber zu reden. Unseren Töchtern zuliebe habe ich mir die ganze Zeit nichts anmerken lassen. Bis jetzt habe ich es noch nicht übers Herz gebracht, den Mädchen vom Tod ihres Vaters zu erzählen – ich habe bisher nur gesagt, dass er im Krankenhaus ist«, schüttete sie ihr Herz aus.

»Das ist verständlich. Es wird bestimmt nicht leicht, den Kindern zu erklären, dass der Vater nicht mehr wiederkommt. Lassen Sie sich damit noch ein wenig Zeit. Ich bin mir sicher, Sie werden spüren, wann der richtige Zeitpunkt dafür gekommen ist.«

Viola Westermann nickte. »Da gibt es noch eine andere Sache. Die Polizei hat sich bei mir gemeldet und mir mitgeteilt, dass mein Mann schwer krank gewesen ist. Davon hat er mir nie etwas erzählt. Aber als Todesursache wurde eine Vergiftung festgestellt. Ich kenne meinen Mann. Er hätte sich nie selbst umgebracht.«

Ilva horchte auf. »Glauben Sie denn, es war Mord?«

»Davon bin ich überzeugt.« Sie trank einen Schluck Wein. »Dieser Grit Friebe, also, der Affäre meines Mannes, traue ich alles zu. Sie können sich nicht vorstellen, zu was diese Frau fähig ist!«

»Wie kommen Sie darauf? Sagten Sie nicht, dass sie Geld von ihm erhalten hat?«

»Oh ja! Und zwar eine ganz Menge. Aber sie wird am Ende den Hals nicht voll genug bekommen haben, und deswegen hat sie meinen Mann kaltblütig ermordet. Als Krankenschwester verdient man schließlich keine Reichtümer. In seinem Testament hat er ihr sogar eine Wohnung vererbt, keine Ahnung, wie sie ihm die aus den Rippen geleiert hat.«

»Haben Sie darüber schon mit der Polizei gesprochen?«

»Nein. Für meine Theorie fehlt mir leider noch der entscheidende Beweis.«

»Möchten Sie noch etwas trinken?« Der Typ von der Bar stand plötzlich neben ihnen.

»Für mich einen Kaffee, bitte«, sagte Ilva.

»Gerne noch einen Rotwein.« Viola Westermann leerte ihr Glas und stellte es auf das Tablett des Barkeepers. Gedankenverloren musterte Ilva die andere Frau. Konnte sie ihre Worte für bare Münze nehmen? Tatsache war, dass sie Ilva eine völlig neue Perspektive auf den Fall eröffnet hatte. Konnte dieselbe sanfte Schwester Grit, die sie kennengelernt hatte, wirklich dermaßen berechnend agieren? Das würde ja bedeuten, dass auch die Sache mit dem Insulin tatsächlich kein Versehen war?

30. Kapitel

Am nächsten Tag zur Kaffeezeit im Immenseeweg,
unter wolkenverhangenem Himmel und bei
ein paar Grad weniger als am Vortag

Ilva parkte ihren VW Käfer vor Gitte Wolters' Haus und entfernte das Papier um den Blumenstrauß. Sie ging zur Haustür und klingelte.

Ute öffnete die Tür. »Hey! Meine Mutter erwartet dich schon«, sagte sie und umarmte Ilva herzlich.

Ilva folgte ihrer Freundin ins Haus. »Das klingt gut. Dann scheint es ihr tatsächlich wieder besser zu gehen.«

»›Besser‹ ist gar kein Ausdruck. Sie scheucht mich die ganze Zeit durchs Haus. Einen Apfelkuchen hat sie auch gebacken. Ich frage mich, was sie ihr im Krankenhaus in Wirklichkeit verabreicht haben.«

Sie blieben in der Diele stehen, und Ilva grinste schief. »Sei doch froh, dass alles so glimpflich abgelaufen ist.«

»Bin ich auch ...« Ute senkte die Stimme. »Besonders nachdem, was du erzählt hat. Glaubst du wirklich, die Friebe war es?«

»Gut möglich. Es hat sich für mich zumindest plausibel angehört. Natürlich kann man nicht wissen, ob Viola Westermann sich die Wahrheit so zurechtgelegt hat, wie es für sie am besten passt. Aber meine Intuition sagt mir, dass Frau Westermanns Geschichte nicht ganz aus der Luft gegriffen ist.«

»Und Ernie? Was sagt er dazu?«

»Nachdem er mir wiederholt *verboten* hat, mich mit Eike zu treffen, solange der Fall nicht geklärt ist, werde ich einen Teufel tun, ihm auch nur ein Sterbenswörtchen darüber zu erzählen. Was meinst du, was er dazu sagen würde, wenn er hört, dass ich mit der Witwe der Leiche im Pfahlbau etwas trinken war?«

»Wahrscheinlich würde er augenblicklich hohen Blutdruck bekommen«, antwortete Ute grinsend.

»Mindestens. Oder gleich tot umfallen.«

Sie gingen ins Wohnzimmer. Gitte Wolters saß entspannt in einem Sessel und löste Kreuzworträtsel. Sie schaute auf. »Ilva!«, rief sie erfreut.

»Die sind für Sie.« Ilva überreichte ihr den Strauß. »Ich hoffe, Sie mögen Pfingstrosen und Bartnelken.«

Utes Mutter roch an den Blumen. »Sind die schön! Danke dir.«

»Ich stell sie gleich in eine Vase, Muddi.« Ute verließ mit dem Blumenstrauß das Wohnzimmer.

»Setz dich doch.« Gitte Wolters zeigte auf das Sofa.

»Danke.« Ilva nahm Platz. »Ich bin wirklich sehr froh, dass es Ihnen wieder besser geht. Sie haben uns gestern einen gehörigen Schrecken eingejagt.«

»Was soll ich denn erst sagen?« Die Ältere zog die Augenbrauen hoch. »Ich werde plötzlich im Krankenhaus wach, und nur fremde Leute um mich herum. Ich wusste gar nicht, wie mir geschieht. Im ersten Moment dachte ich schon, ich wäre jetzt ganz übergeschnappt.«

Ute kam mit den Blumen zurück und stellte sie in der Vase auf den Tisch. »Wirklich hübsch der Strauß.«

»Wie läuft es denn mit dem Insulin? Ohne Schwester Grit?«, erkundigte sich Ilva.

»Tzz!«, machte Ute. »Auf jeden Fall besser als mit ihr. Ich habe da jetzt ein Auge drauf, und so schwer ist das eigentlich nicht. Es ist mir absolut unverständlich, wie einer ausgebildeten Krankenschwester eine Überdosierung unterlaufen kann.«

»Darüber habe ich mir in der letzten Nacht auch Gedanken gemacht.« Gitte Wolters setzte sich aufrecht in dem Sessel hin. »Es könnte sein, dass mir da etwas eingefallen ist. Ein Detail, das aber vielleicht wichtig ist.« Sie schaute die beiden jüngeren Frauen verschwörerisch an. »Mir kam diese Sache schon die ganze Zeit ziemlich merkwürdig vor, aber vielleicht hat es auch gar nichts zu bedeuten.«

»Was denn, Muddi?« Ute runzelte die Stirn.

»Na ja, als ich vorgestern in Ording bei meiner Bekannten gewesen bin, ist der Herr Budde von dem schönen Restaurant im Pfahlbau einfach an mir vorbeigegangen, ohne zu grüßen. Dabei kennen wir uns doch gut! Das ist doch verdächtig?«

Ilva und Ute warfen sich einen Blick zu. »Ach, Muddi, das ist bestimmt bloß ein Missverständnis gewesen. Vielleicht war er in Gedanken und hat dich nicht bemerkt. So etwas ist mir auch schon passiert.«

»Nein, nein.« Gitte Wolters hob den Zeigefinger. »Das habe ich zuerst ja auch gedacht, aber gestern Nacht sind mir weitere Dinge eingefallen, denen ich an dem Tag keine Beachtung geschenkt habe. Ich war viel zu sehr damit beschäftigt, mich zu wundern, warum der nette Herr Budde mich übersehen hat.«

Ute setzte sich neben Ilva auf das Sofa. »Spann uns nicht länger auf die Folter. Wir sind ganz Ohr.«

»Also, hört zu.« Gitte Wolters genoss ihre Rolle als Miss Marple sichtbar. »Ich bin auf dem Rückweg von meiner Freundin zur Haltestelle Ordinger Deich gewesen, weil ich mit dem Bus nach Hause fahren wollte«, rekapitulierte sie. »Es waren einige Touristen unterwegs, und ich war etwas zu früh dran. Deswegen bin ich langsam gegangen und vor ein paar Häusern stehen geblieben, um mir die Blumen in den Gärten anzuschauen. Manche Leute haben wirklich ein Händchen für das Bepflanzen von Grünflächen und wiederum andere ... aber lassen wir das.« Sie schaute auf den Blumenstrauß in der Vase, den Ilva ihr mitgebracht hatte. »Jedenfalls habe ich schräg gegenüber der Haltestelle, in einem Hauseingang, zufällig ein Pärchen gesehen. Sie haben sich umarmt und geküsst.«

»Was nichts Besonderes für ein Pärchen ist«, kommentierte Ute trocken. Ilva stieß ihrer Freundin einen Ellbogen in die Seite und verkniff sich das Grinsen.

Gitte Wolters warf ihrer Tochter einen mahnenden Blick zu. »Nun lass mich doch mal in Ruhe erzählen. Im Unterbrechen warst du als Kind schon gut.«

»Entschuldigung.«

»Also, wo war ich?«

»Sie haben von dem Pärchen erzählt«, erinnerte Ilva die alte Dame.

»Richtig. Also, das Pärchen hat sich geküsst. Wenig später ist der Mann mir dann entgegengekommen. Es war Paul Budde! Und dann ist er einfach grußlos an mir vorbeigerauscht.«

»Das war bestimmt seine Freundin«, vermutete Ute.

»Wenn schon, dann seine Verlobte«, korrigierte Gitte Wolters ihre Tochter.

»Von mir aus auch Verlobte.«

»Nein, das war sie nicht. Stine Janson ist brünett, aber diese Dame hatte blondes Haar.«

»Eine heimliche Romanze womöglich?«, kombinierte Ilva. »Das kann auch der Grund gewesen sein, warum er nicht gegrüßt hat.«

Gitte Wolters nickte Ilva zu. »Den Verdacht habe ich auch. Ich habe ihn auf frischer Tat erwischt.«

»Aber was hat das Ganze mit der Überdosierung zu tun?«, fragte Ute ungeduldig.

»Mir ist Buddes Verhalten nicht aus dem Kopf gegangen. Als ich im Bus saß, habe ich noch mal zu dem Haus geschaut, wo zuvor Budde mit der Frau an der Eingangstür stand. Ich fühlte mich etwas unbehaglich und merkte dann, dass ich beobachtet wurde. In der ersten Etage, hinter einem Fenster, habe ich sie dann gesehen. Die blonde Frau. Sie schaute zu mir runter.«

»Aus so einer Entfernung kann man das doch gar nicht

erkennen, ob derjenige wirklich zu einem guckt«, warf Ute ein.

»Utchen, ich habe mir das nicht eingebildet«, sagte Gitte Wolters bestimmt. »Die Frau hat mich direkt angeguckt. Fast so, als wüsste sie, dass ich Budde und sie zusammen ertappt habe.«

»Na, und wenn schon.« Ute zuckte mit den Achseln. »Dann hätten sie ihr Treffen heimlich abhalten und nicht in aller Öffentlichkeit knutschen sollen.«

Ilva hatte sich bewusst die ganze Zeit zurückgehalten und aufmerksam dem Bericht von Utes Mutter gelauscht. Währenddessen hatte ein Verdacht in ihr Gestalt angenommen. »Kennen Sie die Frau, die am Fenster stand?«

»Na, und ob! Das ist mir aber erst im Nachhinein bewusst geworden.«

»Wer war es denn? Etwa Stine Janson mit neuer Haarfarbe?« Utes Geduld war langsam am Ende.

Gitte Wolters zeigte ihrer Tochter einen Vogel. »Dann würde ich wohl kaum so einen Film machen. Es war Schwester Grit.«

. . .

»Grit Friebe wollte meine Mutter umbringen«, fauchte Ute zwanzig Minuten später im Vorgarten. »Dieses Miststück! Ich habe es ja gleich gewusst!« Ilva legte tröstend eine Hand auf Utes Schulter. »Noch ist nichts bewiesen.« Die beiden Frauen hatten sich in den Garten verzogen, um Utes Mutter ein bisschen Ruhe zu geben und sich besprechen zu können. »Sag mir lieber, wer dieser Budde ist.«

Ute ließ sich Ilvas Handy geben und rief die Homepage vom *Beach Club SPO* auf. »Hier«, sie zeigte auf ein Foto in der Galerie. »Das ist Budde.«

Ilva vergrößerte die Aufnahme. »Ach, der ist das. Als ich gestern mit der Westermann dort war, kam es mir so vor, als hätte er uns beobachtet.« Nachdenklich legte sie einen Finger auf die Lippen. »Der Fall wirft immer mehr Fragen auf! Seit wann sind Grit Friebe und Paul Budde wohl liiert?«

»Du meinst, wenn sich meine Mutter nicht verguckt hat«, warf Ute ein, nickte aber zustimmend. »Und: Wieso grüßt Budde sie auf einmal nicht mehr?«

Ilva ging zu ihrem Auto und schloss die Tür des VW Käfers auf. »Und: Hat Viola Westermann mit ihrem Verdacht recht, dass Schwester Grit ihren Mann auf dem Gewissen hat?«

»Oder stecken beide Frauen unter einer Decke?«

»So wäre es jedenfalls in jedem Krimi.« Ilva lächelte Ute an und stieg ins Auto.

· · ·

Nach dem Besuch bei Ute und ihrer Mutter war Ilva zurück nach Hause gefahren. Einen Moment hatte sie überlegt, Eike zu besuchen, weil er ständig in ihren Gedanken war. Doch sie hatte ihren Eltern versprochen, den Rasen zu mähen und die Fugen zwischen den Terrassenplatten vom Unkraut zu befreien. Ihre Mutter und ihr Vater waren an diesem

Tag wieder ausgeflogen. Zur Käserei nach Westerhever waren sie gefahren. Es war süß, wie sie sich wieder angewöhnt hatten, Dinge gemeinsam zu erledigen. Ilva sollte es recht sein, denn so konnte sie sich bei der Gartenarbeit ungestört den Kopf zerbrechen. Doch das Nachdenken allein brachte sie nicht weiter. Es führte lediglich dazu, dass sich ihre Gedanken im Kreis drehten und sich ineinander zu verheddern drohten. Als sie mit dem Rasen und der Terrasse fertig war, glaubte sie fast, sie bildete sich sämtliche Verstrickungen im Fall Westermann nur ein. Nein, so kam sie nicht weiter! Sie beschloss, mit Grit Friebe persönlich zu reden. Angriff war schließlich die beste Verteidigung.

...

Am frühen Abend fuhr sie mit dem Käfer nach Ording. Sie stellte das Auto auf dem Pkw-Parkplatz am Strandweg ab und lief die kurze Strecke bis zu dem Haus, in dem sich die neue Wohnung der Krankenschwester befand. Das Wetter hatte sich weiter verschlechtert. Dicke graue Wolken hatten sich vor die Sonne geschoben, und die Temperaturen waren mindestens um weitere fünf Grad gesunken. Ilva hatte sich in eine dicke Fleecejacke gemummelt und trug dazu eine leichte grüne Strickmütze. Während des Fußweges überlegte sie sich einen Schlachtplan. Sie wollte alles auf eine Karte setzen, bluffen und Grit Friebe auf den Kopf zusagen, dass sie über alles Bescheid wusste. Durch den Überrumplungseffekt hoffte sie, der Krankenschwester ein unüberlegtes Geständnis zu entlocken. Falls es nicht klappen sollte, würde sie vermutlich in kürzester Zeit den Ruf einer durchgeknallten Spinnerin in St. Peter-Ording weghaben. Solche Dinge sprachen sich an der Küste wie ein Lauffeuer herum. Aber das war ihr egal: *No risk, no fun!* Und wenn es irgendwie dabei helfen würde, Eike zu entlasten, sollte es ihr recht sein. Der Gedanke an Eike entlockte ihr ein Lächeln, das sie schnell unterdrückte, als sie vor der Haustür zu Grit Friebes neuem Domizil zum Stehen kam.

Sie las den Namen auf dem ersten Schild und drückte schließlich auf die zweite Klingel, an der der Nachname fehlte. Mit einer Hand drückte sie gegen die Tür und wartete auf den Türsummer. Doch es tat sich nichts. Sie klingelte ein zweites Mal und wartete. Vergeblich. Hinter ihr erklangen Schritte, und bevor Ilva sich umwenden konnte, stand ein Mann neben ihr.

»Darf ich mal?«, fragte er.

»Natürlich.« Ilva trat einen Schritt zur Seite und erkannte dann, wer der Mann war. Budde. Er drückte ebenfalls auf die Klingel ohne Namen. In seiner Hand hielt er eine Frauentasche. »Es scheint niemand da zu sein. Ich habe es auch gerade probiert.«

»Oh! Ich hatte gehofft, Frau Friebe anzutreffen. Den ganzen Tag versuche ich schon, sie auf dem Handy zu erreichen.« Er deutete auf die Handtasche in seiner Hand. »Die hat sie nach dem Mittagessen im Pfahlbau liegen lassen.«

»Ach, Sie haben ihre Handynummer. Das ist ja praktisch. Die habe ich leider nicht«, sagte Ilva und hoffte, dass Budde sich nun in Widersprüche verstricken würde. Denn woher sollte er ihre Handynummer haben, wenn sie bloß ein Gast in seinem Restaurant gewesen war?

»Moment.« Er öffnete die Tasche und entnahm etwas aus einem Seitenfach. »Hier.«

Ilva nahm die Visitenkarte an und spürte, wie sich ihre Wangen rot verfärbten. »Danke. Tja, dann werde ich es wohl auch später bei ihr auf dem Handy probieren.« Eine kräftige Böe wirbelte ihre Haare durcheinander und brachte das Windspiel auf dem Nachbargrundstück zum Klingen. Sie rümpfte die Nase. »Ich glaube, es gibt Sturm.«

Er nickte und schaute zum Himmel. »Scheint was in der Luft zu liegen.«

»Danke noch mal für die Karte. Ich gehe dann besser zurück zu meinem Auto, bevor der Himmel die Schleusen öffnet.« Sie verabschiedete sich von Budde und überlegte, ob er sie wiedererkannt hatte. Er hatte nicht durchblicken lassen, ob er wusste, dass sie am Vortag zu Gast bei ihm gewesen war. Vielleicht lag es auch an ihrer Mütze, überlegte sie. In einem Magazin hatte sie mal gelesen, dass Frauen besser Gesichter wiedererkennen können als Männer. Als sie in ihren Wagen stieg, klatschten dicke Regentropfen auf die Windschutzscheibe.

31. Kapitel

Am nächsten Morgen gegen acht Uhr früh
in der Polizeistation im Deichgrafenweg.
Ein ordentlicher Wind pfeift um das Gebäude,
die Möwe trotzt dem Wetter und hält die Stellung
auf dem Geländer vor Ernies Bürofenster

Ernie gähnte und nahm einen Schluck aus der Kaffeetasse. »Pfui, Fred!« Er sprang von seinem Stuhl auf und verzog angewidert das Gesicht.

»Ja?« Sein Kollege blickte von der Tageszeitung auf.

»Was ist das?« Er deutete auf die Tasse.

»Kaffee. Schwarz wie das Grubengold.« Fred fächelte sich mit einer Hand den Duft des Getränks in seiner Tasse zu.

»Das ist kein Kaffee, das ist ein Anschlag. Mindestens!«

»Besser als dein Blümchenkaffee. Eine Tasse davon, und es hat sich ausgegähnt.«

»Da bleib ich eine Woche von wach, das kann nicht dein Ernst…« Ernies Telefon unterbrach sein Schimpfen.

»Ich hole mir mal eine zweite Tasse.« Fred verließ pfeifend das Büro.

Ernie nahm den Hörer ab. »Polizei St. Peter-Ording, Feddersen am Apparat.«

»Seeler vom *Hotel Meerblick*«, meldete sich eine aufgeregte Frauenstimme.

»Moin, Frau Seeler.«

»Ich möchte eine Angestellte als vermisst melden.«

»Um wen handelt es sich?«

»Stine Janson. Eine unserer Mitarbeiterinnen an der Rezeption. Sie fehlt nun schon den zweiten Tag und hat uns nicht darüber in Kenntnis gesetzt, dass sie nicht zur Arbeit kommt. Keiner weiß, wo sie ist. Normalerweise ist sie absolut verlässlich. Wir machen uns Sorgen!«

»Könnte Ihre Angestellte vielleicht einfach krank sein und vergessen haben, Bescheid zu sagen?«

»Nein, das kann nicht sein. Sie ist mit einer anderen Angestellten befreundet, und die war bei ihr zu Hause.«

»Na ja, das ist jetzt noch nicht so ungewöhnlich«, sagte Ernie. »Nach zwei Tagen sind schon viele angeblich Vermisste putzmunter wieder aufgetaucht.«

»Wir fürchten, dass Frau Janson suizidgefährdet ist. Ihre Mutter ist vor ein paar Tagen erst gestorben, und Stine ist danach auf der Arbeit zusammengebrochen und hat mehreren Angestellten gegenüber geäußert, dass sie am liebsten auch sterben würde.«

»Würden Sie bitte, sobald Sie können, in die Polizeiwache kommen, damit wir die Vermisstenanzeige aufnehmen können? Wir werden bis dahin schon mal die Kollegen benachrichtigen.«

»Danke. Ich schaffe es aber nicht vor 12.«

Fred kam zurück ins Büro, und Ernie beendete das Gespräch. »Der Tag fängt ja gut an!«, sagte er kopfschüttelnd und setzte sich wieder. »Da brauch ich glatt was Starkes.« Schaudernd trank Ernie einen Schluck von dem Kaffee.

»Was ist denn los?«

»Die vom *Hotel Meerblick* wollen eine Vermisstenanzeige aufgeben. Stine Janson ist spurlos verschwunden.«

»Ach, ist das nicht die, die uns zusammengeklappt ist, als sie ihre tote Mutter auf der Terrasse gesehen hat?«

»Das ist sie«, bestätigte Ernie.

»Würde mich nicht wundern, wenn sie die Flatter gemacht hätte«, stellte Fred fest.

Ernies Telefon klingelte wieder. »Was ist denn heute los? Es ist noch keine halb neun.«

»Lass mal, ich bin dran mit Telefondienst.« Fred stellte seine Tasse ab. »Polizeidienststelle St. Peter-Ording, Glabotki.« Fred hörte dem Anrufer eine Weile schweigend zu. Schließlich sagte er mit ruhiger Stimme: »Bleiben Sie bitte, wo Sie sind, und fassen Sie nichts an. Wir kommen sofort.«

. . .

»Kerle Kiste!« Ernie klammerte sich an dem Haltegriff über dem Beifahrerfenster fest. Fred stellte einen neuen Geschwindigkeitsrekord mit dem Peterwagen auf. »Gut, dass die meisten Leute noch schlafend in ihren Betten liegen.«

Hansi Schlautmann war der Anrufer gewesen. Der Schwimmmeister von der Badestelle Bad hatte bei seiner Morgenrunde eine leblose Person unter einem Strandkorb gefunden. Während Ernie und Fred unterwegs zum Tatort waren, hatte Pannenbäcker die Staatsanwältin Dr. Knurrhahn und den Kriminaltechniker Morten Pedersen angefordert.

Wenige Minuten später bremste Fred mit quietschenden Reifen zwischen Kurkartenhäuschen und dem Fischrestaurant *Gosch*. Außer ein paar Lieferfahrzeugen war um die Uhrzeit noch kaum jemand unterwegs an dem sonst beliebten Platz in St. Peter-Ording.

Fred zog die Handbremse an und sprang aus dem Auto. »Dann mal los!«

Ernie ließ die Mütze im Peterwagen liegen, dafür war es an diesem Tag zu windig. Er musste sich beeilen, um mit seinem Kollegen Schritt zu halten. Die paar Kilo, die er zu viel mit sich rumschleppte, machten sich in solchen Situationen bemerkbar. Fred lief mit großen Schritten über die Seebrücke. Ernie hinterher. Ihre Schritte klangen laut auf den hölzernen Bohlen nach. Über den Salzwiesen hing dichter Nebel, der der Szenerie eine schaurige Note verlieh. Am Ende der Seebrücke mussten sie noch einige Meter durch den Sand zurücklegen. Vor einem Strandkorb entdeckten sie den Schwimmmeister mit zwei Rettungsschwimmer-Kollegen. Er winkte ihnen zu.

»Moin!«, rief Ernie außer Atem.

»Moin! Das ging ja wirklich schnell«, sagte der Schwimmmeister.

»Wo ist denn die Person?«, fragte Fred.

Der Schwimmmeister deutete auf einen umgestürzten

Strandkorb, unter dem eine Hand und zwei Beine hervorguckten.

Ernie legte den Kopf schräg. »Sieht nach einer Frau aus.« Er guckte Fred an. »Denkst du das, was ich denke?«

»Könnte die Vermisste sein«, bestätigte er Ernies Vermutung. »Wurde vielleicht angeschwemmt, windig genug war's ja.«

»Wir warten am besten auf die Knurrhahn und Pedersen. Inzwischen nehme ich die Daten auf.«

»Ich rufe Petter Grube an.« Ernie zückte sein Diensthandy und verständigte den Bestatter. Dabei beobachtete er seinen Kollegen.

Fred schien ganz in seinem Element zu sein. Wie immer, wenn Action angesagt war. Als die Staatsanwältin, der Kollege von der Spurensicherung sowie der Bestatter Petter Grube – natürlich in Begleitung von Gertrud Möbius – bei ihnen eintrafen, war Fred zur Höchstform aufgelaufen. Für ihn konnte es gar nicht genug Leichen und ungelöste Fälle geben. Da er nicht in St. Peter-Ording aufgewachsen war, nahm er die Todesfälle nicht ganz so persönlich. Ernie hingegen wollte sich lieber um kleine Blechschäden an den teuren Autos der Hamburger Tagestouristen kümmern und half auch gerne älteren Herrschaften über die Straße. Er mochte es im Gegensatz zu Fred einfach am liebsten gemütlich. Doch damit schien es nun ein für alle Mal in St. Peter-Ording vorbei zu sein.

Morten Pedersen stemmte zusammen mit dem Schwimmmeister den Strandkorb hoch. Wenigstens mussten sie der alten Frau Janson nicht die Todesnachricht ihrer

Tochter überbringen, dachte Ernie. In diesem Fall war es ausnahmsweise gut, dass die Mutter kurz vor der Tochter verstorben war.

»Ist die Dame Ihnen bekannt?«, fragte Pedersen in die Runde, während er sich über die Frau beugte.

Der Schwimmmeister und seine Rettungsschwimmer-Kollegen schüttelten den Kopf. Fred und Ernie traten näher, um einen Blick auf die Tote zu werfen. Hinter ihnen folgten Petter Grube und Gertrud Möbius.

»Kerle Kiste!«, entfuhr es Ernie zum wiederholten Male an diesem Morgen.

»Das gibt's doch nicht«, sagte Fred überrascht.

»Sie kennen die Frau?«, wiederholte Pedersen seine Frage.

»Jo. Das ist Grit Friebe. Westermanns Geliebte«, stellte Gertrud Möbius sachlich fest.

Frau Dr. Knurrhahn beugte sich zu Pedersen hinunter. »Das war Grit Friebe.«

»Sie ist … war als Krankenschwester für einen Pflegedienst tätig und hat sich unter anderem auch um meine Mutter gekümmert«, erzählte Ernie.

Pedersen ging in die Hocke und untersuchte den Kopf und den Hals der Toten. »Tod durch Genickbruch, würde ich spontan sagen – muss natürlich noch verifiziert werden, aber das sieht schon stark danach aus«, sagte er mit fachmännischem Blick und begann, Fotos vom Leichenfundort zu machen.

»Gestern war doch Sturm«, sagte Petter Grube.

»Da sollte man unbedingt am Strand spazieren gehen.«
Frau Dr. Knurrhahn verdrehte die Augen.

Gertrud Möbius zuckte mit den Schultern. »Manche Leute halten sich für unsterblich, und dann liegen sie später unter Strandkörben. Wenigstens sind sie und Westermann nun wieder vereint.«

Nachdem die Spurensicherung die Tatortarbeit beendet hatte, wurde der Leichnam zu Grubes Leichenwagen getragen. Dieses Mal hatte Ernie Glück. Der Schwimmmeister und seine Kollegen von der DLRG halfen dem Bestatter beim Transport der Trage, was keine leichte Aufgabe war. Sie mussten den Leichnam über die 1000 Meter lange Seebrücke tragen, um ihn dann auf dem Promenadenvorplatz ins Auto einladen zu können. Ernie und Fred folgten in gebührendem Abstand.

»Langsam komme ich mir vor wie auf dem Friedhof«, sagte Ernie.

»Tja, wieder eine weniger auf der Liste«, resümierte Fred.

»Jetzt werden wir nie erfahren, ob sie was mit dem Tod von Frau Janson zu tun hatte und Frau Wolters mit Absicht eine Überdosierung Insulin verabreicht hat.«

»Tot kann sie wenigstens keinen Blödsinn mehr machen.«

»Das ist wohl wahr. Trotzdem ist mir die ganze Aufregung irgendwie auf den Magen geschlagen.« Ernie rieb mit einer Hand über seinen Bauch.

»Und da soll mal einer sagen, es gäbe kein Karma.«

»Wie meinst du das?«

Fred hob die Schultern. »Jeder kriegt das, was er verdient. Der eine früher, der andere später.«

Sie blieben vor *Gosch* stehen. »So ist es. Deswegen ist es auch gleich elf Uhr.«

»Und?«

Die Türen des Fischrestaurants wurden geöffnet, und auf Ernies Gesicht breitete sich ein Lächeln aus. »Gegen zu viel Aufregung am frühen Morgen hilft nur ein Fischbrötchen mit extra viel Zwiebeln!«

32. Kapitel

Am späten Mittag im Garten von Ilvas Eltern.
Das Wetter zeigt sich von seiner schönsten
Frühsommerseite,
von den Nachbargrundstücken erklingt
das knatternde Geräusch von Rasenmähern

»Lass mich mal schauen, ob ich auch wirklich alles habe.«
Ilva hatte die benötigten Einzelteile für ihr Bauvorhaben auf
der Terrasse verteilt. »Kiefernholzbretter, Holzleisten, Ple-
xiglas, Holzschrauben und ein Seil zum Aufhängen«, zählte
sie auf.

»Lass mich vorsichtshalber die Länge des Seils noch mal
nachmessen.« Ute zückte ein Meterband. »Ein Meter zehn.
Passt genau.«

»Dann kann die Operation ›Futterhäuschen‹ beginnen.
Hoffentlich wird daraus am Ende wirklich ein Häuschen. Ich
habe so was noch nie gemacht.«

»Das wird schon. Ich helfe dir ja.« Ute begann, die
Wände mit der Bodenplatte zusammenzuschrauben. »Das
wird so stabil, das kannst du für Vögel und Eichhörnchen
nehmen, wenn es fertig ist.«

»Vielleicht baue ich noch ein Extrahaus für die Eichhörn-chen«, sagte Ilva übermütig.

»Apropos Eichhörnchen. Gibt's noch was Neues im Fall Schwester Grit?«

»Seitdem Grit Friebe heute früh tot aufgefunden wurde, nicht wirklich.« Ilva reichte Ute die Holzschrauben an. »Er-nie meint, ich soll meinen Miss Marple-Modus nun beenden und akzeptieren, dass das Ganze ein tragischer Unfall war und nichts mit dem Mord an Westermann zu tun hat. Für ihn ist der Fall Grit Friebe gegessen, obwohl sie natürlich im-mer noch probieren, ihre letzten Schritte nachzuvollziehen und sicherzugehen, dass es nicht doch ein weiterer Mord war.«

»Hm. Ich fand sie schon ziemlich verdächtig. Ob tot oder lebendig, die versehentliche Insulin-Nummer kaufe ich ihr nicht ab. Das war Absicht. Unter Garantie.«

»Glaube ich auch. Mein Bauchgefühl sagt mir eindeutig, dass es trotz allem besser ist, wachsam zu sein. Nur weil Grit Friebe sich nun die Radieschen von unten anschaut, ist es für mich noch lange kein Grund, meine Nachforschun-gen einzustellen. Stine Janson ist bis zum heutigen Tag nicht wieder aufgetaucht. Keiner weiß, was mit ihr passiert ist. Und Eike steht immer noch ganz oben auf der Liste der Ver-dächtigen. Außerdem ist mir dieser Budde nicht ganz ge-heuer.«

»Ach, ich glaube, der ist harmlos. Solange keiner ein Wiener Schnitzel in seinem Restaurant bestellt.«

»Wieso Wiener Schnitzel?«

»Budde ist ein sehr extravertierter Vegetarier. Hat mir

Eike mal erzählt. Bei den Klima-Tagen im letzten Jahr war Budde einer der Sponsoren und hat sich für eine fleischlose Ernährung eingesetzt.«

»Methan zu reduzieren ist bestimmt keine schlechte Idee«, fand Ilva und rümpfte die Nase. »Mit der Hälfte der Herden riecht es dann vielleicht auch nicht mehr so aufdringlich nach Schaf-Pups, wenn man mal am Deich spazieren geht.«

»Schafe mag ich eigentlich gerne.« Ute brachte die Plexiglasscheiben an beiden Seiten der aufrechten Holzteile an. »Vielleicht steckt doch hinter allem die Westermann«, kam sie zurück auf das eigentliche Thema.

»Ja, vielleicht. Soweit ich weiß, hatte sie vorhin einen Termin bei Ernie in der Polizeistation. Falls sie es gewesen ist, wird sie früher oder später einen Fehler machen.«

»Du scheinst dir ziemlich sicher zu sein.«

Ilva zuckte mit den Achseln. »Ist doch in Krimis immer so.«

»Ach so.« Ute grinste sie an. »Dann muss es ja stimmen.« Sie nahm eine Dachplatte in die Hand.

Ilva drehte sich um. Sie hatte etwas aus dem Innern des Hauses gehört. »Da kommt jemand.«

Wenig später erschien Ernie in Freizeitklamotten auf der Terrasse. »Moin!«

»Moin!« Ilva stand auf und drückte ihrem Bruder einen Schmatzer auf die Wange. »Wenn man vom Teufel spricht.«

»Damit kann ich nicht gemeint sein.« Er machte eine abwehrende Handbewegung. »Was macht ihr denn da?«

»Das soll am Ende ein Futterhäuschen sein«, erklärte

Ute. »Du kannst die andere Dachplatte mal aufsetzen und mit einem Scharnier versehen.«

Er seufzte und kniete sich neben Ute. »Hätte ich mir ja gleich denken können, dass ich hier in meiner Freizeit auch arbeiten muss.«

»Tja, was kommst du auch her?«, feixte Ilva.

»Eigentlich wollte ich unseren Eltern einen Besuch abstatten. Hab doch heute eher frei. Wo sind die zwei denn?«

»Friedrichstadt. Unsere Mutter wollte bei dem schönen Wetter unbedingt eine Grachtenfahrt machen – die Reha wirkt echt Wunder.«

Ernie hatte das Scharnier angebracht und klappte die Platte hoch. »Scheint zu funktionieren.«

»Wow! Sieht richtig professionell aus«, fand Ute.

»Da du schon mal hier bist ...«, begann Ilva.

»Ja?« Ernie zog die Augenbrauen hoch.

»Jetzt guck mich nicht so an.«

»Du bist meine Schwester, ich kenne dich. Du willst was von mir erfahren.«

»Ich will nur wissen, ob die Westermann heute bei euch auf der Wache war.«

»Ja«, sagte Ernie knapp.

»Wie, ja?«

»Du hast mich gefragt, und ich habe dir eine Antwort gegeben.« Er grinste Ilva belustigt an.

»Och, Ernie! Muss ich dich etwa auf Knien anflehen und einen Kopfstand machen, damit du uns auf den neuesten Stand der Ermittlungen bringst?«

»Auf dem Boden rumwälzen hast du vergessen.« Er

grinste Ilva noch breiter an und machte keinen Hehl daraus, wie sehr er es genoss, seine Schwester auf die Folter zu spannen.

»Rück endlich raus mit der Sprache!«, sagte Ilva lachend.

»Bevor ich mich schlagen lasse.« Ernie zog einen Gartenstuhl heran und setzte sich. »Bei Westermann deutet mittlerweile alles auf Selbstmord durch Gift hin«, verkündete er die sensationelle Wende in dem Fall.

»Was?« Ilva und Ute rissen vor Überraschung die Augen auf.

»Warum das auf einmal?« Ilva war zu ihrem Bruder getreten, und Ute hatte die Schrauben beiseitegelegt.

»Es ist erst jetzt bekannt geworden, dass Westermann nicht bloß eine fortgeschrittene Krebserkrankung hatte, sondern auch hohe Schulden beim Finanzamt.«

»Dann sind ihm am Ende seine Krankheit und die Schulden über den Kopf gewachsen?«, fragte Ilva.

»Wahrscheinlich.« Ernie winkelte ein Knie an und legte es auf dem Oberschenkel ab. »Er war jedenfalls zu stolz gewesen, um seinen Lebensstil einzuschränken. Stattdessen hat er weiter auf großem Fuß gelebt. Seine Frau hat uns bestätigt, dass es keine Einschränkungen in ihrem alltäglichen Leben gegeben hat. Im Gegenteil. Kürzlich hat er ihr noch eine Kette geschenkt, wo sie sich heute fragt, wie er das bezahlen konnte.« Ernie kratzte sich am Hinterkopf. »Fred und ich haben den Schluss gezogen, dass es sich vermutlich um Selbstmord aus Stolz handelt. Wenngleich das Frau Westermann für völlig absurd hält.«

»Du liebe Güte!« Ute schüttelte mitleidig den Kopf. »Wie kann er das nur seinen Töchtern antun?«

»Und er war wirklich pleite?«

»Pleite bis auf die Knochen. Seine Frau hat noch nicht einmal mehr etwas von der Lebensversicherung, die er mal vorsorglich abgeschlossen hat.«

»Klar, das ganze Geld geht an die Gläubiger«, meinte Ilva.

Ernie lachte auf. »Welches Geld? Bei Selbstmord zahlt die Lebensversicherung keinen Cent. Eventuell hat er Geld heimlich beiseitegeschafft, was den Kauf der Immobilie erklären würde.«

»Das ist wirklich tragisch«, fand Ute.

»Meine Güte, die arme Familie. Was für eine Last. Seine Frau tut mir wirklich schrecklich leid.« Die drei schwiegen einen Moment betroffen. Dann riss Ilva plötzlich ihren Kopf hoch und starrte ihren Bruder an. Ernie begriff eine Sekunde später und schüttelte grinsend den Kopf.

Utes Blick wanderte zwischen den Geschwistern hin und her. »Wollt ihr mir mal verraten, was in den Feddersen-Gehirnen gerade los ist?«, fragte sie schnaubend.

»Eike ist entlastet!«, platzte es aus Ilva heraus. »Warum hast du das denn nicht gleich gesagt?« Sie umarmte ihren Bruder stürmisch.

»Wollte es ein bisschen spannend machen.« Ernie grinste verschmitzt.

»Ute, verstehst du nicht? Westermanns Tod ist damit aufgeklärt, und Eike ist aus dem Schneider.«

»Oh!« Utes Miene hellte sich nun auch auf. »Endlich!«

»Wisst ihr was, das muss gefeiert werden!«, fand Ilva. »Ich lade euch alle zu einer kleinen Party ein.«

»Das ist eine gute Idee.« Ernie befestigte das Seil für die Aufhängung an den Ösenschrauben. »Hübsch sieht das Häuschen aus.« Er hielt es Ute hin. »Ach, da fällt mir noch etwas ein. Eike weiß noch nichts von seinem Glück, dass er entlastet ist.«

»Was? Und das sagst du auch erst jetzt? Wir müssen es ihm sofort mitteilen!«

»Wir?«, fragte Ernie.

»Natürlich! Ich bin viel zu aufgeregt, um mit dem Auto nach Ording zu fahren. Ernie, du fährst, und Ute und ich kommen mit.«

...

Ein paar Minuten später saßen sie in Ernies VW Kombi mit Kurs auf den Ortsteil Ording.

»Hoffentlich ist er überhaupt zu Hause«, sagte Ilva.

»Wenn nicht, rufst du ihn einfach auf dem Handy an und fragst, wo er ist«, schlug Ute vor.

Als sie den Norderdeich entlangfuhren, verlangsamte Ernie das Tempo.

»Da vorne ist das Haus, in dem Eike wohnt.« Ilva zeigte auf die urige Fischerkate, schräg gegenüber vom Strandübergang Hungerhamm.

»Da steht jemand am Zaun«, sagte Ernie.

»Das ist aber nicht Eike.«

»Nee, so ähnlich sieht er wahrscheinlich in etwa 40 Jahren aus. Das muss sein Vermieter sein. Der ehemalige Leuchtturmwärter«, vermutete Ilva.

Ernie hielt am Straßenrand an, und sie stiegen aus.

»Moin!« grüßte der alte Mann sie. In einer Hand hielt er eine Gießkanne, mit der er Blumen wässerte. »Wollen Sie zu mir?«

»Nein, eigentlich zu Eike«, sagte Ernie. »Ist er zu Hause?«

»Nee. Der Eike ist unterwegs.«

»Och, wie schade«, sagte Ilva enttäuscht. »Wissen Sie vielleicht, wo er ist oder wann er wiederkommt?«

»Jo. Das weiß ich wohl.« Er stellte die Gießkanne auf dem Boden ab. »Er hat heute frei und ist vorhin mit seinem Fotoapparat zum Strand gegangen, um ein paar Aufnahmen von dem Leuchtturm zu machen. Die Sicht ist heute ganz klar. Ideale Voraussetzung zum Fotografieren.« Der Mann zeigte zu der Treppe, die auf den Deich und zum Strandübergang Hungerhamm führte.

»Danke. Dann werden wir dort mal hingehen.« Ernie wollte sich in Bewegung setzen.

»Nein«, sagte Ute und blickte ihn eindringlich an. »Wir warten hier, und Ilva holt Eike.«

»Ach so.« Ernie kratzte sich am Hinterkopf. »Es spricht ja jetzt auch nichts mehr dagegen, dass du alleine gehst«, sagte er zu seiner Schwester.

»Pfff«, machte Ilva. »Hab ich doch die ganze Zeit gesagt«, rief sie und beeilte sich, zum Steg zu kommen und dann durch die Dünenlandschaft zu gehen.

Als der Strand sich vor ihr auftat, war sie für einen Moment geblendet. Die Sonne wurde von dem fast weißen Sand reflektiert, und die Szenerie hatte fast etwas Übernatürliches. Sie brauchte einen Moment, bis sich ihre Augen daran gewöhnt hatten. Ein paar Hundebesitzer mit ihren Tieren und einige Spaziergänger waren unterwegs. Sie schirmte mit einer Hand das Sonnenlicht ab, um besser sehen zu können. Ihr Blick glitt über den Strand und blieb schließlich an einem Mann hängen, der am Meeressaum stand und einen Fotoapparat in der Hand hielt. Ilva zog ihre Stoffturnschuhe aus und lief barfuß durch den Sand. Es dauerte eine Weile, bis sie neben ihm zum Stehen kam. »Hi«, sagte sie ein wenig außer Atem.

Eike ließ den Fotoapparat sinken und blickte zu ihr. »Was machst du denn hier?«, fragte er erstaunt.

Sie schüttelte den Kopf und lächelte ihn an. »Eike, du bist unschuldig.«

»Was?«, fragte er entgeistert und sah sie mit großen Augen an.

»Du brauchst dir keine Sorgen mehr zu machen.« Sie fiel ihm um den Hals. »Es hat sich alles aufgeklärt. Westermann hat Selbstmord begangen.«

Eike drückte sie fest an sich und vergrub seinen Kopf in ihrer Halsbeuge.

33. Kapitel

Später auf einem Parkplatz am Nordergeest
vor einem großen Supermarkt in St. Peter-Böhl.
Noch immer schönes Wetter, trotz einiger Schleierwolken

Ilva war mit ihrem klapprigen Käfer ins Industriegebiet Böhl gefahren, um einzukaufen: Sie wollte zur Feier des gelösten Falls den Grill im Garten anschmeißen. Einen Kartoffel- und Nudelsalat sollte es auch geben und dazu einige Knabbereien. Gut gelaunt schob sie den voll beladenen Einkaufswagen zu ihrem Auto und öffnete die vordere Kofferraumhaube. Viel Stauraum bot er nicht, deswegen packte sie einige Teile in eine Papiertüte und stellte sie in den Fußraum auf der Beifahrerseite.

Als sie den Einkaufswagen zurückgebracht hatte und wieder im Auto saß, blickte sie in den Rückspiegel und stutzte. War das nicht …? Doch! Paul Budde lehnte an einem Tisch vor einer Frittenbude, die auf dem Parkplatz des Supermarkts stand. Er unterhielt sich mit zwei Jugendlichen und aß dabei eine Bratwurst. Ilva rutschte ein Stück tiefer in ihrem Sitz und ließ den Mann nicht aus den Augen. Im nächsten Moment zückte er seine Brieftasche und drückte den Jungen zwei Geldscheine in die Hand. Ilva runzelte die

Stirn und schaute genauer hin. Auch die Jungen kannte sie! Beide waren Internatsschüler und in ihrem Englisch-Leistungskurs. Was hatten die denn mit Budde zu schaffen, und wofür gab er ihnen Geld? Etwas war an der Szenerie komisch, aber sie kam nicht darauf. Ärgerlich schüttelte sie den Kopf. Bei Miss Marple wäre längst der Groschen gefallen. Sie seufzte und startete den Motor. Schließlich hatte sie eine Party zu veranstalten.

· · ·

»Einen Sonnenbrand habe ich mir geholt.« Sybille Feddersen zog den Stoff ihres Oberteils ein wenig tiefer und zeigte Ilva ihr gerötetes Dekolleté. »Dein Vater mit seiner Lederhaut kriegt so was ja nicht. Der ist dagegen immun.«

»Hauptsache, ihr hattet einen schönen Tag.« Ilva füllte Wasser in einen großen Topf.

»Wofür ist das denn hier alles?« Sybille Feddersen zeigte auf die Zutaten für die Salate und die Packungen mit den Würstchen.

»Stell dir vor, Eike ist heute offiziell von allen Verdächtigungen freigesprochen worden. Das wollen wir natürlich ein wenig feiern. Er stand so lange unter falschem Verdacht.« Ilva stellte den Topf auf den Herd und schaltete diesen an.

»Na, das wurde auch Zeit! Ich hätte einen Besen gefressen, wenn er wirklich etwas mit dem Mord zu tun gehabt hätte.«

»Eben. Ich dachte mir, ich mache Kartoffel- und Nudelsalat und schmeiße ein paar Sachen auf den Grill. Papa und du seid natürlich auch eingeladen.«

»Nett, dass du uns in unserem Haus einlädst«, foppte ihre Mutter sie. »Hauptsache, meine Küche gleicht hinterher nicht einem Schlachtfeld. Deine ist ja nur zur Zierde da.« Frau Feddersen nahm die Kartoffeln und wusch sie unter klarem Wasser ab.

»Keine Sorge. Ich mache hinterher alles wieder picobello sauber.« Ilva nahm die Pakete mit den eingeschweißten Bratwürstchen, um sie in den Kühlschrank zu legen. In der Bewegung hielt sie inne. Sie starrte auf die Pakete in ihrer Hand. »Bratwürstchen«, murmelte sie. Plötzlich fiel bei ihr der Groschen, und sie wusste, was sie auf dem Parkplatz des Supermarkts so irritiert hatte. »Mutti, ich muss noch mal weg. Kannst du schon mal die Kartoffeln vorkochen?«

»Ja ... hast du was vergessen?«

»Mir ist gerade was Wichtiges eingefallen. Bis später.« Ilva verließ überstürzt die Küche und zückte auf dem Weg zur Garage ihr Handy. Sie nahm für Ute und Bernd eine Sprachnachricht auf: »Wir müssen uns unbedingt sofort in der Schule treffen. Der Fall steht möglicherweise kurz vor der Auflösung. Ich bin in zehn Minuten da und warte auf euch im Lehrerzimmer!«

...

Ute und Bernd waren sofort zur Stelle gewesen. Bernd hatte einen Nachmittagssportkurs auf dem Fußballfeld der Nordseeschule geleitet, und Ute war mit der Gemüseernte in einem der Beete des Schulgartens beschäftigt gewesen. Sie hatten sich an einen Tisch im – um diese Uhrzeit verwaisten – Lehrerzimmer gesetzt.

Ilva berichtete von ihren Beobachtungen. »Und ich frage mich, warum isst Budde plötzlich eine Bratwurst? Du hast mir doch erzählt, dass er militanter Vegetarier ist!«, sagte sie zu ihrer Freundin.

»Das stimmt. Bekennend und engagiert.« Ute nickte. »Und das ist ja nicht die erste Verhaltensauffälligkeit – dass er meine Mutter plötzlich nicht mehr grüßt, war ja mindestens genauso kurios.«

»Vor allem: Wieso gibt er Marvin und Benno Geld? Und wofür?«, ergänzte Bernd die offenen Fragen.

»Wenn ihr mich fragt, die Sache riecht gewaltig nach Fischbrötchen!«, fasste Ilva die Ungereimtheiten zusammen.

»Wir müssen Marvin und Benno fragen, was sie mit Budde zu tun haben.« Bernd stand vom Stuhl auf. »Los, wir gehen zu ihrer Bude.«

Ilva, Ute und Bernd machten sich auf den Weg zum Deichhaus, in dem die 28 Oberstufenschüler des Internats untergebracht waren. Bei dem schönen Wetter war das Internatshaus fast ausgestorben. Sie klopften an die Tür zu dem Zimmer, in dem Marvin und Benno wohnten.

Joshua, ihr Mitbewohner, öffnete die Tür. »Ja?«

»Hi Josh«, übernahm Bernd das Gespräch. Der Schüler war in seiner Fußball-AG und ihm dadurch bestens bekannt. »Wir wollen mit Marvin und Benno sprechen. Sind sie da?«

»Nee. Die müssten noch beim *Beach Club SPO* in Ording sein«, gab er bereitwillig Auskunft.

»Aha?« Ilva tauschte einen kurzen Blick mit Ute und Bernd aus. »Was machen die zwei denn da?«

»Die haben einen Nebenjob«, erzählte Joshua. »Fünfzig Euro haben sie jeder von dem Besitzer bekommen, damit sie ihm dabei helfen, alten Kram aus dem Restaurant zu entsorgen. Es geht, glaube ich, nur darum, es ins Auto zu schleppen.« Der Schüler verzog den Mund. »Wenn ich Zeit hätte, hätte ich mich dafür auch gemeldet. 50 Euro könnte ich gut gebrauchen. Aber ich muss ja für die Matheklausur lernen.«

»Geld ist nicht alles.« Bernd zwinkerte ihm aufmunternd zu. »Danke, dass du uns das erzählt hast. Das hilft enorm weiter. Viel Erfolg beim Lernen!«

Ilva, Ute und Bernd verließen das Deichhaus wieder. Am Pavillon blieben sie stehen.

»Da ist doch gewaltig was faul«, sprach Ilva ihre Gedanken aus.

»Es wird seinen Grund haben, dass Budde sich für so einen Dienst ausgerechnet ahnungslose Schüler aussucht, statt diesen Auftrag an Erwachsene zu vergeben«, stimmte Ute ihr zu.

»Ich kapiere nicht, warum er sein Gerümpel nicht einfach vom Schrotthändler abholen lässt. Das machen die meisten in der Branche doch«, sagte Bernd verständnislos. »Damit spart man eine Menge Zeit ein.«

Ilva stemmte die Hände in die Hüften und zog die Stirn in Falten. »Also, wenn ihr mich fragt, stinkt das nicht nur

nach Fischbrötchen, sondern nach einem ganzen Krabbenkutter.«

»Was machen wir denn jetzt?«, fragte Ute.

»Wir fahren nach Ording. Ist doch klar.«

»Bernd hat recht.« Ilva zog den Autoschlüssel aus ihrer
Tasche. »Kommt, wir beeilen uns! Sonst sind die beiden
weg, wenn wir ankommen.«

• • •

An der Auffahrt zum Ordinger Strand kamen ihnen schon
Marvin und Benno zu Fuß entgegen. Budde folgte gleich dahinter am Steuer eines Pick-ups, auf dessen Ladefläche eine
kaum befestigte Gefriertruhe lag.

»Wollen wir die Jungs befragen, was sie hier gemacht haben?« Ute beugte sich von der Hinterbank zwischen den Vor-
dersitzen zu Ilva und Bernd vor.

»Nein! Das ist reine Zeitvergeudung. Dann entwischt
uns Budde.« Ilva fuhr eine rasante Wende mit ihrem alters-
schwachen Käfer und nahm die Verfolgung des Pick-ups
über die Utholmer Straße auf.

»Der fährt aus St. Peter-Ording raus«, kommentierte
Bernd atemlos, als Budde auf die B202 Richtung Tating fuhr.

»Wir müssen bei Ernie und Fred Verstärkung anfor-
dern!«, sagte Ilva. »Das war's dann wohl mit dem freien
Abend für meinen Bruder.« Ilva fischte ihr Handy von einer
Ablage und rief ihren Bruder verbotenerweise während der
Autofahrt an. Bernd zückte parallel sein Handy und rief in
der Polizeistation im Deichgrafenweg an. »Nein, das ist kein

falscher Alarm. Hier geht was vor sich«, sagte Bernd bestimmt. »Ja, gut! Wir sind gerade auf der B202, Höhe Brösum Sielzug, und versuchen dranzubleiben.« Er beendete das Gespräch. »Sie kommen.«

Ilva nickte. »Ernie schmeißt sich gerade wieder in seine Polizeiuniform.«

»Ein Glück!« Ute hielt sich krampfhaft an dem Gummigriff über dem Fenster fest. »Der Motor röhrt ziemlich. Hoffentlich macht die Karre nicht schlapp.«

»Möchte dich mal hören, wenn du ein Oldtimer wärst«, sagte Ilva und drückte mit ihrem Fuß das Gaspedal durch. Budde fuhr ungefähr 100 Meter vor ihnen. Die Gefriertruhe wackelte verdächtig auf der Ladefläche.

»Ob das mal gut geht?« Vorsichtshalber griff Bernd nun auch zur Gummischlaufe über dem Fenster.

»Der Typ entkommt mir nicht mit seiner blöden Gefriertruhe«, sagte Ilva mit entschlossenem Blick.

Von hinten näherte sich im rasanten Tempo Blaulicht. Das Martinshorn erklang, und ehe sie sich's versahen, war der Polizeiwagen an ihnen vorbeigerast.

»Meine Güte, die haben aber mächtig Speed drauf.« Bernd schaute der Streife hinterher.

»Sitzt ja auch Fred am Steuer. Der holt den Budde schon ein«, meinte Ilva zuversichtlich. Aus den Erzählungen ihres Bruders wusste sie, dass Verfolgungsjagden zu Freds Spezialgebiet gehörten.

Ute sagte gar nichts mehr, sondern beobachtete mit leicht offen stehendem Mund das Schauspiel vor ihnen. Es glich einem Actionfilm aus Hollywood: In bester Stuntmanier schnitt der Peterwagen dem Pick-up den Weg auf der Landstraße ab und stellte sich quer. Budde konnte nicht rechtzeitig bremsen, sein Fahrzeug kam ins Schlingern und letztendlich ganz von der Fahrbahn ab. Ungebremst düste er über eine holprige Schafweide, auf der glücklicherweise zu dem Zeitpunkt keine Tiere grasten. Der Pick-up hüpfte über die Buckelpiste, und die Gefriertruhe kippte in Zeitlupe von der Ladefläche. Buddes Fahrzeug rammte eine Tränke und kam schließlich zum Stehen.

Ernie und Fred sprangen aus dem Peterwagen, den sie auf dem Rasenstreifen vor der Weide abgestellt hatten, und rannten auf die Wiese. Ilva, Ute und Bernd wahrten eine höfliche Distanz, behielten die Szene aber genau im Auge: Ernie und Bernd waren vor der Tiefkühltruhe stehen geblieben, die sich durch den Aufprall geöffnet und ihren brisanten Inhalt offenbart hatte.

»Kerle Kiste!«, keuchte Ernie außer Atem.

»Leckofanni!«, sagte auch Fred sichtlich beeindruckt.

Ilva, Ute und Bernd blickten schockiert auf das, was vor ihnen im Gras lag: Stine Janson und niemand Geringerer als Paul Budde, schockgefrostet und an manchen Körperstellen leicht angetaut.

»Das kann doch gar nicht sein«, rief Bernd, der als Erster die Sprache wiederfand.

»Das ist doch … Budde!« Ute schüttelte ungläubig den Kopf.

»Wer ist denn dann am Steuer des Pick-ups gewesen?« Ilva blickte irritiert zu dem Wagen, der immer noch an der Tränke stand.

»Das werden wir gleich erfahren.« Ernie und Fred rannten los, Ilva, Ute und Bernd hinterher. Aus der leicht verbeulten Tür des Pick-ups schälte sich gerade Paul Budde, der sichtlich unter Schock stand.

»Tot und lebendig zugleich, das hat man selten.« Fred drehte Buddes Hände auf den Rücken. Die Handschellen klickten.

»Ich bin ... Philipp Budde. Der andere ist mein Zwillingsbruder Paul«, stieß der Mann hervor.

»Ach nee! Da wären wir von allein gar nicht draufgekommen.« Ernie verdrehte die Augen. »Sie werden uns auf der Wache einiges zu erzählen haben.«

»Wir nehmen Sie wegen Mordes an Ihrem Bruder und Stine Janson fest.« Fred führte den Verhafteten Richtung Peterwagen ab.

• • •

Nachdem die Spurensicherung und Petter Grube am Unfallort eingetroffen waren, wurde Philipp Budde mit dem Auto in die Polizeistation nach St. Peter-Ording gebracht. Ilva, Ute und Bernd waren ihnen gefolgt und warteten auf der gegenüberliegenden Straßenseite, ausgerüstet mit Kaffeebechern. Ernie hatte versprochen, sie zu informieren, sobald Budde ein Geständnis abgelegt hatte.

Ute schlang die Arme um ihren Oberkörper. »Jetzt ist auch klar, warum Budde meine Mutter nicht gegrüßt hat.«

»Stimmt. Wen man sich nicht kennt, grüßt man meistens auch nicht«, brummte Ilva.

»An einen Zwillingsbruder habe ich überhaupt nicht gedacht«, gab Bernd zu.

»Ich auch nicht«, sagten Ilva und Ute gleichzeitig.

Ilva blickte auf die Uhr. »Eine Stunde gedulden wir uns schon. Langsam könnte Ernie mal rauskommen und wenigstens einen Zwischenbericht geben.«

Sie warteten noch eine gute halbe Stunde länger, bis sich die Tür der Polizeistation öffnete und Ernie ins Freie trat.

»Was für ein Tag!«, seufzte Ernie, als er bei ihnen ankam. Seine Wangen waren leicht gerötet, aber er wirkte zufrieden.

»Einen Doppelmörder fasst man ja auch nicht ständig.« Bernd klopfte Ernie anerkennend auf die Schulter. »Gute Arbeit, Ernie, Mensch.«

»Danke.« Ernie zögerte und schaute in die Runde. »Aber es ist doch alles noch mal ein bisschen anders, als wir gedacht haben: Budde ist zwar ein Doppelmörder, aber Stine Janson hat er wohl nicht umgebracht«, ließ er die Bombe platzen.

»Was?« Ilva traute ihren Ohren nicht.

»Das gibt es doch nicht!« Ute fasste sich mit einer Hand reflexartig an den Hals.

»Aber wer ist dann die zweite Person, die er umgebracht hat?«, wollte Ilva wissen.

»Seine Komplizin: Grit Friebe. Anscheinend ist sie für ihn zur Gefahr geworden, weil sie kurz davor war, hinter seine wahre Identität zu kommen.«

»Wer ist dieser Budde eigentlich?«, fragte Bernd.

»Das ist wirklich eine tragische Geschichte, die wir auf jeden Fall noch mal gegenchecken müssen, aber die Grundzüge sind wohl folgendermaßen: Ursprünglich kommen die Buddes aus Berlin. Als Babys wurden sie von einem Lehrer-Ehepaar adoptiert. Zu ihren leiblichen Eltern hatten sie nie Kontakt. Obwohl sie eineiige Zwillinge sind, waren sie wohl schon immer charakterlich grundverschieden. Paul Budde war sehr ehrgeizig und hat das Abitur gemacht. Philipp Budde hingegen hat sich in Berlin mit Gelegenheitsjobs durchgeschlagen und keine Berufsausbildung beendet. Er war das schwarze Schaf in seiner Familie, sagt er. Zu seinem Bruder hat er jahrelang keinen Kontakt gehabt. Angeblich hat er bei einer Internetrecherche herausbekommen, dass Paul in St. Peter-Ording ein Restaurant betreibt. Er ist hier-hergereist, wollte eigentlich einfach sehen, ob er und Paul sich vielleicht wieder annähern könnten. Aber bei der ersten Begegnung mit ihm kam es dann zu einem handfesten Streit. Dabei sind beide aufeinander losgegangen – und Philipp behauptet, Paul sei einfach unglücklich gestürzt und sofort tot gewesen. Er wusste nicht, was er tun sollte. Als Mörder wollte er sich selbst nicht anzeigen, obwohl es ein Unfall war. Deswegen hat er seinen Bruder in die Tiefkühl-truhe des Restaurants verfrachtet und kurzerhand seinen Platz eingenommen – und gleich seine Verlobte und Ge-liebte mit übernommen. Was er nicht wusste: Paul war über-haupt nicht direkt tot. Das hat die vorläufige Obduktion ge-rade ergeben ... Paul Budde ist nach jetzigem Stand an Un-terkühlung gestorben, nicht an einem Schädeltrauma. Er muss noch gelebt haben, als er in die Truhe gepackt wurde.«

»Oh nein! Wie unheimlich«, sagte Ute voller Unbeha-gen.

Ernie zuckte unbehaglich mit den Schultern.

»Und deswegen musste er Grit Friebe umbringen, weil er Angst hatte, dass sie hinter den Mord am echten Paul Budde kommt und ihn dann womöglich an die Polizei verpfeift«, kombinierte Ilva.

Ernie nickte. »So hat er es erzählt.«

»Und was hatte er jetzt mit der Gefriertruhe vor?«, fragte Bernd.

»Die Truhe wollte er in der Eider versenken. Das schien ihm der sicherste Weg, seinen Bruder und Stine Janson für immer verschwinden zu lassen. Hätte auch klappen können, wenn ihr ihm nicht auf die Schliche gekommen wäret.«

»Und wer hat jetzt Stine Janson auf dem Gewissen, wenn es nicht Philipp Budde war? Immerhin lag sie ja zusammen mit Paul Budde in der Gefriertruhe«, hakte Ilva nach.

»Laut Budde wurde Stine Janson von Grit Friebe mit vergifteten Pralinen umgebracht. Das Gleiche hat sie übrigens auch mit der alten Frau Janson und mit Westermann abgezogen. Budde meinte, die Jansons standen ihr und der Beziehung zu ihm im Weg, und deswegen hat sie sie aus dem Weg geschafft. Aber da mutmaßt er natürlich auch nur – letztlich weiß man echt nicht, was in der Frau vorgegangen ist, aber Eifersucht ist natürlich kein unplausibles Motiv.« Ernie zuckte mit den Schultern.

Ilva, Bernd und Ute starrten fassungslos vor sich hin. Ein Doppelmörder, der eine Doppelmörderin auf dem Gewissen hatte! Dinge gab's.

»Sag mal, und was ist mit meiner Mutter?«, fiel es Ute

plötzlich ein. »Habt ihr rausbekommen, ob Grit ihr absichtlich zu viel Insulin gespritzt hat?«

Ernie zögerte. »Gegen verstorbene Personen ermitteln wir ja nicht, aber Philipp Budde hat erzählt, dass Grit überzeugt war, dass deine Mutter die beiden zusammen gesehen hätte und daraus ihre Schlüsse ziehen könnte. Es ist also schon möglich, dass sie, um auf Nummer sicher zu gehen, bereit gewesen wäre, noch einen vierten Mord zu begehen ...«

»Einen *vierten?*!«, fragte Ilva.

Ernie seufzte tief und sah ein wenig bedröppelt aus. »Na, Westermann. Von dem wollte sie wohl nur Geld. Als sie ihn so weit hatte, dass er sein Testament formal geändert hatte, hat sie ihm wohl das Gift in sein Bier geschüttet, während im Pfahlbau Chaos herrschte. Sie wusste, dass der Verdacht automatisch auf Eike fallen würde, deswegen hat sie sich ziemlich sicher gefühlt. So erzählt es jetzt zumindest der böse Budde.«

»Meine Güte! Aber lass mich raten, das Gift hatte sie heimlich aus dem Giftschrank des Krankenhauses genommen, wo der Pflegedienst seinen Sitz hat?«, fragte Ute.

Ernie schüttelte den Kopf. »Tatsächlich nicht. Dachte ich auch zuerst. Aber Budde sagte, dass sie das Zyankali bei einer ehemaligen Patientin hat mitgehen lassen. Deren Mann war Juwelier, und er hat das Zeug zum Reinigen von wertvollen Schmuckstücken genutzt.«

»Was für eine miese Nummer«, sagte Ilva wütend. »Sie kann froh sein, dass sie nicht mehr lebt. Spätestens jetzt würde ich ihr den Hals umdrehen!«

»Ich wusste die ganze Zeit, dass die Friebe eine Mörderin ist«, fühlte Ute sich in ihrem Gefühl bestätigt. »Dafür habe ich einen Riecher. Aber eure Selbstmordtheorie ist damit natürlich hinfällig.«

»Ich bin schockiert, wie Menschen im wahrsten Sinne des Wortes über Leichen gehen, wenn sie dadurch einen Vorteil für sich herausschlagen können.« Bernd schaute Ernie betroffen an. »Mit ihrer Gier hat sie mindestens die Kindheit von Westermanns Töchtern zerstört.«

Ilva lehnte sich gegen ihren Wagen. »Was passiert denn jetzt mit Budde?«

»Der wird von den Kollegen in Flensburg abgeholt und kommt erst mal in U-Haft, bis die abschließenden Obduktionsberichte von seinem Bruder und Stine Janson vorliegen.« Ernies Handy klingelte. »Das ist Fred. Ich muss dann wohl wieder zurück in die Wache.«

Ilva blickte ihrem Bruder nach, bis er in dem Gebäude verschwunden war. »Ich kann gar nicht glauben, dass der Spuk so plötzlich vorbei sein soll.«

Bernd lehnte sich neben sie an das Auto und verschränkte die Arme vor der Brust. »Ich auch nicht. Jetzt, wo ich gerade mit den Ermittlungen warm geworden bin!«

»Also, ich bin heilfroh, dass es jetzt wieder ruhiger wird.« Ute holte aus ihrer Schultasche eine durchsichtige Tüte. »Möchte jemand Nervenkekse?«

Ilva und Bernd schauten sie einen Moment schweigend an und mussten dann beide grinsen.

»Was würden wir nur ohne dich und deine Nervenkekse machen?«

Ilva nahm zwei Kekse aus der Tüte und gab einen davon an Bernd weiter. Sie biss ein Stück ab und kaute gründlich. »Ich merke jetzt schon die beruhigende Wirkung.«

Epilog

Einige Tage später im Gartenweg. An einem lauen Abend mit leisem Grillenzirpen. Im Hintergrund läuft Musik

»Hast du den Kartoffelsalat auch nachgewürzt?« Frau Feddersen nahm einen Löffel und kostete.

Ilva schaute über ihre Schulter. »Natürlich. Mache ich doch immer.«

»Schmeckt aber lasch«, stellte Frau Feddersen fest. »Ich nehme den noch einmal mit in die Küche und helfe mit Salz und Pfeffer nach.«

»Mach das«, gab Ilva sich geschlagen. Beim Kochen hatte stets ihre Mutter das Sagen, das würde sich auch nicht mehr ändern. Deswegen kümmerte sie sich um das Eindecken der Tische. Während sie Servietten faltete, schmiss ihr Vater den Holzkohlegrill an. So war das schon immer gewesen. Sie genoss das heimelige Gefühl von Vertrautheit und Behütetsein. Obwohl sie längst eine gestandene Frau war, kamen in solchen Momenten Kindheitserinnerungen und die damit verbundenen Emotionen hoch. Sie liebte ihre heile Welt und wollte sie unter keinen Umständen missen. An der Haustür klingelte es. »Ich gehe schon, Papa.« Sie lief ins Haus. Ihrer Mutter wollte sie jeden unnötigen Gang mit ihrem lädierten Oberschenkel ersparen.

Ernie und Heike standen vor der Tür. »Moin!«

»Wieso klingelt ihr denn? Hast du etwa deinen Schlüssel vergessen?«

»Nö. Aber ich wollte mal wieder klingeln«, sagte Ernie.

Sie kamen rein. Heike hängte ihre Strickjacke an der Garderobe in der Diele auf.

»Ernie? Heike? Seid ihr das?« Sybille Feddersen lugte aus der Küche. »Hab ich doch richtig gehört.«

Heike begrüßte ihre Schwiegermutter mit Küsschen, und die beiden Frauen zogen sich plaudernd zurück.

»Schon jemand da?«, fragte Ernie.

»Nö. Ihr seid die Ersten. Acht, hatte ich ja gesagt. Jetzt ist es halb acht.«

»Lieber zu früh als zu spät.«

»Wenn wir gerade noch unter uns sind: Gibt es denn Neuigkeiten aus Flensburg?« Ilva setzte sich auf eine Stufe des Treppenaufgangs.

»Vorhin kamen die Obduktionsergebnisse. Buddes Geständnis deckt sich mit den Resultaten. Sein Bruder ist tatsächlich durch Unterkühlung verstorben, und bei Stine Janson konnte Gift nachgewiesen werden.«

»Und wie geht es für Philipp Budde weiter? Das Beach Club SPO ist ja seit seiner Festnahme dicht.«

»Tja, das wird sich alles zeigen – darüber entscheidet letztlich das Gericht.«

»Ich bin jedenfalls froh, dass sich alles aufgeklärt hat.

Wir können jetzt sicher sein, dass kein Mörder durch St. Peter-Ording läuft.«

Ernie hob die Augenbrauen. »Sag das mal Fred. Der langweilt sich schon wieder und fantasiert, wie er in St. Peter-Ording einen Terroranschlag verhindert.«

Ilva lachte. »Fred hätte Polizist in Chicago werden sollen.«

»Das habe ich ihm auch gesagt.« Ernie schüttelte den Kopf. »Nee, ich bin froh, wenn es ruhig und friedlich bleibt.«

»Ich auch.« Ilva stand wieder von der Treppe auf. »Komm, lass uns zu Papa gehen. Er braucht bestimmt Unterstützung mit den Würstchen.«

...

Gegen acht Uhr kamen die anderen Gäste: Ute, Bernd und Fred mit ihren Familien sowie Eike. Ernie hatte seinen Vater am Grill abgelöst und wendete die Würstchen unter den prüfenden Blicken seines Assistenten: Freds Sohn Elias. Bernds Kinder tobten unterdessen mit Luftballons durch den Garten, und Ute hatte sich mit Heike in ein Gespräch vertieft. Ilva und Eike standen zusammen am Lavendelstrauch.

»Ich kann es noch immer nicht fassen. Wie kann man so schlecht sein und billigend in Kauf nehmen, das Leben von Unbeteiligten zu zerstören?«, fragte Eike.

»Mach dir darüber keine Gedanken. Sie ist tot und wird nie wieder jemandem Schaden zufügen können«, versuchte Ilva ihn aufzuheitern.

»Ich werde bestimmt noch eine Weile brauchen, um mich von diesem Albtraum zu erholen.«

»Das ist verständlich. Nimm dir die Zeit, die du brauchst.« Sie lächelte ihn an. »Aber, Eike, der Abend ist eigentlich viel zu schön, als dass wir uns damit beschäftigen sollten. Genieß die Feier, und denk dran, dass deine Freunde immer an dich geglaubt haben. Das ist doch schön, oder?«

»Das ist absolut sensationell. Keine Frage!«, stimmte er ihr zu.

»Schau mal, das Futterhäuschen haben Ute und ich zusammen gebaut«, wechselte sie das Thema.

Sie gingen zu dem Baum, an dem das Häuschen hing. »Da ist aber kein Vogelfutter, oder?«

»Ja, ich dachte, ich teste das mit dem Eichhörnchenfüttern mal an.«

Er zog die Augenbrauen zusammen. »Eichhörnchenfüttern im Frühling? Also, zumindest Ute sollte als Bio-Lehrerin wissen, dass Eichhörnchen sich im Frühling von Knospen, jungen Trieben und Blättern ernähren.«

Ilva winkte ab. »Ja«, sagte sie lahm. »Das hat Ute mir alles auch lang und breit erzählt, aber ich wollte nicht bis zum Herbst warten und vorher schauen, ob es funktioniert.«

»Ach so!« Eike lachte. »Genau das mag ich so an dir. Du hattest schon immer deinen eigenen Kopf, und keiner konnte dir was sagen.« Er schaute sie liebevoll an. Ilvas Knie wurden weich. Der Kuss am Strand würde vermutlich nicht ihr letzter gewesen sein. Sie lächelte. Für den Moment wollte sie es dabei belassen. Für innige Zweisamkeit waren ihr zu viele Zeugen anwesend.

»Was ist denn da los?« Eike schaute über ihre Schulter zur Terrasse. »Das ist ja Brodersen.«

»Was will der Bürgermeister denn hier?«, fragte Ilva verwundert.

»Vermutlich werden wir das gleich erfahren.«

Sie gingen zur Terrasse. Inzwischen hielt Brodersen eine Flasche Dithmarscher Pilsener in der Hand und guckte zusammen mit Ernie dem kleinen Elias beim Wurstwenden zu. »Na, das klappt ja schon prima!«, lobte er den Jungen.

»Moin!« Eike und Brodersen schüttelten einander die Hand.

»Was für eine Überraschung. Mit Ihnen habe ich gar nicht gerechnet«, sagte Ilva.

»Na, als ich von Ihrem Bruder hörte, dass heute hier die ganzen Nachwuchsdetektive zusammenkommen, wollte ich persönlich zu dem Erfolg zu gratulieren.«

»Das ist aber nett«, fand Ute.

»Da freuen wir uns, Herr Brodersen«, sagte auch Bernd.

Brodersen hob einen Zeigefinger. »Aber das ist noch nicht alles.« Er machte eine kleine Sprechpause, bis ihm die Aufmerksamkeit aller Anwesenden sicher war. »Es gibt eine weitere gute Nachricht. Wenngleich noch eine geheime. Aber ich denke, ich darf diesen kleinen, ausgesuchten Kreis schon einweihen, bevor es in der Zeitung steht.«

»Das klingt ja richtig spannend.« Ilva trank einen Schluck Wasser aus einem Glas, das sie zuvor auf einem Tisch abgestellt hatte.

»Ich sag es jetzt einfach: Der Bau des *Dünotels* ist endgültig vom Tisch!«

»Nein!« Eike schlug sich eine Hand vor den Mund.

»Das ist ja grandios!«, jubelte Ilva.

»Strike!« Ute und Bernd schlugen mit den Handflächen gegeneinander.

Alle Anwesenden strahlten und freuten sich über diese Nachricht.

»Warum auf einmal?«, fragte Eike. »Ich dachte, es wäre eine beschlossene Sache gewesen.«

»Das schien auch so. Doch der Naturschutzbund hat eine Verfügung vor Gericht durchgesetzt, und das ist rechtskräftig.«

»Na, wenn das kein zusätzlicher Grund zum Feiern ist«, verkündet Ernie gut gelaunt.

Ilva holte zusammen mit Heike Sektflaschen und Gläser aus der Küche, damit sie auf das freudige Ereignis anstoßen konnten.

Ernie lehnte dankend ab. Dafür gönnte er sich ausnahmsweise ein zweites Feierabendbier. Irgendwann kam er zu Ilva und Ute.

»Da habt ihr ja wieder wen angeschleppt«, sagte er kopfschüttelnd.

Ilva und Ute sahen einander verständnislos an. »Was meinst du denn?«

Ernie deutete auf das Futterhäuschen, das ein wenig schwankte. »Ein Eichhörnchen!«

ENDE

Rezepte

Utes Nervenkekse

Zutaten für ca. 40 Kekse:
500 g Dinkelmehl
250 g weiche Butter
150 g Honig
25 g Zimt
10 g Muskat
5 g Nelkenpulver
2 Eier

Zubereitung:
Alle Zutaten mit einer Teigkarte durchhacken und danach zu
einem Teig kneten.
Den Teig für ca. 30 Minuten im Kühlschrank kalt stellen.
Danach den Teig dick ausrollen und Plätzchen ausstechen.
Diese auf ein mit Backpapier ausgelegtes Blech legen und im
vorgeheizten Backofen bei 190 °C – 200 °C backen.
Die Kekse nach ca. 20 – 25 Minuten aus dem Ofen nehmen
und genießen.

»Iss diese oft und alle Bitternis deines Herzens
und deiner Gedanken weitet sich,
dein Denken wird froh, deine Sinne rein,
alle schadhaften Säfte in dir minderer,
es gibt guten Saft in deinem Blut und macht dich stark.«
Hildegard von Bingen

Gertruds Erdbeer-Limes

Zutaten:
400 ml Wasser
400 g Zucker
1,5 kg Erdbeeren
125 ml Zitronensaft
500 ml Wodka
3 leere Glasflaschen (750 ml)

Zubereitung:
Wasser und Zucker in einen Topf geben und unter ständigem Rühren aufkochen.
Weiter köcheln lassen, bis sich der Zucker komplett aufgelöst hat.
Erdbeeren waschen und Grün entfernen.
Die Erdbeeren halbieren und pürieren.
Danach mit Zitronensaft vermengen.
Das Zuckerwasser zu den pürierten Erdbeeren hinzufügen und gut verrühren.

Zuletzt den Wodka beimengen und verrühren.

Mithilfe eines Trichters Erbeer-Limes in die Glasflaschen füllen.

Danach bis zum Servieren im Kühlschrank kalt stellen.

»Nich lang schnacken,
Kopp in Nacken!«
Gertruds Devise und der wohl bekannteste Trinkspruch in Norddeutschland.